盗靴

梁晓声 著

求真出版社

图书在版编目（CIP）数据

盗靴/梁晓声著．—北京：求真出版社，2010.1
ISBN 978-7-80258-004-6

Ⅰ．盗…　Ⅱ．梁…　Ⅲ．中篇小说—作品集—中国—当代
Ⅳ．I247.5

中国版本图书馆 CIP 数据核字（2009）第 180165 号

盗　　靴

著　　者：梁晓声
出版发行：求真出版社
社　　址：北京市丰台区卢沟桥城内街 39 号
邮政编码：100165
电　　话：(010) 83896965　83895215
印　　刷：北京东君印刷有限公司
经　　销：新华书店
开　　本：705×1010　1/16
字　　数：240 千字
印　　张：20.75
版　　次：2010 年 1 月第 1 版　2010 年 7 月第 2 次印刷
书　　号：ISBN 978-7-80258-004-6/I·3
定　　价：28.00 元

目录

盗　靴

芊子是一个俏模俊样的乡下少女。

芊子十六岁了。

她是隐于本村的女“秀才”。不但写得一手好毛笔字，且天资聪慧，文思隽敏，善骈对联。每年春节，从村头至村尾，家家户户屋门上院门上贴的对联，概出于芊子之口芊子之手。

村里并没有小学校。一个独身老头儿是她的文化启蒙之师。他非本村人，但已在村里生活十几年了。谁也不详知他的身世，以及他是从哪儿来的，为什么落根此地。尽管他孤老可怜，但村人排外，并不将他当“五保户”照顾。何况他初来乍到之时，公开给村里的些个人们测过八字算过命，从此便怎么也洗不清传播迷信思想的罪名了。所以村人们并不因冷漠相待而感到有什么不妥。芊子善良，自十岁起，经常暗中给予他同情和帮助。作为报答，他教芊子识文写字。凡六年间，她潜学之，他诚教之。

去年春季老头儿死了。

死前某一天曾慈爱地瞧着芊子说：“芊子呀，芊子，你这小女子啊，心太善了！常言道，世事混沌，善不能清。可惜我只教会了你识文写字，也没教会你点儿明哲保身的道理……”

芊子就跪下在他床前，泪汪汪地回答：“老师教会了芊子识文写字，芊子已是感激不尽了。若老师一病不起，芊子定不顾全村人的反对，日夜服侍你……”

老师眼中也渐渐淌下两行浊泪，连说：“不要不要，芊子你可万万不要那样！……”

第二天晚上芊子又偷偷去看他，他已不知去向……

半月后村人在山上发现了他的尸体，将他就地埋了。连块坟牌也没立。

芊子难过了数日。她心里明白，他是因不愿她遭到非议，才躲到山上去死的。不管别人怎么看，她认为她的老师便是一个大善人。

其实，爹娘是清楚她跟谁学会识文写字的。那老头儿活着时，爹娘睁一只眼闭一只眼，并不曾严厉地阻止过，学会识文写字，对自己的女儿毕竟是件好事儿，爹娘权衡这点儿得失的头脑还是有的。

老头儿既死，爹娘就三番五次地嘱咐芊子：“可不许说跟他学会识文写字的！他死都死了，死无对证！你自己不说，没人敢逼着你非承认跟他学的不可！你就说照着本儿破旧古书，自悟自学的……”

芊子不愿惹爹娘生气。逢人问，便照爹娘嘱咐的话说。那么说时，内心里觉得非常对不起老师。每到老师的坟那儿去请求原谅……

后来山洪暴发，将老师的坟冲平了。将老师的尸骨卷得无影无踪……

百菜没有白菜美
诸肉没有猪肉香

这是芊子家灶两旁贴的对联。村人们都认为是芊子的“名联”，曾口口相传，广博盛赞。爹娘听了，当然是极得意的。而芊子则往往羞笑，对村人们的盛赞，心中大不以为然。她认为自己不过写了两句合仄押韵的大白话罢了。

她还私下里写过几首仿古诗。寂寞之时，喜欢坐在床沿儿，左右摇晃着身子，曼声背咏……

轻风抚青草
黄蜂觅黄花
春水一塘静
田蛙几声呱

这一首是她颇自赏，常背咏的。

…………

现在，芊子被关在她家的柴棚里。门从外边用很粗的木杠顶牢了。腿脚被捆着，手臂被反缚着。

是爹娘将她这样的，如果爹娘不将她这样，她哥也会将她这样。哥长她七岁。三年前成的家，分户另过了。

不因别的事儿。只因县剧团又来村里为忙过夏锄秋收的农民们演戏。分明地，芊子是恋上了县剧团那个每在戏中演许仙演董永演宝玉的小生。芊子自己也向爹娘和哥哥承认，她的的确确是爱上那小生了。她爱他爱得自己对自己也没有任何办法。她第一次看他演的戏就爱上他了。那是一年多以前的事儿。她那颗少女的心开始被爱所折磨，还不到十五岁。可怜的芊子啊，在一年多的日子里，她几乎夜夜梦见自己变成了白娘子，变成了七仙女，变成了林黛玉，和那个演许仙演董永演宝玉的小生卿卿我我耳鬓厮磨地爱着。有时像爱在戏里。有时像爱在生活里。情窦初开的乡下少女这一种单恋，其迷幻又热烈的想象，究竟更贴近戏里还是更贴近生活，连她自己也说不清楚。

芊子更不愿对别人说。

自从她的单相思被她自己公开，她就成了村人们流短飞长，口舌交谤的目标了。那一种议论纷纷、聚蚊成雷，尽管芊子本人颇不在乎，却使她的爹娘和哥哥在村人们面前觉得大失家誉，抬不起头来。

其实芊子也不是自己公开了内心里的暗恋的。是被别人当场看穿并逼她说出的。那一次县剧团又来村里演戏，芊子趁没开场，钻到幕后，偷了一只戏靴。她认定那是那小生的戏靴。她将戏靴抱在怀里，像偷了一样旷世宝物，心头撞鹿地往家跑。她跑在路上被结伴儿去看戏的几个女人遇着了。她们自是万分地奇怪。而芊子心里，当时则只有一个单纯的想法——能夜夜怀抱着所爱之人的戏靴睡，从此于愿足矣。

芊子的判断没错，戏靴果然是那小生上场必穿的。他叫戴文祺，时年二十六岁。比芊子整整大十岁。尚未婚娶，是县剧团的台柱子。一个无可争议的事实是，他的英俊当年迷倒了全县年轻女人的心。在公元一千九百六十五年，梦中与他爱在一处的女人，绝不仅仅是芊子这一个乡下少女。

他该穿戏装了，却哪儿也找不见另一只戏靴了。不只他一个人急，全剧团的人都跟着急。

他说："刚才我化装时还在的嘛，怎么转眼就会少了一只呢？"

于是大家都被发动了到处找。

于是有人怀疑被猫狗叼了去。

于是有人到幕前请求早已黑压压坐了一片的农民们少安毋躁，

讲明演出时间拖延的原因……

那几个路上遇见芊子的女人们一听，就一齐站起来嚷嚷，说不是被猫狗叼去了，是被芊子那小狐媚偷去了。说她们还以为是“戴小生”喜欢她那张好看的脸子，情愿地将一只戏靴赠给她的哩！她们还真是那么以为的。她们乱嚷嚷时，内心里起先那一份儿凭空的妒意，便获得了很彻底的释放。

“戴小生”觉得事情涉嫌到他的名声了，在幕后坐不住了。一只脚着戏靴，一只脚着便鞋，高一步低一步走到幕前来了。县剧团的台柱子是个非常顾惜自己名声的人。他清楚自己在全县女人们心目中多么有魅力。故此他一向言行谨束，在女人们面前刻意保持住一种本能的庄重。他成分不好。父亲是解放前的县长秘书。他唯恐给人以轻佻的印象。他知道如果一旦有什么闲话染身，那自己就甭想继续演戏了，尽管他是剧团的台柱子。而他爱演戏。在当年，像他这样一个出身于“敌伪人员”家庭的年轻男人，能被允许登台演戏，就是侥幸揪住着最好的人生了。除了演戏，他也不知究竟再该爱些别的什么。甚至不敢轻易爱上某一个女人。他宁愿活在戏里。卸了装脱了戏服，他在台下是一个沉默寡言自甘孤闷的人。

他有些迫不及待地替自己辩白。以委屈极了的话语大声宣告，他根本没见着过什么“钎子”什么“钎头”的，一名演员怎么会轻佻到随便将戏靴赠给一个小女子的地步呢？何况戏靴是剧团的公物，非属他个人的东西！……

芊子的爹娘和哥哥嫂子，当时也坐在台下，而且坐在前排。这时他们都坐不住了。一齐站起，扑向那几个女人，意欲教训她们。当爹的当娘的当哥哥的当嫂子的，自然都感到在全村人面前受了奇耻大辱。

“胡说！你们红嘴白牙地在这儿胡说！”

“我们家哪一辈子也没出过贼！你们当众编派我们芊子的瞎话哩！今天跟你们没完！……”

若非有剧团的人和村里的人从中劝解，双方便也断打作一团了。

于是有人说——偷或没偷，去审审芊子，搜一搜，就清楚了嘛！

表面听起来，不失为主持公道的话。其实这么说的人，是存心激化起一种事端，乐得有热闹可看。对于他们，看本村人互相打骂一场，是比看县剧团演戏别有一番意思的。

搜和审的主张，正中那几个女人下怀。她们明明亲眼看见了芊子抱着那一只戏靴兴冲冲地往家里跑啊！她们想芊子肯定刚到家，料她也不至于能将那只戏靴藏到天涯海角去……

她们一片声地乱嚷嚷——去搜！去搜！搜不出来，我们都当众向那小狐媚子道歉！……

芊子的爹娘和哥哥嫂子，又哪里肯示弱呢？示弱不就意味着心虚了吗？心虚不就等于默认了吗？他们都不相信，他们的芊子竟会偷一只戏靴！她偷一只戏靴干什么嘛！

剧团的带队，左右为难了一阵子，嗫嗫嚅嚅地说——那，就去问问那个芊子吧！

就他的本心而言，并不愿去一户老乡家里审他们的女儿，搜一只戏靴。何况他知道，每次都坐在前几排看戏的这老两口，是一户贫下中农。县剧团送戏下乡，是文艺服务于贫下中农的好事。反而为了一只戏靴去搜一户贫下中农的家，去审贫下中农的女儿。传开了影响多不好哇？搜出还则罢了，如若搜不出来，自已也得跟着那几个女人赔礼道歉呀！

但是找不到那一只戏靴，“戴小生”可怎么登台演戏呢？老乡们早早地就吃罢了晚饭，聚集在麦场了，主要还不是冲着要看“戴小生”的戏才来的吗？

这时“戴小生”开口了。

他说：“算啦算啦，别去搜了。就当是猫狗叼走了罢！只要乡亲们不计较，我不穿戏靴为大家演一场也行的！”

芊子的爹娘和哥哥嫂子却不依。

他们说——那不行！你行我们不行！事关我们芊子的名声，没个结果，就难还我们芊子清白！不还我们芊子清白，叫我们芊子往后怎么做人？

当爹当娘当哥哥当嫂子的，在那一种情况之下，不可能不为他们的芊子考虑得更多些。芊子已经十六了，一转眼小姑娘就将变成大姑娘了，从此不清不白地落下了偷名，找婆家都是难事儿啊！

那几个女人们对“戴小生”的调和也不依。她们觉得事关她们的名声。倘若不从芊子家搜出那只戏靴来，她们一个个不都成了专爱凭空编造瞎话诬损他人名声的长舌妇了吗？

她们也都说——非搜不可！非搜不可！这事儿不搞个水落石出，谁清谁白，大家伙都甭打算看成戏！

结果，在许多不甘寂寞的男人女人的怂恿下，几乎全村的大人孩子都离开了麦场，兴致勃勃地奔往芊子家……

芊子将那只戏靴偷回家，翻来覆去地看，喜爱得放不下。其实那是一只已经旧了的，有些地方已经开线了的戏靴。一寸多高的白靴底儿，已经不那么白了。黑布的靴面儿上和靴靿上，并无任何花边儿。那是许仙穿的一只戏靴。许仙家境贫寒，戏靴自然朴实无华。如果是公子哥儿宝玉穿的戏靴，一定就是另一类了。那类有花边儿的，美观的，看去显得富贵的。“戴小生”那一天正是要为村人们演

"断桥相会"，芊子也就只能偷到许仙的戏靴，无幸偷到公子哥儿宝玉的。

芊子却一点儿也不觉得遗憾。终于的，她算是拥有了一件她所爱之人的东西啊！十六岁的芊子，正是由于看"戴小生"的戏，才渐悟了一些男女之情的幸福和欢悦，才对所谓爱似乎明白了一些内容，滋生起了空前的向往和渴望。但那向往，那渴望，其实是极单纯的。也不过就是乡村的土戏台上，男女演员间软语温存，含情脉脉，耳鬓厮磨的作状程式罢了。

在公元一千九百六十五年，十六岁的乡下少女芊子，其心灵的封闭程度，还不足以使她由爱进而联想到性。那完全是一种"柏拉图"式的爱。尽管她不明白什么"柏拉图"。

芊子对那只戏靴是喜爱得放不下啊！真是把玩不够啊！她竟禁不住地，用她那少女的红润的花瓣儿似的唇，去吻那戏靴的已经明显脏了的白底儿。那是这少女成长到十六岁以来，第一次用她的唇吻什么。她很惶惑于自己竟会那样儿。她独自地害羞起来了，羞得一张俊俏的脸儿红极了，也热极了。

"芊子，芊子，你这是怎么了啊！你怎么变得这样儿不知害臊了啊？……"

她一边喃喃地自言自语，一边就将自己又红又热的脸儿，偎贴在那戏靴的靴鞠上了。

她学着戏腔又自言自语："许郎，许郎，我的相公啊，你可知道芊子的心，想你想得有多么苦吗？……"

那时刻，她的两眼非常地明亮着，闪烁着一种奇异的，幸福极了的光彩。

突然她听到了外边的嘈杂声，扭脸朝窗子一看，见许多人已闯入了自家院子。

芊子大惊，料定人们必是因她偷的这一只戏靴而来问罪的。她当时偷它可没想太多。她以为所爱的人儿会有好几双戏靴哪！如果她明知他就带了一双戏靴下乡来演戏，她才不会偷呢！她再怎么暗恋他，怎么因天天夜里想他而大睁着两眼难以入睡，也是绝不肯做使他着急的事的。

芊子慌乱之中，将那只戏靴掖进被子里。刚一转身，哥哥已率先闯入她的屋子。随后闯入的是爹，是娘，是嫂子，是那几个女人，和剧团的带队。这些人前后脚进芊子的小屋，她的小屋就“人满为患”了。再挤不进屋的男女老少，围在门口，聚在窗口，都踮起脚跟，伸长脖子向屋里望。屋里屋外的人们的目光，都齐刷刷地瞪着芊子的脸。

剧团的带队一见芊子，笑了。他和颜悦色地说：“我当芊子是谁呢，原来是你这个小姑娘呀！我几年前就熟悉你了！我们每次来村里演戏，你不是都坐在第一排看的吗？每次演完了，你不是还都爬上台帮我们收拾东西的吗？……”

哥哥不待他说完，使劲儿将他推开了，近前一步，将芊子逼在墙角，厉声喝问：“你在家里干什么哪？”

芊子胆怯地将身子紧紧贴在墙上，细声细气地回答：“哥我没干什么呀……”

“没干什么？那你脸咋这么红？”

“我……我……”

芊子想说她也不知自己脸咋这么红，但又觉得这么说是在撒谎。芊子是个极诚实的女孩儿家，不惯撒谎。她支支吾吾地不知究竟该如何回答。

“你跟她啰嗦这些废话干什么!”

芊子的哥，又被芊子的爹使劲儿推开了。爹逼在她面前了，以比哥更可怕的面孔厉声喝问：“芊子，你！……偷了一只戏靴么?”

芊子是更加胆怯了。恐惧使她那张脸由红渐白了。

“你给我说！你倒是说不说?！……”

爹一抬脚，脱下了一只鞋，高举着威吓芊子。

娘从旁气急败坏地给爹助威：“不说就打!”

哥也脸红脖子粗地吼：“对！不说就往死里打!”

十六岁的女儿家，自尊心很强了。芊子是第一次在全村人面前遭到自己亲人如此这般凶恶的审讯。她的自尊心散碎了。她流泪了。

只有嫂子很怜悯她。

嫂子说：“爹，娘，你们好言好语地问，别吓坏了我小姑嘛!”

而哥哥举臂对妻子大声指斥：“滚开去！没你插言的份儿!”

嫂子脸一红，悄没声儿地躲到人们后边去了。嫂子一向是极怕哥哥的……

“爹，我……我没偷什么戏靴……”

从没撒过谎的芊子，被逼无奈，不得不撒谎了。她长到十六岁以来，第一次感到了莫大的羞耻。因为自己偷的行为，也因为自己不得不当众撒谎。

她开始暗暗后悔自己偷了那只戏靴。

她在心里说：“许郎啊，许郎啊，我的相公啊，我芊子这都是由于太多情了，才落到这个地步呀!”

她的眼泪，就更加忍不住地涌出了。

“都听见了吧？大伙儿都听见了吧?”

爹挥舞着手中的一只鞋，冲屋里的人们，也冲门外和窗外的人们理直气壮地说："我们芊子没偷！我们芊子从不撒谎！……"

那几个女人早就沉不住气了。

她们中的一个挤到芊子跟前，指手画脚地说："你没偷？怀抱着一只戏靴张张皇皇地往家跑，半路被我们遇见的是谁？不是你，难道是鬼变的另一个芊子吗？……"

"我……反正我没偷……"

芊子喃喃地辩白着，毕竟是那么心虚，话说得更加细声细气了。

"你还嘴硬？看来不搜出那只靴子，你自己是根本不会承认了！"

"对！搜吧搜吧！不搜出来，显得我们姐妹几个，串通一气诬蔑人似的！"

于是她们就这儿那儿搜起来。

慌乱之中，那只戏靴藏得难以躲过人眼去。一个女人发现被子鼓得不对头，跨过去一掀，戏靴暴露了。

屋里的人，门外窗外的人，一时都肃静了。

那女人将戏靴抓在手里，得意地用另一只手连连拍着说："这是什么？大伙儿看这是什么？"

她又冲芊子的爹娘和哥哥冷笑着说："还夸口你们家祖祖辈辈就没出过贼吗？还夸口你们芊子从不撒谎吗？不是我们姐妹几个串通了诬蔑你们芊子吧？……"

爹眼直了。

娘呆若木鸡。

哥哥嘿了一声，无地自容地抱着头蹲下了。芊子哇地一声哭了。她从那女人手中夺下戏靴，紧紧搂抱在怀，如同一位小母亲紧紧搂抱着自己的孩子，并决心用生命保护自己的孩子似的。

芊子一时没了理念。她只有一个想法了，那就是，自己可以丝毫也不顾惜了，名声可以丝毫也不顾惜了，什么都可以不顾惜了，但就是偏不使别人从自己怀里夺去那只戏靴。她是横下一条心，非要那只戏靴不可了！

她失声大哭着，紧紧搂抱着那只戏靴，以乞怜的泪眼望着人们，身子不由自主地也贴墙缩下了。

剧团带队的人终于有机会又凑到芊子跟前了。

他以商量的口气说："芊子啊，把戏靴还给我好不好？没有这只戏靴演员上不了台嘛！大伙儿都等着看戏呢！"

芊子哭得哀伤极了。

她连连摇头："不，不，不……"

窗外一个四十多岁的女人，以一种过来人的眼里揉不进沙子似的口吻，慢条斯理地说："我看，这半大丫头肯定是迷恋上那'戴小生'了！"

屋里屋外的人们听了，一时的就面面相觑。

芊子的嫂子气愤地嚷："胡说！你污蔑我小姑！"

嫂子又俯下身，将自己的脸凑近芊子的脸，急切地问："芊子，她是胡说吧？你并没迷恋上那'戴小生'吧？……"

不料芊子泪涟涟地，泣不成声地说："是……"

"是？……你说不是！芊子你说不是呀！"

嫂子心中替自己的小姑叫苦不迭，她暗拧芊子的胳膊。

这时的芊子，是宁愿说实话，而不愿担一个偷名的。她觉得自己承认迷恋那个"戴小生"，自己所遭到的羞辱是一点儿也不冤枉的。一点儿也不可耻的。并且，是心有其甘的。而若从此担一个偷名，则是很冤枉，很可耻的。她常听到村里一些个已婚的年轻女人拿那"戴小生"互相调笑。她们那时说的一些话是很猥亵的。尤其那几个带头到她家里来搜戏靴的女人，甚至常放纵自己淫荡的想象，说些自己和那个“戴小生”在被窝儿里如何如何，怎样怎样的行房事。她们那些话常使芊子只听了半句就面红耳赤起来。哪怕正和她们在一起干着什么活儿，也会丢下活儿，心里暗骂一句“不要脸”，一扭身赶紧捂着耳朵跑开去。她们那时一个个面生异彩，两眼放光，都并不觉得可耻，反而觉得乐在其中，美在其中似的。村里的男人们从旁听了，也都不认为她们可耻，还都笑。甚至包括她们的丈夫们，都显出很爱听的样子，从不喝止她们。任由她们的话越说越不堪入耳，越下作。既然她们一向地也是公开地将那“戴小生”当成一个想象中的情夫，作践他的名声那么忍心，那么肆无忌惮，她芊子承认自己喜欢他，倒有什么可耻的呢？起码与偷字相比，是并不怎么可耻的吧？村里的女孩儿家，有的仅比她大一岁，就改大了岁数，早早地结婚嫁人了。承认自己只不过暗暗迷恋一个值得迷恋的，事实上也是许多和她同龄的女孩儿家暗暗迷恋的男人，究竟有什么罪过呢？

芊子内心里这么想着，于是就抬起了头，以她那单纯又善良的眼睛环视着众人，乞怜地也是勇敢地说：“我喜欢他演的戏，也喜欢他人……”

屋里屋外的人们，又是一阵面面相觑。

剧团的带队，这时息事宁人地笑了。他掏出自己的手绢儿，一边俯下身替芊子擦眼泪，一边以大人哄小孩儿的那种口吻说：“芊子，你喜欢他这很好哇！我们大伙儿也都喜欢他嘛！那你就更应该将戏靴还给我，让他能穿了给大伙儿演戏对不对？……”

抱头而蹲的芊子的哥哥，此刻突然一个高儿蹦起来，疯魔了似的，对人们抡拳便打，飞腿便踢，同时大吼大叫：“都滚！都滚！都滚！我们家要实行家法，狠狠教训这个小贱人！”

于是屋里的人们，除了芊子自家人，都被赶到了院子里……

芊子的哥哥又蹿到了院子里。这性子暴躁的农村青年，随手操起一柄叉，上三下四，左五右六地抡着舞着。仿佛一员骁将，在比武校场叫阵似的。

于是人们从院子里被赶到了院子外。

双扇的院门被他关上了。胳膊粗的门杠被他插上了。

“芊子，你这丢人现眼的！你今天休要怪你爹狠！我打死你！打死你！留你活着，跟你丢不起这份儿人！”

人们在院外听到了芊子爹的吼骂声……

接着听到了什么东西抽打在皮肉上的劈啪之响……

听到了芊子娘的哭求：“他爹！他爹！别真往死里打呀！”

也听到了芊子嫂子的哭求：“爹！爹！别打啦！我给你跪下了，看我情面，饶了我小姑吧！”

还听到了芊子哥哥的哭号：“呜呜，她把我的脸也丢尽了！我在村里没法儿抬头见人了！”

但，就是一句也听不到芊子的告饶声……

那几个女人，神色都有些惴惴不安了。剧团的带队瞪着她们生气地训斥：“这你们就高兴了？啊？这你们就高兴了！你们这些女人啊！真是的！”

他用肩膀撞门，自然是撞不开的。

他对男人们吼：“你们，都听着，都听着啊？想个法子呀！”

男人们一个个表情木讷着，脸上全没什么特殊的反应。

只有一个男人挠挠后脖梗，仰起脸，淡淡地说：“我看，倒也该管教管教，才十六岁就这么骚，往后还不偷野汉子哇！”

剧团的带队，从他的口吻中，听出了几许幸灾乐祸的意味。

他刚欲发作，院门敞开了。芊子的爹，和她的哥哥，出现在院内里，芊子爹的肩上，像搭一只皮搭子似的，搭着辫子瀑散，昏死过去了的芊子。而芊子哥哥的手里，拎着那只戏靴。

芊子爹一猫腰，一斜肩，芊子便像一只口袋似的，仰面朝天坠落于地。她脸上，胳膊上，显现了几条血道子。她身上出的血，渗透了她那白地儿碎蓝花儿的短袖布衫，使布衫上也出现了几条血痕。芊子爹是用竹鞭杆儿抽她的。

她爹指着她说："看，我不护孩子！我是真动家法来着！我把她抽昏了……"

而芊子的哥哥，则将那只戏靴朝地上一扔，摆出比他爹更高傲的架势说："她如果再敢有第二次，我和我爹宁肯打残了她，养她一辈子！"

剧团的带队，望着昏死于地的芊子，发了片刻呆，捡起戏靴，跺了下脚，哼了一声，悻悻地转身便走。

于是人们也都纷纷地相跟着走。戏靴既已找到，"戴小生"将要演的"断桥"，男人女人们还是要看的。似乎谁的心情，都并不怎么受发生在芊子家里的事儿的影响……

那一天晚上，"戴小生"演得唱得依然相当精彩，依然博得了男人女人们一阵阵的叫好和掌声……

戏散时分，已是半夜了。别人往箱子里归放行头，"戴小生"卸装时，剧团的带队低声对他说："哎，那个叫芊子的小姑娘，只因偷你一只戏靴，被她爹打昏了……"

"戴小生"轻轻地"唔"了一声，停止了卸装。

"长得挺俊俏的个小姑娘。就是性子太犟了。求一句饶，能免受多少皮肉之苦哇！小姑娘却偏不求饶……”

“戴小生”冷冷地说：“你跟我讲这些没意思的话干什么？”

他接着卸装，显出再不愿听多谈芊子半句的样子。

带队的说：“你别误会嘛！”

“戴小生”说：“我什么也没误会。我有什么好误会的？”

带队说：“其实我的意思是，如果可能，将那小姑娘招到剧团里来培养培养，兴许以后还成个好角儿呢？”

“戴小生”说：“也别跟我讲这些。我又不是剧团领导，你跟我讲这些干什么？除了演戏，别的什么事儿我都不入耳。”

带队听了他的话，觉得索然，也就不再跟他说什么了……

那以后，县剧团又来村里演过两场戏。不过“戴小生”却没跟着来过。于是村里就流传起了闲话。说“戴小生”没来，是由于那次被芊子偷了一只戏靴，心里恼火，不愿再到本村演戏了。而实际上，“戴小生”是被抽到省城里参加名角儿调演去了。

如果芊子不是一个俊俏的少女，偷戏靴这件事儿，绝不至于被人们那么长久地议论。比如芊子若是一个丑丫头，人们即使议论，也往往只能说她“痴”、说她“傻”，说她“心迷一窍”什么的。说时，也许还表现出同情。芊子的不幸在于，她偏偏又是一个俊俏的少女。那么人们似乎理所当然地就要说她“骚”，说她“淫”，说她小小年纪就整日思想着与男人做蝶乱蜂狂的苟且之事了……

芊子的衣襟，仿佛从此被人们的议论绣上了意味着行为下贱和不轨的“红字”。

今天，县剧团又来演戏了。“戴小生”也又来了。之前，村人们普遍风传，“戴小生”演过这一场戏，就将调往省剧团去了。也就是说，本村的人们，从此不再能有机会看到他演的戏了。所以，家家户户早早地就吃罢了晚饭。男人和女人们，都换上了过年过节才舍得穿的衣服，呼长应短，三五结伴儿地去看戏。在“戴小生”而言，这是一场告别性质的演出。在村人们而言，等于欢送。

芊子的爹和娘，就去不去看这场戏，彼此态度非常之郑重地进行了一番讨论。最后统一了——这一场戏他们无论如何是得去看的。自从发生了芊子盗靴的丢人的事，爹和娘就没再去看过县剧团演的戏。哥哥和嫂子也没再去看过。当然，芊子也没再去看过。不是不想去看了，是不敢去看。也是脱不了身离不开家。爹和娘的两双眼睛盯住着她，使她一步也离不开她的小屋。过后听说县剧团虽然来了，“戴小生”却没来，芊子倒也并不觉得怎么失落。

爹和娘今晚都要去看戏，乃是出于这样的一种想法——总不在村人们看戏时露露脸面，倒显得自认家门之风不正了似的。自认了，当然也就授人以长久议论的权力了。在村人们看戏时露露脸面，多少总能对人们的口舌起点儿威慑的作用啊！村人们议论谁，一般总是在背后，当面毕竟还是有所顾忌的。背后议论不休，则可能放到当面不敢。而当面有所不敢，背后的议论则也许渐敛。何况那“戴小生”演过这一场，不是就将调到省团去了么？他今后不会再来了，女儿偷他戏靴的事儿，也就该被人们遗忘了……

爹和娘如此这般议论的话，全被芊子在门外听到了。

芊子推开门，闯入爹娘屋里，给爹娘跪下了。

芊子两眼噙满着泪，哀哀地说：“爹啊，娘啊，也让我去看他演的这最后一场戏吧！我保证躲在远远的地方看！保证只看上一会儿就回家来！从此女儿再也不想他，再也不惹你们生气了！成全了女儿这个愿望吧！”

爹却瞪起眼怒吼：“住口！你还有脸说你想不想他的话！他不能

娶你，你不能嫁他，你想他做啥？……”

芊子说：“女儿也没敢指望他娶我，女儿也没敢幻想嫁他，女儿只不过……”

娘用指头戳着她眉心连问：“只不过怎样？只不过怎样？芊子你倒是说说看，只不过怎样？”

“女儿只不过……只不过就是内心里暗暗喜欢这个男人，觉得他值得女儿暗暗喜欢罢了……”

娘双手一拍，转脸对爹说：“她爹你听听，你听听！小贱人竟吐出这等心里话来！这话若是让外人听了去，再满村地传开，以后还能有谁家要她做儿媳妇？……”

“你这算是什么愿望?！……”

爹气得脸腮抽搐，一脚将她踹翻于地……

如果芊子不求爹，不求娘，爹娘还不至于捆了她的手脚将她关在柴棚子里。但芊子在家中，本是个习惯于事事顺从爹娘的女儿。她不愿不经爹娘允许，偷偷跑去看“戴小生”演的最后一场戏。惹爹娘生气其实是她最不情愿之事。但她一求，爹娘出门前，反而对她不放心了……

现在，芊子已被关在柴草棚子里两个多小时了。双手和双腿，都已被捆麻了。柴棚子里，同时还关着秋末的最后一小群蚊子。都道是秋末的蚊子嘴开花儿，叮不了人了。其实是以讹传讹的一种说法。起码那一小群蚊子不是这样。它们叮起人来更凶更狠。吸起人血来没够似的。芊子的手脚被捆着，只有任由它们叮的份儿。它们认准了叮她的脸和脖子，因为她的脸和脖子没衣布隔着。芊子被叮得忍受不了，就摇晃一下头，而蚊子们却只不过嗡地飞起几秒钟，紧接着又落在她脸上和脖子上……

芊子偎在一堆柴草上，脸正对着柴草棚的后墙。后墙上开了一面小窗，用数根木条间隔着。从那小窗可望见月亮。那个夜晚的月亮又大又圆，仿佛还湿漉漉的。仿佛由湿漉漉的而变得沉甸甸的。仿佛由沉甸甸的而从夜空上坠落了下来，被小窗外一株老树的手臂擎住了，擎得很吃力似的。月光从那小窗洒进柴草棚子，洒在芊子的身上、脸上。水银似的月光，将芊子的脸映得格外白皙。泪水在这少女俊俏的脸上默默地无休止地流着……

“许郎，许郎，你真的再也不会到我们村来演戏了吗？你还因为我偷过你一只戏靴而生我的气吗？可惜，可惜，你都不知道我芊子是谁，我也没机会当面向你赔礼道歉了……”

芊子想到伤心处，抽泣了。

紧锣密鼓和伤感的胡琴声，从麦场的方向依稀地，时断时续地传入到芊子耳里。分明地，还能听到一两句“戴小生”的唱腔。芊子从柴草堆上站起，一蹦一蹦地蹦到小窗口那儿，侧耳聆听时，却又听不见了。

芊子想磨开捆手的绳子，但柴棚子里没什么见棱见角的硬物件足可借力。她又蹦到门那儿，在门框上磨。磨了许久，没磨断绳子，倒扎了两腕刺儿。芊子蹲在门那儿，哭出了声儿……

有人从小窗外走过了。

“他今天唱得可真好！”

“以后再不来了嘛，当然要更往好了唱！”

“今天的扮相也俊！比哪一次都俊！”

“是你这么觉着吧？你准梦见他！”

“嘻嘻，如果真能梦见他嘛，就亲自替他宽衣解带，由着他摆布！”

“你当人家一准儿喜欢摆布你呀?”

“那我摆布他！怀上他的种子才称了我的心!”

从小窗外走过的，是些年轻的媳妇和将要做媳妇的大姑娘。她们一点儿也不觉得害羞地，大声地说着些意淫的话。仿佛都在借机发布宣言，并成心让村里的男人们听到……

戏散场了。

芊子的爹和娘回到家里了。爹径直进了自己屋，脱鞋上床，倒头便睡。

是娘开了柴棚子的门，替芊子解了捆手脚的绳子。

娘见她已哭得泪人儿似的，安抚道：“哭什么呀！这也值得哭吗？都说他此次扮相好，唱得更好。我看扮相一般，唱得也一般。爹娘不让你去，是为你好嘛！以后他不会再来演戏了，你和他之间的事儿，人们也就不会再议论了……”

好像芊子和“戴小生”之间，真的发生过什么可议论的事儿似的。

娘没看出芊子的脸和脖子被蚊子叮得有多么惨。如果看出了，娘一定会非常心疼她的。再怎么的，娘也毕竟是娘啊！

芊子并不生爹和娘的气。她也明白，爹和娘是为她好。因丢了爹娘和嫂子的脸，芊子心里一直怀着万千内疚。

娘安抚了她几句，也进屋去陪爹睡下了。

芊子却没睡。估摸着爹和娘已睡实，她蹑足溜出了院子。村子安静了。几乎家家户户都熄灯了。芊子不死心，她希望能最后再看上一眼“戴小生”。希望剧团的人还没走，正在拆幕，正在收拾行头什么的。她并不想多么接近她暗恋着的人儿。能在他不知不觉的情况之下，远远地，远远地望着他的身影，芊子也就心满意足如愿以偿了。她明白，她这辈子是难有机会到省城去的。这辈子更难有机会在省城看他演的戏。正如她对爹和娘所说的，这少女只不过希望，能将一个自己痴情暗恋的男子的印象，日子长久更长久地保留在内心里。她也明白，再过二三年，自己就会命中注定地变成村里哪一个男人的老婆。而在本村的未婚男人中，没一个她真心喜欢得起来的。这少女对那“戴小生”的痴情暗恋，其实意味着一种对自己命中注定的婚姻前景的大恐慌。她本能地企图在自己内心深处预先储备下一小勺蜜，以防将来承受婚姻的不幸时，靠品咂那一小勺蜜默默度日。如此而已，仅此而已……

芊子一口气跑到麦场，土戏台上已是人去台空。只有一盏忘了熄灭的马灯，仍孤寂地悬挂在台角的柱子上，向土戏台多情地奉献着橘黄色的光晕。那时刻浓重的潮雾正从麦场的一侧悄悄漫过来，如同大水趁夜悄悄淹过来似的。

芊子爬上了土戏台。她希望能够寻找到一件剧团的遗弃之物。不管那是什么，不管它多小，多么不值得她保留，也不管那究竟是不是“戴小生”的东西，她都会如获至宝的。她将一厢情愿地想象那必是他的，并一生珍惜地收藏着。

然而芊子什么都没寻找到。那盏马灯算是一物。但芊子知道它不是剧团的，而是村里某人的。非将它想象成是“戴小生”的，芊子办不到。借助着马灯的光，芊子俯身寻找了一遍又寻找一遍。除了重叠的鞋底印儿，没发现任何别的东西。她想，那些鞋底印儿中，肯定有些是“许仙”也就是她的“许郎”留在台上的。但被另外一些鞋底印儿踩乱了，使她根本辨认不出。她终于发现了一个鞋底印儿非常清楚，并且立刻断定它是“戴小生”留在台上的。就那么一个，清清楚楚，像一个印象似的，印在土戏台的最前沿。和她所盗过的，他那一只戏靴的底儿的形状是一样的，尺寸看去也相同。这少女于是双膝跪了下去，并且不禁地伸出了双手，似想将它捧起来，小心翼翼地捧回家去。但她伸出的双手却未落地，却未真的去捧。她明白那是她所办不到的。正如她没法儿自欺欺人地将那盏马灯想象成是“戴小生”的。面对着自己所痴心暗恋的男人遗留在此的唯一的，有形有状看得见也摸得着的“东西”，却不能拾走，却没法儿收藏，这少女顿时的悲从心来。她沮丧之极，流泪了。

而这时浓重的大雾无声无息地漫上了土戏台，那马灯的光照忽闪了几下，终于熄灭了。芊子一心想要捧起来带走的“东西”看不见了。她连自己伸出着的双手也看不见了。这少女被湿漉漉的，冷森森的浓雾浸溺着，被黑暗从四面八方压迫着，感到身上一阵发寒，心里也一阵发寒。她不但流泪，而且开始嘤嘤哭泣着了。渐渐地，连她自己也被浓雾淹没了。只有她的哭泣之声，从浓雾里传出来，如同一个精灵在海里哭……

突然的，芊子从浓雾中蹿了出来。像一只猫或一只狗似的蹿下了土戏台。她知道剧团连夜到哪一个村去了。她朝那个村的方向奔跑而去。她要追上剧团，要当面向她的“许郎”乞讨一件东西。她相信他是会被她感动的，是会给予她的。她还要向他当面保证，从此再也不做蠢事，再也不会使他的名声因自己的痴情受牵连，受无辜的玷污了……

那时已下半夜了。其实下一场演出是在第二天的上午，但是剧团必须在这一个夜晚赶到下一个村子，否则那个村子的男人和女人就睡不好觉，就会猜测剧团是不是不来了，自己是不是空企盼了一场……

两村相距不远，但也不近，十四五里。

芊子飞快地奔跑着，一定要追上剧团的马车。

她没能追上，她在抄近路涉过一条浅河时，被河中的卵石绊倒，重重地摔在河里，扭伤了脚……

她眼睁睁地望着马车从河对岸经过，渐入她的视野又渐出她的视野。马铃声清脆悦耳，在望不见马车后她听到了一会儿……

她当时想喊，但嘴大张了几张，没喊出声儿。

她不知自己究竟该喊什么话。

那一时刻这少女因自己的痴情而羞耻倍加。她身体卧在河的浅水中，靠双臂撑起胸，扬头望着马车下了一个坡，从河对岸消失。她泪水刷刷地流，咬破了下唇才忍住没放声大哭……

芊子几乎是爬回家的。

爹没因这件事又打骂她。

娘哭了。

毕竟是自己的亲骨肉，他们都不忍再惩罚她了。他们对女儿盗靴后的这一荒唐行径，严格地保守秘密，可以说是守口如瓶，甚至也不曾向芊子的哥哥嫂子泄露一个字。

芊子病了，连续数日高烧不退。

这少女终于退烧后，似乎变了一个人。原先的她整日快快乐乐的，见了长者脸上就浮现出烂漫的笑去主动打招呼。有空儿就爱和同龄的小姐妹们凑在一起，嘻嘻嘎嘎地逗闹不止。即使一个人闲着的时候，嘴里也会不停地哼唱着。总之她曾像家里的和村里的一只雀，脸上很少有愁容笼罩着。大病一场之后的芊子，脸上再也没有原先那种烂漫的笑靥了。她不愿出门了，但一个乡下少女，是根本没有资格足不出户的。农家活儿多，她不愿出门每天也得出门几次。担水啦，拾柴啦，到自留地摘菜啦，照例是她的活儿。她担水的时候，如果望见井台那儿正有人摇水，就会担着桶在什么避人的地方躲一会儿，等别人担着水离开井了再走过去。她不和小姐妹们一块儿去拾柴了。有时她在山上拾柴，望见小姐妹们也结伴儿上山拾柴了，她就会往更高处登，成心不让她们发现她，成心避着她们。而她若在山下，望见小姐妹们在山上拾柴，她则不会上山了，只在山脚下拾碎柴。

娘若问："出去半天，怎么就拾回这么点儿柴火？"

她的回答每每是这么一句："娘，明天我再去拾就是了。"

而爹若在旁，看见了，听见了，难免的就叹一口气。

爹若一叹气，芊子赶紧又会说一句："爹，你别叹气。我心里不再想他了。真的!"

只有那时，她脸上才会浮现出一丝笑容。但她那笑容是很惆怅的，且有着几分自惭自耻的意味。原先的芊子从没这么笑过，想要这么笑一下都不会。原先的芊子从没做过什么感到自惭自耻的事儿。对于做过这类事儿的人，她一向抱有极大的同情。现在轮到她同情她自己了。这少女终于领教了什么叫"痴情"，她因此而觉得无地自容似的。

有次她到自留地去摘菜，听到背后有喘息之声。猛回头，看到了一张丑陋的男人的脸。从他排满七扭八歪的黄牙的口中，喷出一股股使人不得不掩鼻的口臭。他是村里的一个无赖。他几乎和她脸对着脸。他淫邪地笑着，两眼被欲火燃烧得投射出灼烫的目光。芊子还没来得及有所反应，便被那无赖紧紧搂抱在怀里了。

芊子刚要喊叫，他的一只手捂住了她的嘴。

他说："芊子，你可千万别喊。你一喊，被人看见了，你今后就更没脸见人了不是？反正我已经是无赖了，我还怕啥呢？但你一个被我无赖摆布过的小女子，今后村里哪一户人家还愿娶你呢？我不破你瓜，我就是想和你亲爱一番罢了……”

那无赖一边说，一边将她压倒在黄瓜架间。芊子拼命挣扎，不喊不叫，咬紧牙关进行反抗。但哪里又敌得过一个浑身蛮力的强壮男人呢？结果还是被他那一只手解开了腰带，上上下下遍肌遍肤摩挲了个够。他亲爱了她半个时辰才忍欲罢休……

芊子也在黄瓜架间暗暗哭泣了将近半个时辰，哭得颤抖作一团，直至娘来找她。

娘愠恼地数落她：“你呀你呀，芊子呀，你可叫娘快把心都替你操碎了啊！你不是不想他了吗？怎么又哭了？……”

芊子说：“娘，我没想那个人……”

“那你为啥哭？”

“我正摘黄瓜，猛见一条蛇盘在黄瓜架上……我……我是被吓哭的……”

“蛇？……你辫子怎么散了？……你身上怎么净是土？……你衣扣儿怎么掉了？”

“娘，你别问了！”

芊子腾地站起，泪眼涟涟地瞪了娘片刻，扭身往家便跑……

她不敢告诉娘实情。怕娘转而告诉爹，爹转而去找那无赖算账，沸沸扬扬，使她更加蒙羞受辱。

娘虽然疑心大起，但是却没跟爹“汇报”。芊子侥幸避过了爹的审问。

是的，这十六岁的乡下少女，真的不再可能是原先的那个芊子了。爱的愿望和被爱的希望，似乎早早地就死灭在她心里了。她只盼着爹娘做主，快点儿把自己嫁出去算了。

有天晚上，芊子刚躺下，嫂子来了。嫂子和爹娘说了几句话后，脚步轻轻地走入芊子屋里。

“芊子，这么早就睡了呀？”

于是芊子起身靠墙坐着，目光幽幽地望着嫂子。

“芊子，嫂子今天到县城里去了一趟……”

嫂子说着，在炕沿儿坐下了。

姑嫂俩感情好，平时无话不谈。但现在的芊子，连对嫂子都不愿说什么心里话了。她不是不相信嫂子了，只是不愿说罢了。现在的芊子越来越感到，要她与人交谈，等于强迫她似的。

嫂子压低声音又说：“芊子，嫂子今天可是为了你，瞒着你哥到县城里去的……”

“…………”

嫂子攥住她一只手，声音更低地说：“芊子，嫂子体恤你的心。嫂子也打十六七岁的时候过来的呀！和你哥结婚前，嫂子也暗暗喜欢过另一个男人。那一年，县里派人下乡扫盲，他被派到咱们村来了。他在县文化馆当馆员，是个还没成亲的高中毕业生。斯斯文文的，见了年轻女人就低头。村里的大姑娘小媳妇儿偏爱逗他寻开心。一逗他，他就脸红。他住在嫂子家，在嫂子家吃饭，帮嫂子家干活儿。每晚，嫂子和他一块儿去队部。他当先生，村里那些个大姑娘小媳妇儿，还有嫂子，都是他的学生。他教字时，嫂子不眨眼地望着他。不是注意听讲到那般地步，是心里对他喜欢到那般地步啊！他教字教得可认真啦，光写对了不算，还必得按他教的笔画写。大姑娘小媳妇们对他叫老师叫得可亲了，可甜了。嫂子我也是。村里的男人们都不情愿当他的学生。晚上宁可吸着烟，聚在村头村尾东拉西扯地聊天。他拿他们没法子，后来也就不动员他们了，只教我们些个高兴跟他学文化的女人们了。他上完课，嫂子又和他一块儿回家。进了家院，嫂子说：‘老师晚安。’他也说：‘小妹妹你晚安。’嫂子当年只比你现在大几个月，男女间的事儿，懂了不少啦。反正比你现在懂得多。当年村里的男女比现在还不知羞臊，常当着些个半大孩子的面儿说些不该说的话，从小儿听多了，明白的也就多了。‘晚安’两个字是他教我们说的一句话。他说是句文明话。他进了他的屋，还要在油灯下看半宿书。嫂子进了自己的屋吧，就趴在炕上，胳膊肘架在窗台上，双手捧着脸，呆呆地望着他映在他那屋窗上的影子。心想，要是能和他做了夫妻，一辈子多幸福多美满啊！……”

尽管姑嫂俩曾无话不谈，但嫂子却从没对芊子讲过自己这一段往事私情。嫂子的语调儿柔柔娓娓的，像在讲一个最美的，也是自己最能讲好的故事……

芊子看不清嫂子的脸。她从嫂子手中抽出自己的手，想点亮油灯，看看嫂子脸上是一种怎样的表情……

“别……别点灯……就这么黑着好……”

有水滴落在芊子手上。芊子明白那当然不是水滴，是嫂子的泪。

“嫂子，你哭了？……”

“嗯，芊子，你还想听嫂子讲吗?”

“想听……”

“那好，嫂子接着讲给你听。有一天啊，县剧团也到村里来演戏。演男主角儿的当然不是你喜欢的那个‘戴小生’，是一个四十多岁的，专演老生戏的。嫂子的爹娘都去看戏了。嫂子撒谎胃疼，没陪爹娘去。因为他也不去，在他屋里看书。终于有了爹娘不在眼面前的机会，嫂子反而心慌得不行。仿佛一会儿就将天塌地陷似的。嫂子越心慌，越在自己屋里坐立不安了。嫂子鼓起勇气，猫悄儿地走到他窗下，敲敲窗问他：‘老师，你屋里有开水吗？用不用我给你烧一壶开水呀？’连嫂子自己都能听出，自己的声音颤颤的。他隔着窗说：‘有开水。谢谢你小妹妹，不用替我烧。’他映在窗纸上的，正看着书的影子，连动都没动一下。嫂子心里委屈极了，真想对他说：‘我才不是什么小妹妹哪，再长一岁就该嫁人了！村里一些当了媳妇的女人，不过就比我大一两岁！’可是羞哇。说不出口呀。回到自己屋里，转悠了一圈儿，还是坐立不安。就又猫悄儿走到他窗下，再次敲敲窗问他：‘老师，你晚饭没吃饱吧？用不用我给你煮两个鸡蛋呀？’他隔着窗说：‘不用不用！我在你家不见外，像在自己家一样。哪儿能不吃饱呢？’我就生气地说：‘我看出你见外了！’其实呢，嫂子生气的是，他映在窗上的影子，还是一动不动，连头都不往窗外扭一下。他在屋里说：‘我没见外，真的小妹妹！’我在屋外说：‘你见外了！你就是见外了！’他在屋里又说：‘小妹妹，你要偏这么以为，我也没办法。我再声明一次。反正我今晚吃得饱饱的！’他说这几句话时，头是终于扭向窗外了。我说：‘反正我看出来你今晚明明没吃饱！’我就跑向灶间，拨旺了火，很快地为他冲了两个鸡蛋。又跑入自己屋，怀揣着写字本儿，然后端着碗，走到他那屋门前。嫂子说：‘老师，快开门！’他开了门，见我双手端着碗那样子，皱了下眉头，嗔怪地说：‘你这小妹妹，太不听话了！’嫂子说：‘你越把我当小妹妹，我越不听话！’嫂子放下碗，又催促地说：‘老师，快吃了吧！我撒了糖！’他不吃。我用小勺送到他嘴边儿，逼他吃。他说：‘好好好，我吃我吃！我吃还不行啦！’我就笑了。我说：‘老师，你早说这句话，我才不像喂小孩儿似的喂你哪！’说得他倏地红了脸，不好意思起来。我喜欢看他不好意思的模样儿。我想，一个男人，如果在女人面前怎么的都不脸红，这个男人可就未必会是一个正经男人了。我高兴我没看错他。我想啊，喜欢他这个从县里来的，有文化的，比我大六七岁的男人一场，值得。他是我当年喜欢到的第一个县里的男人。像那‘戴小生’是芊子你喜欢的第一个县里的男人一样。所以嫂子能体会你现在的心情。芊子，你还愿听嫂子往下讲吗？……”

“嫂子，我愿听……”

“那，嫂子就接着讲给我小姑听。芊子，嫂子这一件往事，村里任何人都不知道。嫂子也从没对任何人讲过。完全是由于发生了你这件事，引得嫂子回想起了自己的往事。不对你讲，自己也憋不住了。当时，我站在他身边儿，看着他吃光了两个糖水冲鸡蛋。他说：‘小妹妹，你看，我吃光了。我要继续读这一本书了，你也回你屋里去吧，好吗？’我就一扭身子，一撅嘴儿，撒娇地说：‘不好！’他瞪了我一会儿，笑了，服输似的说：‘那你究竟还要我怎么样呢？’我从怀里抽出写字本儿，往他面前一放，也红了脸说：‘我要老师看看我写的字好不好！’不知怎么的，我自己也不好意思起来。只觉得脸上一阵阵发烧，心怦怦乱跳。他看了看，表扬地说：‘好哇！你写的字越来越好了嘛！’我就说：‘老师，可是我笔画总也写不顺，怎么办呢？’他说：‘照着课本儿上的笔画写。多写就能写顺了！’我说：‘你把着手儿教教我吧！’我想啊，既然你张口闭口总叫我小妹妹，那我就索性装你个小妹妹呗！他说：‘你这个要求可太过分了！’我又撅起嘴儿撒娇地说：‘不过分嘛！’芊子，事隔这么多年，当时他怎么说的，嫂子自己怎么说的，嫂子都记得一清二楚。就像是昨天的事儿似的……”

屋外，月亮隐到夜云后面去了。月光仿佛被夜从屋里吸走了。芊子是更加的看不清嫂子的脸了。从爹和娘的屋里，传出了爹的鼾声。芊子的手上，臂上，已承接了好几滴嫂子的泪了。

芊子往炕里挪了挪身子，轻轻扯了嫂子一下。

嫂子明白她的意思，就脱了鞋，挨着芊子，和她并头躺下了。她感觉嫂子的身体在微微发抖。这使她内心里产生了一种莫名的紧张，那甚至可以说是一种莫名的恐惧。这乡下少女，对“爱”这一个字，开始有点儿害怕了。她从不曾想到过，“爱”对于某一个女人，可能是比死一回更刻骨铭心的体验……

嫂子接着说：“半截儿铅笔用一根头绳儿拴在写字本儿上。我攥着笔，往他身上依偎，央求他握着我的手教我写几行字。他说：‘你这个小妹妹呀，真让我拿你没办法！’我就趁机往他腿上一坐。他呢，也没反感。握着我的手写起来。写了一行，又写一行。写了一页，翻过去，又写一页。那时啊，嫂子我真希望那写字本儿厚厚的，厚厚的，足够我俩就那么写一整夜也写不完。

“我的背紧靠在他怀里，我觉得他的心在怦怦乱跳，也许是我自己的心在怦怦乱跳了。我觉得周围好静好静，先还能听到窗外的蛐蛐儿叫，后来就听不见了。只能听到笔在纸上写字的声了，再后来连这一种声也听不见了。嫂子手心儿出汗了，身子软了。哪儿还是嫂子的手在写字啊。那差不多就是他在写字了！我的另一只手放在桌上，不知什么时候，他的另一只手，把我的另一只手也握住了。那时我是真希望他紧紧搂住我，亲我，抚爱我呀！就是他把我抱到床上去，脱我的衣服，我也不会反抗的。在当时，那是我最情愿的事啊！反正我们乡下女子，左右不过是要嫁给乡下男人呗！在嫁之前，把自己的身子给了一个自己喜欢的男人，就算是天大的罪孽，我也宁愿犯一次了！咱们乡下女人，有哪一个是嫁给了咱们真心喜欢的乡下男人的呢！到了年龄，还不是由别人做媒，父母做主，一嫁了之吗？以后的一辈子，还不是嫁鸡随鸡，嫁狗随狗吗？芊子，你是我小姑，我是你嫂子，我丈夫是你亲哥哥，按常理我不该对你说这些。可谁叫咱们姑嫂俩感情好呢？你听着不生气吧？……”

“不，嫂子，我不生气……”

芊子突然将头往嫂子怀里一扎，低声哭了。她自己的哥哥，什么样的脾气秉性，她当然清楚。哥哥从不知道疼爱嫂子。自己想那种男女间的事儿了，也不管嫂子身子倦不倦，更不管是白天还是晚上，插上房门，扯将过来，按倒在床上就行事。一个不高兴，则开口就骂，举手便打。嫂子身上常被哥哥打得青一块紫一块的。哥哥嫂嫂没分出去过以前，哥哥大白天插上门儿忙里偷欢的事儿和半夜里突然打骂起嫂子来的事儿，芊子早已是见怪不怪了。在那一个夜晚，这十六岁的乡下少女，因自己是一个对自己很亲爱的女人的小姑，而感到非常对不起对方似的。

“芊子，好芊子，别哭，别哭……”

“嫂子，我心疼你……我心疼咱们乡下女人……”

“芊子，别这么想，乡下女人，也不个个都命苦。也有摊上一个知冷知热的好丈夫的。嫂子就祈祷你将来能摊上一个体贴你疼爱你的好丈夫……我讲到哪儿了？”

“讲到你希望他……”

芊子不好意思重复嫂子的话。

嫂子翻了个身，仰躺着，在黑暗中瞪着屋顶，语调幽幽地娓娓地又接着说：“是啊，嫂子当时真希望他紧紧搂住我，亲我……哪怕他把我抱到床上，脱我衣服，嫂子也……就像有些戏里唱的，在所不惜……突然房门开了。我和他惊得同时抬起了头，见我爹站在门外，大瞪两眼正望着我们。我和他都呆住了。我心慌极了，怕爹大骂他，那我就太罪过了。他倒挺镇定的，笑着对我爹说：‘大伯回来了？小妹妹缠着我，非要我把着手儿教她写几个字不可。’我爹的目光就很威严地只望向了我。我赶紧壮着胆子说：‘对！是我非让老师把着手儿教我写这几个笔画多的字！’爹没好气地说：‘你什么样子！还坐在老师腿上不起来！’我就慌慌地起身离开了他，离开了桌子，走到窗子那儿站着，背着双手，不安地望着我爹。他也站了起来，让开椅子，对我爹说：‘大伯，您坐吧！’我爹大步走近桌前，阴沉着脸，拿起写字本儿翻看了几页，问我：‘这几页都是新写的？’我点点头，低声说‘是’。我爹又问他：‘你看我女儿学文化笨不笨？’他说：‘大伯，小妹妹一点儿都不笨。她很聪明。学得最快，字也写得最好！’我爹终于笑了，在椅子上坐下了。嫂子才趁机溜出了他的屋子。我回到自己屋里，躺在炕上，抱着枕头，听爹在他屋里高声大嗓地和他侃戏，一颗心满足得像要化了似的。芊子，想想咱们乡下小女子，真是可怜，能有缘和自己真心喜欢的男人偷偷亲昵那么一次，就足够咱们幸福一辈子了似的。我知道他迟早会离开咱们村的。但是却没想到他隔天就离开我家了。那一天中午，我高高兴兴地锄地回来，一进院子，就冲他的屋叫‘老师’。没人应我。我推开门一看，见小床上没了他的被褥，破桌子上也没了他的那些书。爹不在家，只有娘在家。我问娘：‘我老师呢？’娘一边撒米喂鸡一边说：‘搬五保户韩大爷家住去了。他说不能只住在咱家太给咱家添麻烦。说韩大爷病了，需要个人照顾照顾。他搬过去住，可以替村里照顾韩大爷……’不等娘的话说完，我扔下锄，转身就往外跑。一口气儿跑到韩大爷院儿里，见韩大爷正光着上身，闭着两眼坐在屋门前晒晌午。我问：‘大爷，我老师是搬你这儿来了吗？’他说：‘这丫头，听你的口气，倒好像他只是你一个人的老师似的！’我跺了下脚，心急地说：‘他到底搬你这儿来住没有哇?’韩大爷说是他搬来住了。我又问：‘我老师他人呢？我有话跟他说!’韩大爷说他在队部帮着总结什么材料呢，我再问韩大爷是不是病了。他不高兴地说：‘你没见我这儿正好好儿地晒太阳吗？你是巴望我生病怎么的呀!’我心里顿时明白了几分，眼泪刷地就流出来了。以后我就再也没机会和他一块儿去上夜校了。再也没机会和他单独说话儿了。他教课时，我却仍像以前那么木呆呆地望着他。而他的目光一碰到我的目光，赶快就避开了……半个月后，他当扫盲教师的任务结束了。离开村子了。前一天晚上，我就打探清楚了他第二天什么时候离开村子。我在距村子七八里远的地方等他。从下午一直等到日落西山，等到天黑，却不见他的身影从路上走来。我不死心，非等着见上他一面不可。那一晚上的月光好亮。亮得遍地像铺了一片银子似的。我等得心焦，就敞开嗓子唱歌儿。其实也是心里害怕。嫂子从没天黑以后单独在距村子七八里远的地方待过。唱着给自己壮胆儿。唱着唱着，忽听他的声音在我背后轻轻地说：‘小妹妹……’我没转身，没回头，就那么背对着他，一动不动地站着。他是抄近路走的，所以我没等着他。如果我不唱歌，我和他就见不上那一面了。他是听到我唱歌，才循着我的声音回来找我的。他见我不转身，也不回头，就走到了我面前。他说：‘小妹妹，我知道我不对。不该不和你道别就走……可是你别哭。你流泪，使我心里好难受……’他不说我流泪，我自己都不知自己在流泪。听他那么一说，我双手往脸上一捂，可就放声哭开了。‘别哭别哭，你这么大声地哭，万一让人撞见了，会起疑心的!’可我止不住自己的哭声。他呢，就掏出手绢儿替我擦泪。我哭着说：‘老师，我是在这儿等着能再见上你一面啊!’他说：‘我明白，我明白，我怎么会连这一点都不明白呢!’月光下，我见他眼中也流下了一行泪。他握着我的手，离开了路。离路不远处有条小河，河岸边有一处小树林。我们就去到了小树林里。他说：‘和老师在这儿坐一会儿吧！’我点了点头，他就让我帮他从身上取下了行李卷儿，轻轻扯我和他一块儿坐在行李卷儿上。我低声问他：‘老师，你是因为我，才从我家搬走的吗?’他垂了头不回答。我又问了一遍，他才望着我，默默点了一下头。他从他的书包里取出一个小本儿，向我捧着说：‘你看，我并不是不想和你道别。这个小本儿就是我要送给你的。可是我走到你家门口儿，又没借口进你家的院子了……’我接过小本儿，翻开一看，见上面写着一行字是——送给一个可爱的乡下小妹妹。我刚才说过，那一晚的月色明极了，月色好像专为我能和他见上一面才那么明的。小本儿上的每一个字我都能看得清楚，也全认得。可是我却偏问他写的一行什么字。他说：‘你全认得的嘛！’我说我看不清。他说他能看得清，我也一定能看得清。我就说我眼力不好。他说：‘那你就回家看去吧！’我撒娇地扭着身子说：‘不嘛！’他拗不过我，只好说：‘我写的是——送给一个乡下小妹妹。’我猜到了他肯定不愿当面对我说出那‘可爱的’三个字。我又偏指着那三个字说：‘你说的是九个字，可你写的是十二个字，那么这三个你不说的是什么字呢?’他说：‘你怎么知道我不说的就是这三个字呢?’我说：‘我乱猜嘛！如果我猜得不对，你老老实实地告诉我你少说的究竟是三个什么字！’他望着我说：‘好，我老老实实地告诉你，我少说的三个字是可爱的。你没猜错，就是你指的这三个字。’一个从没被爱过的小女子，听一个她所喜欢的男人，当面望着她，亲口对她承认，她在他眼中是‘可爱的’，她会感到多幸福啊！芊子，芊子，自那一晚上以后，嫂子就再没有感到过幸福啊！嫁给你哥哥以后，嫂子明白，嫂子这一辈子永远也别想再感到幸福了……”

“嫂子，嫂子你别这么说。你这么说，让我芊子太心疼你了！也让我太恨我哥了。可他毕竟是我哥呀！”

枕头已湿了。被泪水滴湿了。有嫂子的泪水。也有芊子的泪水……

“嫂子没有让你恨你哥的意思，真的没有。你哥是那样的一个男人，那也不是他的错。村里的男人不是都和他差不多吗？咱们乡下女子，难得接触到一个县里的男人，更难得见到一个城里的，有文化的，对女人彬彬有礼的男人。如果自己正在春心摇荡的年龄，接触到了，有几个会不暗暗喜欢上他们呢！”

“嫂子，可是我不像你，我没接触过那个‘戴小生’，一想到我根本没接触过人家，人家都不知道我是个什么样的人儿，我就喜欢人家喜欢得不知拿自己怎么办才好……我的……”

这十六岁的乡下少女，不知如何对自己的嫂子表白自己内心深处所感到的莫大委屈和羞耻，又将头扎在嫂子怀里抽泣起来。

“芊子，别哭……好芊子，别哭……嫂子也是多么地心疼你啊！要不嫂子就不跟你讲这些了！……当时，他承认了他少说的三个字是‘可爱的’，我就禁不住地笑了。他的目光好温柔。他的语调儿也好温柔。我虽在笑，可眼泪又刷刷地流下来了。我问他：‘老师，你觉得我哪点儿可爱？’他说：‘别叫我老师了，既然我叫你小妹妹，你就叫我大哥哥吧！’我点点头，接着问：‘老师大哥哥，你觉得我哪点儿可爱？’他就用双手捧住了我的脸，说悄悄话似的对我说：‘你这小妹妹呀，你这小妹妹呀，你自己不知道吗？你长得很秀气呀！你这双眼睛好迷人。像小狗儿的眼睛一样，看着人时，显出对人那么单纯的一种信任。还有，你是个顶顶多情的小妹妹！咱们中国的古人常说，少女纯情，百珏难抵呀！珏就是宝玉！你不但痴情，而且纯情……而且……’我捂住了他的嘴。我说：‘你亲我一下吧！’他迟疑着，想亲我，又有很多顾虑的样子。我又说：‘你不亲我一下，我就不让你走！你亲我一下，我也不白从下午一直等到你这时候！’他就猛地把我搂在他怀里了。我们的嘴唇一亲在一起，就好像互相粘住了，分也分不开了似的。我被他亲得全身都瘫软了，要昏过去了一样。那时已经十月底了，晚上挺冷的了。他说：‘你穿的单薄。你回去吧！回去太晚了你爹娘是要逼问你的。我送你到村口！’我舍不得离开他，就不吭声。后来他打开了他的行李卷儿，将他的被子披在我身上。再后来，不知怎么的，我们俩就都裹在被子里，倒在地上了。他紧紧搂抱着我，我也紧紧搂抱着他，互相一阵阵地亲着，谁都亲不够谁。他的一只手，就伸到我衣服底下。他爱抚得我全身像酥了似的。我看出他光搂抱着我，光亲我，光爱抚我的身子，心里并不满足，不但不满足，心里还在发急。其实我自己心里也并不满足，也发急，像心里压着一堆暗火，腾地蹿起老高的火苗来心里才畅快。结果呢，我就开始急急地解衣扣儿。好像手不是我自己的手了，是一个什么神明精怪的手，在替我做我和他都想做，又都害羞做也不敢做的事。他却按住了我的手，说：‘你别，你别这样！我没想你这样！我现在就送你回村吧！’但我看出了他说的是假话，看出了他嘴上说的和心里想的根本不一致。我就说：‘我情愿。真的，我情愿。你别怕，无论谁逼问我，我都不会说出你！’他哭了。忽然像个孩子似的哭了。他伏在我身上，一边哭一边说：‘我也不光是怕……总之我不能……我已经订婚了……就是没订婚，我也不能……我和你，一个在县里，一个在乡下……’我又用手轻轻捂住了他的嘴。我知道他想说，我和他是做不了夫妻的。我明白这一点。就像你也明白，你和那个‘戴小生’根本做不了夫妻。我替他擦泪，亲他。将他的一只手按在我胸脯上。我说：‘那你就替我扣上扣子吧！’他就用另一只手替我扣上了衣扣。之后他又说：‘我送你回村吧！’我说：‘我离家前跟爹娘撒了谎，说今晚要住在前边那个村的姨家。爹娘不会到处找我的！’他说：‘真的吗？’我说：‘真的。’其实我根本没跟爹娘说要住在姨家的话。我又对他说：‘这你就不用替我着想了吧？求你今晚陪我在这儿过一夜吧，行不？’他点了点头，后来我们还是彼此把对方的衣扣儿解开了。肌肤紧贴着肌肤。再后来，我就睡在他怀里了。等我醒来的时候，天光已经发白了。我睁开眼睛首先看到的是他的脸。他已经穿齐整了。正俯下身端详着我的脸。我一下子坐起来，伸出两条胳膊搂住了他的脖子。他说：‘快掩上衣服，小心着凉！’我这才发现自己敞着胸怀。如果是在夜晚，我也许不会感到害臊。可天毕竟亮了呀！那一年我才十七岁呀，我从来没和男人像和他那样过呀！我脸红了，赶忙背转过身去扣衣扣儿。他呢，就从书包里取出条毛巾，向小河走去。一会儿，他回到了我身边，用湿毛巾替我擦脸。之后，就开始打行李卷儿。他将行李卷儿背起来了，望着我说：‘你昨晚骗我了是不是？’我眨眨眼睛，不明白他的话。他又说：‘你根本没对你爹娘说昨晚要住在你姨家，对不对？’我点点头，怯怯地说：‘那，你生我气了？’他说：‘我生你气也晚了。再说也不能全怪你。昨晚我就断定你是在骗我。可我太不忍离开你了。也太舍不得离开你了！这一个晚上，将要把我的生活全搞乱了！’我又眨眨眼睛，更加不明白他的话了。他拉起我的手，苦笑了一下说：‘现在，咱们一块儿回村吧，一块儿到你家去。由我向你爹承认，昨晚你是和我在一起的。’他说得非常平静。我看出，他是下了很大的决心的。他说的完全是心口如一的话。我说：‘那，我爹决不会饶了你！’他就走到我跟前，又双手捧住我脸说：‘随他们的便吧！等你再长大两岁，我娶了你还不行吗？’我说：‘你昨晚不是告诉我，你已经订婚了吗？’他说：‘是的。我没骗你。’我问：‘她好吗？’他说：‘好。’我又问：‘她漂亮吗？’他说：‘漂亮。不过也随她的便吧！明知你一夜未归，回到家里会受审，会挨骂，甚至会挨打，我怎么能不陪你一块儿回去呢？为了你不挨骂挨打，我什么也不在乎了。’他说完，猛地又紧紧搂抱住我，又尽情地亲了我一阵。我偎在他怀里，仰起脸说：‘那，你不是太对不起她了吗？’他的目光就垂下来，眼睛盯着我的眼睛说：‘是啊，是太对不起她了。不过呢，我对不起她，她顶多是恨我，顶多是骂我负心，顶多是从此将我当仇人。可我要对不起你这一夜的痴情和纯情，你可就苦了，甚至惨了。你不但会挨骂，挨打，可能还会背上坏名声，那你可就把自己毁了啊！所以呢，我还是对不起她吧！’我问：‘你的意思是，你要主动向我爹娘承认，昨夜是你跟我在一起吗？’他点头。我又问：‘你还要对我爹娘立下誓言，等我再大两岁后，娶我为妻吗？’他再次点头。我郑重无比地问：‘君子无戏言，你的话当真吗？’他也郑重无比地说：‘如果我心口不一，天打五雷轰！’我看出他那一种郑重的表情绝不是伪装的。那一时刻我心里惊喜的啊，简直没法儿用话说。我暗想，这不是天公地母在成全我这乡下小女子吗？如果我任他走了，只在家里伤心落泪，不跑到半路苦苦地等着最后见上他一面，一段姻缘不就从我身边错过了吗？那我这乡下小女子，哪能再摊上一次千年的幸运，和他这么一个书生似的秀气男人结成夫妻啊！我不由得双膝跪了下去，先望着天，虔虔诚诚地拜了拜天公，后磕了三个头，谢过了地母对我的大恩大德。接着我一下子跃起身，张扬着两条胳膊扑到他怀里。我用两条胳膊环搂住他的脖子，踮起脚渴龙吸水似的亲他，恨不得把他的心吸到我肚子里，也恨不得能把我自己的心吐在他口中。后来我就拉着他的手说：‘咱们快走！我爹娘一定替我高兴死了！他们打着灯笼也找不到你这样的女婿啊！他们背着你夸过你好几次呢！说你人好，品性也好，在我们乡下人面前一点儿也不端文明人的架子！’我满心的快乐，满心的幸福，一会儿和他手拉着手走，一会儿蹦蹦跳跳走在他前边，嘴里还唱个不停。走着走着，他的脚步慢了。我留意观察他，见他有点儿愁眉不展的样子了。我暗想，他八成是后悔了吧？设身处地，替他想一想，人家已经定了亲，又是县里人，有份儿好工作，就因为被我半路等着了，就因为和我这个乡下小女子在露天旷地过了说不清道不白的一夜，就因为怕我一个人回到家里没缘由解释，挨骂挨打，就因为怕我的名声被一夜的荒唐毁坏了，才决心改变自己命运的啊！多好多善良的人啊！人家其实并不那么情愿又是多么地可以理解呢？我这乡下小女子，是不是太利用人家的弱点，太自私，太强人家所难了呢？但是又一想，是他自己决定的呀！我并没逼着他做出这么个决定呀！他明明后悔了，我也可以装没看出来啊！我装没看出来，他后悔了有苦难言，不也仍得乖乖地随我走吗？再走四五里地，就走到村口了。一进了我家门，他就是再后悔也迟了啊！板上锤钉他就成了我这辈子的如意郎君了啊！我就又拉起他的手，拖着他快快地走。忽然他挣脱了手。他说：‘我累了，到那边儿歇会儿吧！’不待我说什么，离开路，跑到河边儿去了，跑到一人多高的蒿草丛后面去了。我愣了愣，追过去了。我见他在蒿草丛后面双手捂着脸在哭。我明白，此时此刻，他内心里肯定是真的悔极了。而嫂子我的内心里，却顿时被他哭得乱成了一团麻。他在一边儿哭，我在一边儿用石头打水漂儿。我想，他总有哭完的时候吧？只要我不心软，他哭完了，不还是得随我往我家走吗？可是，嫂子我想不心软，其实却早已被他哭得心软如棉了。听着看着自己喜欢的一个男人在一旁孩子似的伤心哭泣，有苦难言，除非铁石心肠的一个女人，哪一个十七岁的小女子，又能做到不理不睬呢？我就想，我是不是太坏了呢？如果昨夜的事儿根本没发生，人家这会儿会有苦难言地哭吗？昨夜的事，可究竟算不算是在我的勾引之下才发生了的呢？虽然我并没有勾引他的邪念，只不过是由于太喜欢他太痴心太多情罢了。于是我就走到他身边，蹲在他跟前，轻推着他的肩说：‘好人儿，你别哭了，你别哭了，你都快把我的心哭碎了！’我又将他双手从他脸上分开，攥着问：‘你这会儿是不是后悔了？’他将头一扭，避着我的目光小声说：‘别问我后不后悔。我哭过就好了。’说完，长长地叹了口气。那一时那一刻，我倒下了一个决心。我说：‘你别为难自己。我怎么忍心让你为难自己呢？快走吧。’他就站起来，又长长叹了口气，抹了抹眼泪，然后拉着我的手说：‘好，咱们走！’我挣脱了手说：‘你怎么不明白我的意思呢，我是让你自己快走啊！其实，我也定亲了。我是不能毁亲嫁你的呀！在我们乡下，毁亲是会闹出鸡犬不宁的大事的呀！’他怔怔地瞪了我片刻，不相信地问：‘你真的也定亲了吗？’我还能怎么说呢？只有点头儿。他又问：‘那你为什么不早告诉我？’我说：‘我舍不得离开你呗，我心想让你再陪我走一段路呀！’他脸上渐渐地就微笑了。他搂抱住我，连连说：‘你这个小妹妹呀，你这个小妹妹呀……’愁眉顿时就舒展开了。而我呢，泪水一下子就涌满了两眼。我将脸偎在他怀里，细声细气地问：‘你会常想着我吗？’他说：‘会的会的！你呢？’我说：‘只怕我一辈子忘不了你啦！你再最后亲我一次，你就走吧！’他就双手捧着我脸亲我。要把我脸上的泪亲尽似的，可我眼中流泪不止，又怎么是他能亲得尽的呢？我的心好像变成了一口泪泉，不断地往两眼涌上着泪似的。他说：‘小妹妹，痴情纯情的小妹妹呀，千万别恼我啊！’我说：‘你对我这么好，你不拿我当一个放荡的乡下小女子看，我哪能恼你呢？’我推开他又说：‘趁着天还没大亮，路上还没行人，你快走吧！走晚了，碰见了我们村里的什么人，不是该对你起疑心了嘛！’他说：‘对，我是得走了，是得走了……’一边说，一边又想拉我的手。我将手往身后一背，转过了身，我背对着他说：‘我一步不送你了。我也不望着你走了。我……怕望着你走，舍不得你走，又会纠缠住你……使你……走不成……’等我满脸是泪地回头时，他已不在我眼前了，路上也没了他的影子。我痛痛快快地放声大哭了一场……”

“嫂子，你回到家，你爹娘没审你？”

“审了。”

“你怎么说？”

“我说在二姨家住了一夜。”

“他们信了？”

“哪里轻易就会信呢？一个十七岁的半大姑娘，一夜不归家，能是自己怎么说，爹娘就怎么信的吗？我娘还亲自到我二姨家去问了。结果，晚上对我又是一顿审。我也编不出个能使他们信的瞎话骗他们了。只能咬紧牙关，任爹用麻绳折磨我，任娘掐我，拧我，什么都不说。他们折腾我折腾得自己累了，就罚我跪碗碴子，整整跪了一夜。第二天又饿了我一天，渴了我一天……”

“你爹娘就没见着他送给你那个小本儿？”

“我敢带回家吗？我藏在村外那座破庙里了。好些日子以后才取回家的。第二年，我刚满十八岁，爹娘就做主把我嫁到你家，成了你的嫂子。”

“那小本儿，至今还在吗?”

“不在了。我是偷偷儿带着它出嫁的。东藏西藏，天天担心被你哥那双眼睛发现了。你哥也是认得几个字的。如果翻出了那小本儿，指着上边的字再审我，我怎么说呢? 就他那种疑心的人，那种坏脾气，没准儿会闹得咱们两家都天翻地覆啊! 所以呢，有一天我就把写有字儿的那一页扯下来，缝到我枕的枕头里了。那小本儿也就不怕你哥看见了。后来他就用它记杂账，再后来就被他一页页扯着卷烟了。有一天我拆枕头，见那一页纸早就碎了。你哥从旁看到了，就问:‘枕头糠里怎么会有碎纸?’就想帮我挑出来。我说:‘一边儿去，显不着你!’把他推开了。我根本没筛枕头糠，又连同那些碎纸缝入枕头了。我想，这点儿东西，就是我喜欢过的一个男人留给我的唯一的一点点东西了。这些枕头糠，我一辈子也不会筛一遍的了。我常想，我好像是嫁给两个男人了。身子夜夜陪着一个男人睡觉，心里话儿对另一个男人默默诉说……”

芊子由嫂子的话联想到，有一次她去哥嫂家，撞见嫂子独自一人坐在床上，抱着枕头在自言自语些什么，当时她还取笑过嫂子哪……

“嫂子，你再也没见到过他吗?”

“没有。但是我每年都找借口到县里去一次。找个地方隔街坐着，一坐就是一两个钟头，望着县文化馆出神儿。那时刻就想啊，我还是幸运的。内心里还有一个男人可思念着。芊子啊，你记住嫂子今夜对你说的这一句话——女人不能嫁给自己喜欢的男人当然很命苦，但是不得不嫁给自己不喜欢的男人，又没有一个自己曾喜欢过的男人供心里思念着，命就更苦了。”

“嫂子，你是说，咱们乡下女人，有种好像嫁给两个男人的感觉，反而比没有这一种感觉还好？”

“嗯。嫂子是这么体会的。嫂子今天又到县里去，既是为自己，也是为你。嫂子喜欢过的那个男人，前年已经不在世了。撇下孩子媳妇，病死了。但每年嫂子还是照例到县里去一次。每年去惯了，不去就不行，不去心里就慌慌的。去过一次后，回到家里，就容易忍受你哥的气了……”

“嫂子，你就那么……那么厌烦我哥？”

“也谈不上厌烦……天地良心，我对你哥不是一向逆来顺受的吗？你们全家不是都能看出来，其实我对你哥挺好的吗？……”

“只不过我哥他，拢不住你的心？”

“谁知道呢，他又几时要想试着拢住我的心啊！芊子啊，咱们女人们的身子其实是很容易被男人们搂抱住的，可咱们女人们的心就不然了。女人一旦把自己的心给出去了，那可真就是给出去了，至死你都会觉得你没能再收回它。它就会像一个被别人领养了去的孩子，不能再完全属于你自己了。你一辈子都会惦记着它在别人那儿的情况。如果别人善待它，你自己虽在苦中，那也会感受到莫大的安慰啊，并且一辈子感激别人。如果别人拿它根本不当一回事儿，那就是对咱们女人最狠的一种伤害了……”

“你今天到县里去，明明是为你自己，干吗还非说也是为我呢？”

“嫂子的确也是为你去的。芊子啊，可怜的小姑呀，嫂子为你从县里带回了一样东西，肯定是你非常非常想有的东西，也肯定是对你以后非常非常有用的东西……”

嫂子坐了起来，从怀中取出样什么东西，掖在枕头底下。之后嫂子就垂下腿，摸着黑穿鞋。嫂子穿上鞋，站在炕沿边儿，又俯下身和芊子贴了贴脸，芊子感到自己的脸湿了……

芊子悄声嘱咐嫂子：“嫂子，你可把泪擦干了，别让我哥看出你哭过。”

嫂子也在门口转身嘱咐她：“芊子，你可千万把我给你那东西藏好了。被你爹发现，不但又要打骂你，而且也会向嫂子问罪的！”

嫂子走后，芊子仍一动不动地仰躺着，大瞪着两眼想，像嫂子那么爱一个男人，可就爱得太苦啦！对那个“戴小生”，我芊子可千万千万别爱到嫂子那么一种程度哇！嫂子能用一颗心装盛的，我芊子的心可未必装盛得了呢！她又猜嫂子掖在枕下的那东西可能是什么？探手枕下一摸，摸出是纸，结果反而更猜不着是什么了。她一翻身，侧躺着了，闭上了眼睛。她有些困了，但猜不着那东西是什么，虽困，虽闭着眼睛，却又没法儿睡着……

于是索性坐起，点亮油灯，从枕下抽出那折了几折的纸。究竟是什么呢？难道嫂子说的那种我“非常非常想有”，今后肯定对我“非常非常有用”的东西，一层一层包在纸里？

她慢慢地，小心在意地将纸展开了，竟是桌面那么大的一张纸，上面画的竟是那“戴小生”！是那“戴小生”饰演的许仙！画的是像极了，只不过不是全身的。只画了头和肩。头上戴的是一顶浅蓝色的方巾，身上穿的是一件藕荷色的长衫，领子是白色的，白色的领子绣着藕荷色的小花儿。眉清目秀，满面温情，和“戴小生”在本村土戏台上演的许仙简直一模一样！方巾和长衫的颜色也相同。这张纸显然是嫂子从县里的哪一面墙上偷偷揭下来的。嫂子揭它的时候，分明是比她展开这张纸时更加小心在意。四角儿好好的，一点儿也没揭破，粘带着薄薄的一层墙皮。芊子内心里顿时对嫂子感激极了。可怜这十六岁的乡下少女，还根本没见到过那“戴小生”脱了戏装，洗尽了脸上的油彩以后的样子！她在心里默默地说："嫂子啊，我的好嫂子啊！难为你理解我芊子的一片苦心了！这正是我芊子非常非常想有的啊！"她对她嫂子的那份儿发自内心的感激，随着她对这张在县城里常能见到的简陋戏剧广告的珍视程度的加深，几乎充满了她的胸间。她用小指甲儿，轻轻地，轻轻地刮着四角粘带的墙皮。刮下一些，噘着嘴唇轻轻吹走，接着不厌其烦地再刮。终于是将四角粘带的墙皮都刮尽了，油灯里的油也耗干了，而她俯跪得腰也酸了，膝也被炕席硌疼了。在油灯火苗忽闪了几下，将灭未灭之际，她将唇凑向"许仙"的脸，痴情难禁地亲了"他"一下。油灯一灭，她就将那张纸重新折了起来。复掖在枕下，但翻过来转过去的还是睡不着。她怕明天早上醒迟了，被娘过来一掀枕头发现。也是因为有枕隔着，仍觉着"他"虽近在咫尺，却还如远在天边似的。于是又将那纸从枕下抽出，从小内衣领口那儿一掖，掖在自己两乳之间的乳沟儿那儿了。她抱臂而睡。觉得那张画像紧贴着自己的肌肤。光光滑滑的，散发出一股好闻的纸香。

那一夜，芊子做了一个美好的梦。梦见自己就是白娘子，和许仙也就是"戴小生"，从"冤家"幽会到成亲拜堂，有情人终成眷属。以后就生儿育女，男耕女织，过起你恩我爱，幸福美满的日子来。但这梦的全过程，却并没有一把伞起什么作用，而那幸福美满的日子的内容，不外乎便是成了男女社员，听到钟声，手拉手扛着锄下地，歇息了就远避开众人坐在一处乘凉，你捧瓢水先敬我喝，我拧条湿毛巾替你擦擦汗。收工了又手拉手扛着锄回家，路上我采几朵野花儿，你割一捆儿嫩草的。在别人羡慕的目光的观望下，有意无意地显出那么点儿难以掩饰也不想掩饰的幸福的满足。回到家里呢，你忙碌着做饭，我喂鸡喂鸭喂鹅。吃过了饭，早早儿地插上院门儿，躺在床上说家常话儿。这种种幸福美满的庄稼人的日子的寻常内容，片片断断，零零碎碎地凑成了芊子的一夜长梦。似有序，又无序。似戏，又像生活。俩人儿一时身着的是戏装，一时身着的又不是戏装。有序无序的，似戏非戏的，其情融融，其乐陶陶。芊子还梦见“戴小生”一扭头一转脸之际长了胡子，恰如戏中的老生似的。这竟使她大为开心，笑得前仰后合。那“戴小生”一抹下颌，胡子又全没了，又是个眉清目秀的年轻郎君了。他将她抱起，轻轻地放倒床上。他温存无比地亲她，搂她，抚她，她则脉脉含情地任他百般狎爱，内心里涌起着七分的愉悦，三分的娇羞。不知怎么一来，俩人就都变得赤条条的了，互相紧紧地搂抱着行起了男女之间那种事儿……

芊子在极其快感的扭动之中醒了。这十六岁的少女做了第一次女人的所谓“春梦”。此前她从来也没做过那样的梦。此前她对男女之事的领悟，只不过想象在一个“情”字上。或者说，以女孩儿家的本能的害羞心理，自己局限着自己的想象，并不愿突破一个“情”字去向往和渴望。那梦使这十六岁的少女业已渐熟了的女儿身，自行地生动地伴随着从未体验过的快感彻底完成了性的觉醒。芊子醒了以后，全身心仍陶醉在那种从未体验过的意识迷乱的快感中。她因自己竟做了那种梦而倍感羞耻和困惑，但又希望还能继续做下去，希望那一种快感还能像过电似的布满全身心。她似乎明白了，为什么村里的些个男女，总爱说男女之间那一种事。说时总是津津乐道，眉飞色舞，仿佛说着便也是在做着一样。其实她不甚清楚自己和自己所苦苦暗恋的男人，究竟在梦中发生了什么事儿。只觉得她和他，在梦中似乎合二而一了。一时间的分离不开了。她由仰躺而侧躺了。蜷了双膝，自己搂着自己的肩膀，手臂将自己分明在膨胀着的不知怎么变得紧绷绷鼓耸耸的双乳夹住着，觉得那样怪舒服的，仿佛那一种快感仍能保留在身心里一部分。忽然她觉得身子底下湿漉漉的，以为自己遗尿了。这就使她更加地感到羞耻了。她探手摸了一下，觉得那湿很黏稠，不像是尿水。爬起来点上油灯，却见是血。这使她大为惊骇，失声叫了起来："娘呀！娘呀！快过来呀！我要死了！"——她以为自己流出了那么多的血，必死无疑了。娘披着衣服赤着脚跑入她屋里。爹也光着上身跑来。这时芊子已抱着肩膀缩在床角儿……

娘惶惶地问："咋啦咋啦？芊子你咋啦？"

芊子指着褥子上那片血，语调儿抖抖地说："娘你看，我流血了！我要活不成了是吗……"

娘从墙洞里端起油灯，照着褥子看了看，笑了。

"谢天谢地！可来了，可来了！来了娘从此就放心了……"

爹睡眼惺忪，懵里懵懂地斥问娘："女儿吓成那样，你还笑！还说谢天谢地……"

娘将油灯仍放回墙洞，一边往屋外推爹，一边喜滋滋地说："没你这当爹的什么事儿！没你这当爹的什么事儿！你睡你的觉去！"

娘将爹赶出去后，上了炕，翻箱倒柜，找了块旧布揩尽褥子上的血，将褥子翻过来铺了，又命芊子换下她那血湿了的亵裤子。

娘将芊子换下来的脏亵裤，和那块旧布卷在一起，掖于两个炕箱之间的隔缝儿里。

芊子倏地想到了自己贴胸脯掖着的那宝贵之物。她暗自庆幸没被娘看出不对劲儿来，趁娘转身，她掀起炕席一角儿，将那视如生命的宝贵之物压在席下了。

娘说："乖女儿，别怕。娘不是告诉过你吗？女孩儿家到了年龄，都是要来经的。以后月月要来一次呢！不然就是不祥女，嫁不出去啦！今夜娘陪我女儿睡……”

芊子有些不情愿地被娘扯了过去。

娘俩儿躺下以后，芊子想起，娘是曾告诉过她女孩儿来经不来经的事儿。因为自己迟迟不来经，娘还曾唉声叹气过。还曾带她到公社的卫生院请教过医生。记得医生给她号了号脉，做了项化验，说她没病。说晚点儿来经也没什么，劝娘大可不必忧心忡忡的……

娘搂着她说，她换下来那带血的亵裤，和那块揩过血的旧布，三天内是不能洗的。明天得换个地方掖藏着，让外人见着了，尤其让男人见着了，多么多么地不吉利。说三天以后，得娘亲自替她洗。以后她再来经，才能自己洗……

在娘的絮叨中，芊子渐渐又睡着了。

那一场梦，竟引发了这十六岁的乡下少女大量的初潮……

从此芊子越发感觉自己不再是女孩儿家，而似乎已经是一个随时可嫁作人妇的女人了……

天亮后，娘轻轻按住着芊子不让她起身，和颜悦色地哄她再多睡一会儿。芊子身下正懒倦得不行，也就乐得听娘的话，做乖乖女。她打窗子望见，娘从鸡窝里掏出两个新蛋，对爹低声嘀咕了些什么，爹也笑将起来，连连点头，显出对娘的话极为尊重的样子。

芊子竟得寸进尺地躺到晌午时分才起来。十岁以后，她就没被这般地优待过了。她刚洗罢脸，娘破例地从背后替她梳头。一边梳一边赞美："我芊子真是生了头好发！黑绸缎似的！冲这一头好发，将来也管教做丈夫的心里爱煞了啊！"

娘替她编成了辫子，欣赏地端详了她片刻，又喜滋滋地为她擀起面条来……

自从那一日，到芊子家“串门儿”的男女忽多。芊子明白，都是来提亲保媒的。当然也明白，自己做闺女的日子是有限了。她对自己的婚姻大事并不怎么太上心。村里该娶媳妇的男人是扳着指头数得过来的，她并不认为他们谁和谁有什么大的区别，她对于婚姻二字，似乎也不那么悲观那么害怕了，因为她觉得已经有了慰心之宝。

她想纸太容易毁坏了，比如嫂子视如宝物的那一小页纸，虽缝在枕头里，最后不是就变成纸屑了吗？她若也将自己的慰心之宝缝入枕头，结果肯定会是一样的，只不过变成的纸屑多些罢了。有什么法儿才能使自己的慰心之宝长久珍藏、慰藉自己此生呢？左思右想，芊子最后决定，要以那纸上的“戴小生”为图样，一针一线将“他”绣到布上。然后呢，然后再用那布缝一个枕头皮儿。当然得将“他”缝在内面儿。那样儿，岂不是就可以与“他”夜夜为伴了么？那样儿，出嫁以后的日子无论多么地苦涩，内心里不是也能永咂一种别人没法儿发觉也没法儿剥夺了去的甘甜吗？

但是要绣下“他”来，首先必得有块布。当年，布是要用布票买的。而且，农村人发的布票，比县里人城里人还少几尺。农村人更加珍惜布票，剪块新布来绣下“他”是根本不可能的。家里的布票由娘掌管着，少了一尺娘会发现的！再说偷得到布票，她也没钱去买。若再偷娘的钱，自己可算是个什么女儿了呢！新布家里倒是也有几块的。但是哪一块要做被里，哪一块要裁衣服，娘早掂量好了。少了，也就毁了娘的用处了。芊子没胆儿扯那几块新布……

犯了几天愁，她想到了娘曾用来揩过她初潮经血的那一块旧布，那是一块黄色的旧布。是哥做上衣剪下的一块。娘从哥家要回来，缝在爹的被子上当过被头。当了几年被头，洗褪色了，泛白了，有些地方洗薄了，洗破了，拆下来闲摞着了。总之是一块当抹布舍不得，不当抹布也没什么实际用处的旧布。它被掖藏了三天后，娘已将它洗过了，叠起来压在娘的褥子底下了。

有天芊子捧着它问娘：“娘，这块旧布你还留着有用吗？”

娘说：“也没什么大用处了。娘想要用它补褥子。”

芊子就请求地又说：“娘，把它给我吧！”

娘奇怪地问：“你要它做啥？”

芊子说：“我……我保留着……”

娘怀疑地看了她一会儿，笑了，恩准地说：“那就归我女儿吧！女孩儿家染了第一次经血的布，是由女孩儿家自己保留着，也值得我女儿保留着……”

于是芊子便拥有了那一块旧布。她将洗薄的地方，洗破的地方一概剪去。剪剩了一尺半宽，三尺长，还算仍经得住磨损的一块。有天趁爹娘不在家，芊子一口口含着水又喷湿了它，将一只瓶子灌了热水，瓶口儿塞紧，来来回回的在布上滚。她用这种土法子，将那块布熨得平平的，一点儿褶子也不存在了。

布，终于是有了。要将“他”绣到布上，还须有诸多种的彩线。自从因盗靴事件蒙羞受辱饱尝了皮肉之苦，芊子不再到村中任何人家去玩儿了。但是为了获得到些彩线，这十六岁的乡下少女，又违背自尊，经常到那些可能有彩线的人家串门儿了。重新获得了人家的好感后，她就试探着开口向人家讨要彩线了。

“哟，芊子，要彩线干什么呀？”

“我……我想学着绣点儿东西……”

“是绣出嫁的花盖头，还是绣花枕布呀？心里边急着当媳妇了吧？早点儿当了媳妇也好，就不会再被那唱戏的‘戴小生’迷心穷了！”

人家当然要趁机调笑她的。

芊子只有红了脸，低下头一声不吭。只要能得到点儿彩线，她不在乎人们的调笑。

东家一点儿红线，西家一点儿粉线，芊子总归是豁出脸皮儿要到了些彩线。但是显然并不够将“戴小生”绣到布上的。

芊子只得去求助于嫂子。嫂子听她讲了她的念头，以怜悯的目光注视她良久，之后从心底里发出一声叹息。

芊子以为嫂子并不理解她，失望地垂下了头。她寻思，若连嫂子也不理解她，这人世上八成就再没有能理解她芊子的人了。她又想哭。

嫂子撩起她的鬓发，爱抚着她的脸颊，很是有几分悔意地说：“芊子，好小姑呀，也许呢，嫂子那天不该对你讲嫂子当年那些事儿……”

芊子就真的落下泪来了。

芊子说：“嫂子啊，好嫂子，你该对我讲你当年那些事儿呀！芊子是听了以后才明白，女人爱一个男人，是可以像河蚌含珠似的，只把那个男人用咱们的心久久地含住，而不为难他，而不图他娶咱们。咱们只得靠咱们自己换种想法，把份儿自讨的苦，变撮儿自酿的甜啊！”

嫂子听了她的话，不再言语了。芊子以为嫂子拒绝帮她，郁郁起身，拔脚往外便走。嫂子却扯住她，搂着她肩耳语：“你来找嫂子，嫂子也没什么好主意。这么着吧，你哥不是曾套住过一只黄鼠狼吗？赶明儿我再为你找借口进县城一次，用那黄鼠狼皮替你多换回些彩线！你哥要是追问起那张皮的下落，我就说送你做手套儿了。

你可得记住，果然被问时跟我的说法儿要一样!”

芋子这才破涕为笑，不禁地亲了嫂子一下。

几天后，芋子终于得到了足够的彩线。于是，这十六岁的乡下少女，开始了她的“心灵工程”。是的，那一针一线的刺绣，对她几乎意味着就是一项工程。因为她原先并不会绣，得凭着灵性和手巧自学。边学边绣，又一针一线都不肯将就，每每挑起了重绣，进展极慢。而且，怕被爹娘发现。夜夜要等爹娘睡酣了，插上屋门，遮上窗子，吊起衣服将油灯的光亮挡着，才敢放心大胆地绣。这十六岁的痴情又纯情的乡下少女的心，需要着这样的一项“工程”……

在完成这一项“工程”的日子里，芋子的十六岁悄悄从她身边溜走了。她生日大，一过春节，就满十七岁了。

又一个春天来了以后，芋子终于大功告成。那一夜她绣罢最后一针，用牙齿咬着扯断线，全村的公鸡们，已此起彼伏地开始啼第二遍了。爹娘一直没发现她秘密在夜里进行的事。只不过奇怪她屋里的灯油耗得快。芋子骗爹娘，说她屋里有老鼠，夜里她听见过老鼠吮油的声音。用彩线绣在布上的“许仙”，比画在那张纸上的眉目更清秀十分，更是一表人才了，也更容貌生动了。而且呢，比纸上的“他”更酷似土戏台上的“他”了。这少女早已将乡村土戏台上的“他”的模样深深地刻印在自己心灵里了。手儿运针之处，便是心儿思慕之时，哪儿能不像呢！这少女满心的深情痴情纯情，针针都带着浓情，线线都系着浓情，千针万线绣成的个“许仙”，也愈发地显得眉梢儿蓄情，眼角儿传情，眸子含情，双唇欲动而言情，满容满貌的都是情！芋子欣赏着自己的心血之作，竟看得呆了。仿佛只消自己唤一声，“他”便会从布上飘将下来，与自己亲爱做一处，趁着夜深人静，俩人饱爱尽欢，曲尽风流一回似的。芋子虽然看得呆了，看得忘情，却并没轻轻唤出声儿来，她伸出磨起泡了的小手，抚摸着“他”的脸腮，只在心里喃喃着：“你这活许仙呀，你这迷幻了我芊子整个儿一颗心的情哥哥啊，我与你前世无缘，哪里敢指望现世你能做了我的夫，我能做了你的妻呢？我只不过甘愿用心恋你一辈子，权当自己命里也曾有份儿甜罢了！还要一辈子祝祷你早日找到你的白素贞，高高兴兴地娶了她，和和美美长厮守，做天下夫妻的一对儿好榜样！”

那布的下方有片浅红，是娘怎么洗都没法儿洗褪的她的经血痕迹。芊子就用红线将那片浅红绣了边儿，绣成了一大朵牡丹。花瓣儿恣肆地左一层右一层初开新放，看去倒也赏心悦目。花旁绣了七个小字——这是痴情的芊子。

芊子喜欢够了“他”，就将那布叠起，拆开枕头，将“他”仔细地塞入枕中。那张画有“他”的纸，芊子也舍不得抛弃，一并的塞入枕中。她头一挨枕，居然一觉睡到大天亮……

夏季里的一天晚上，娘来到芊子屋里，神神秘秘地对芊子说：“芊子啊，娘跟你商议个事儿！”

芊子立刻敏感地猜到了什么事儿。她默默地望着娘，显得异常平静，一副听天由命的样子。

“芊子，爹娘为你定下亲了！”

芊子低下了头，不吭声儿。

“本村的些个没娶媳妇的男人们呢，和你的命相都相犯。所以呢，爹娘替你做主，定下了一门儿外村的亲……”

芊子下意识地将枕头拖过去，抱在怀里仍不吭气儿。

“那男人是个车把式，在村里工分儿最高。只不过比你年龄大点儿。也没大到哪儿去，才大八岁。哪天你得跟娘去相相他是不？”

芊子终于开口了。她低声说:“娘,不用相了。爹娘如何做主,我便如何听你们的安排就是了!”

她说时,仍没抬头。

娘误以为她害羞。笑了。

娘夸奖地说:“我女儿学乖了,懂事儿了,知道体恤着爹娘了。放心吧,爹娘替你做的主,保准错不了。我女儿既信得过爹娘,其实不去相也罢……”

芊子声音更低更小地说:“是不用相,我信得过爹娘……”

娘暗喜不已地离开了她的屋后,芊子抱着枕头徒自发了许久的呆……

夏天过去了。一夏季里,爹娘东操一份儿心西操一份儿心地为芊子筹备婚事。而芊子,却局外人似的,从不要求什么,甚至也不问什么……

有天嫂子来了。趁爹娘出了院门儿那会儿,嫂子责备芊子:“听爹娘说,你都不去相相那男方?芊子呀,小姑啊,这可是你的终身大事,你怎么能对自己的终身大事这么不上心呢!”

芊子平静地说:“嫂子,你嫁到我家来以前,你爹娘是领着你来我家相过我哥的。你当时对我哥满意吗?……”

她这一问,嫂子倒张张嘴,眨眨眼,不知怎么回答好了。

“我当时年龄虽小,可连我都从旁看出来了,我哥不是你中意的男人。我也看出来了,我爹我娘,你爹你娘,明明都心里清楚着,知道你对我哥并不中意。他们都装糊涂。结果怎么样呢?你还不是乖乖地嫁给了我哥吗?”

“…………”

“咱们乡下女子,要想遂了自己的愿,必违背了爹娘的愿。要想违背爹娘的愿，岂不是件比登天还难的事儿吗？远的不论，就本村，做姑娘的几个烈女子，又有哪一个胳膊拧得过大腿了呢？嫂子，你看我是那种不遂愿就敢闹个爹娘头疼的小女子吗？打小儿，我何曾使过那么刚烈的性子呢？我倒莫如干脆遂了爹娘的愿，委屈留给自己。相不相的，我已想开了。爹娘做主的事儿，未必也不是老天在通过爹娘替我做主。我听天由命，图的是少忧少烦啊！”

嫂子怔怔地听着芊子的话，仿佛不认识这个小姑了。芊子那一种平静的表情和那一种平静的口吻，使嫂子惊诧。有点儿不明白芊子头脑里的那些听似在理儿的古怪想法，究竟是从谁人那里接受来的。

“芊子……你……你真这么想的吗？……”

“嫂子，我真这么想的。”

芊子回答得极诚实，起码在嫂子看来是那样的……

夏天也过去了。入秋以后，爹娘告诉芊子，她的婚事，两家已基本准备就绪。其时，中国大地上正发生着一场“瘟疫”——“文化大革命”。它来势凶猛，早已将全国大大小小的城市搅得“天翻地覆慨而慷”了。只不过因为这个小村地处偏僻，它搅起的风暴尚未刮到这儿。当年这个小村还没通电。即或通了电，也是没得电视可看，没有广播可听的。甚至，一张报纸，都会引起村民们极大的好奇。尽管除了芊子，全村最有学问的人，也未必能将一张报纸的通栏标题读顺。“扫盲运动”成果并不显著。偏僻之域有一点儿好处，庄户人家可以安安心心地过一如既往的日子。他们对外界的了解，大抵是由去过县里的人用耳朵带回来，再用嘴宣讲的。

一天，一种关于“文化大革命”的传闻播入了芊子耳朵——调到省剧团的“戴小生”，被揪回县里了。而且，已经被当成一个最反动的“艺术权威”，在县里被游斗过几次了。芊子对“文化大革命”丝毫不感兴趣，也不想明白个所以然。对“艺术权威”究竟是种什么罪，更是一无所知。她只关心她所爱的人的命运。关心县里的人们究竟把他怎么了？“游斗”又究竟是怎么一回事儿。这一种牵心扯肺的关心，使芊子吃不下饭，睡不实觉。她甚至企图偷偷跑到县里去打听打听。但是她的企图已经没法儿实现了。爹娘对她这个待嫁的女儿，监管得越发严了。她的身影一离开院子，走不上十步远，回头准会发现娘在暗暗跟随着。爹娘唯恐她在出嫁前又做下什么遭人议论的事……

转眼秋天也过去了。冬天来了。那一年的冬天特别地冷，而且多雪。几场大雪后，河啊，山丘啊，田地啊，都被严密地覆盖着了。白茫茫的一片大地好干净。

芊子的喜日子定在阴历十二月初十。第二天就是“冬至”，十天以后便是一九六七年的“元旦”。定在这个日子，双方的爹娘，乃想取个“实实惠惠迎新人”的意思。先迎新人，后迎新年，也的确是个不错的喜日子。

芊子是在上午十点钟左右被伴娘搀出家门院门儿的。又下雪了。不过下的不是漫空飞舞的鹅毛大雪，而是非常细非常细的尘雪。没风，干冷干冷的。村里人们的热情却很高涨。村里多年没红白喜事了，也就少了许多次大的集体性的热闹。一些男人女人们，早就寂寞得耐受不住了。

一身红袄红裤，脚穿红绣鞋，头蒙红布的芊子，在院门儿外被扶上了一匹枣红马。那一年她还不满十八岁。再过两个月才算挨着十八岁的边儿。差几个月谈不上什么原则不原则的。农村也不论那么多原则。爹娘说了些好话儿，村上的干部就给开了结婚登记介绍信。有了那页纸，其实就等于“政府”也同意了芊子的婚事。那页纸自然是由娘收着的。至于结婚证书，早领一天晚领一天在农村一向是没关系的。农村人一向是先操办了喜事儿，早早儿生下孩子，许久以后再去领的。

两村相距十几里。十几里对于农村不算远路，些个爱凑热闹的大人孩子，都愿跟着送亲。而迎亲的人们，据说已经离开那村了，正走在半路上哪。

喇叭吹起来了。天冷，喇叭嘴儿粘唇。吹喇叭的吹一阵儿，赶紧将喇叭嘴儿插怀里暖暖。那时白茫茫的旷野就显得格外地寂静。送亲的人们也都变得无精打采。仿佛一个小部落在严冬里迁移着，却又目标迷惘，不知正去向何地似的。喇叭再又吹响，大人孩子们才抖擞起精神，枣红老马也扬起头，加快了蹄步。骑在枣红老马上的芊子，袖着双手，抱着枕头。娘起初不许她抱着那枕头。说没见过新娘抱着枕头出门的。而嫂子说：“让我小姑抱着吧！随嫁之物，由新娘抱着也不犯忌。”听嫂子这么说，娘才不加反对了……

嫂子借口身子不舒服，没送亲。哥牵着那已经很老了，快干不动活儿了的枣红马。爹娘一左一右陪伴马两侧，芊子闭着眼睛，心里什么都不想。仿佛灵魂出窍，一路随着自己的身形儿紧飞。仿佛飞得一慢，就会迷了路，回归不到身形里，将冻死在旷野似的。

忽然枣红老马站住了。芊子听到了一片寒暄。她明白，是迎亲的人们与送亲的人们会合了。于是喇叭又吹起来。其调儿高亢而又热烈，非要吹得双方的人们都手舞足蹈一番似的。芊子想趁机掀开盖头，偷看新郎一眼。袖着的手刚从袖筒里抽出一只。刚摸上盖头角儿，心中一阵索然，一阵不可言说的大的惆怅涌起，又不想偷看了。她那只手缓缓垂落，缓缓插入袖筒，一辈子都不打算再抽出来了似的……

枣红老马又走了起来。

哥说："芊子，坐稳！马上坡了。"

哥的话音刚落，芊子感到有另一匹马打着响鼻靠向了枣红老马。同时感到一条男人的胳膊搂住了她的肩。

"看，看，新郎官儿护着新娘呢！"

"能不护着嘛！掉下来了，摔疼哪儿，新郎官儿还不得也跟着心疼得掉眼泪哇！"

于是一片哄笑。借助着人们的快乐情绪，喇叭又不失时机地吹响了。在芊子听来，不似喜调儿，而似悲调儿。喇叭吹得她心里直想哭……

男人的手，探入盖头，在芊子脸上轻拧了一下。接着，像一只小动物似的，冰凉地偎她颈窝那儿。芊子一转头，想摆脱那只手，可是那只手扳住了她的下颌儿，使她摆脱不了。她觉得那条胳膊很有力，那只手很粗暴，也很粗糙。手心手背，都长着层鳞似的。

芊子心里打了个寒战。她屈从地放弃了摆脱的企图，任凭那只手继续偎在她颈窝那儿。她觉得一股寒气，经由那只手，渐渐地也渗入到她心里了。她觉得她的心，渐渐地开始结冰了。

马上了坡，芊子感到马步平稳了。那条胳膊却仍搂着她的肩，那只手却仍偎在她颈窝那儿，丝毫也没有打算从盖头底下缩出去的意思。

眼泪在芊子眼眶里打起转儿来……

忽然，前面传来了锣声。一下接一下，不紧不慢地敲着的锣声。芊子以为自己的耳朵发生了幻听。

"怎么回事儿？"

“那拨人是干什么的?”

“也是娶亲的吧?”

“不像啊!”

身前身后人们的议论，使芊子明白，不是她的耳朵发生了幻听。是果有锣声在敲着。锣声越离越近，马步越走越慢，终于的，枣红老马又站住不往前走了。锣声也近得显然就在对面敲着了。一下接一下、机械地、不紧不慢地敲着……

“嘿！真是的！我们正要到你们村去召集批斗会呢，你们怎么全跟着送亲了？办喜事儿也不选个别的日子，这不冲击了‘革命’了嘛!”

一个陌生的，很有权威似的声音在质问。

芊子没听见本村的人回答。

“批斗”二字，使芊子立刻想到了那“戴小生”。

那只长了层鳞似的手，仍死乞白赖地偎在她颈窝那儿。她一低头，在那手背上咬了一口。

她听到了一声“唉哟”。

那只手是终于从盖头底下急缩出去了，那条胳膊也不搂着她肩了。

芊子从袖筒抽出只手，撩起盖头一角儿看时，但见七八个人，押解着一个人，阻在路中央。那七八个人里，只有一个和他们一样，是乡下人，其余皆是县城人。这是一看之下便分得开的。县城人们，都穿着黄棉大衣，一个个把领子竖着，掩着脖子，并都穿着不同的棉鞋，戴着不同的棉帽子。年纪最轻的一个，穿的还是皮棉鞋，戴的还是皮帽子。尽管他们一个个穿的都挺暖，却还是显出非常不经冻的样子，皆缩脖袖手的。而那个被押解的人，穿得却实在是太少了。下身一条呢裤，上身一件毛衣而已。他没戴帽子，头发不知被什么剪得一绺长一绺短，也没穿鞋。一只脚上有袜子，另一只脚上没袜子。连袜子都没有的赤脚，已冻得又红又肿，赤脚大仙的脚似的。正是他，一手拎着锣，另一只手握着锣锤儿。他已面青唇紫，唇上方和鼻子尖，冻结着一片鼻涕。

芊子见他不是自己所暗恋的人，放下了盖头。她俯下身冲哥哥说："哥哥，他也太可怜了，给他双鞋穿吧！"

一种大的同情，使芊子的心灵里顿时的充满了慈悲。

哥小声告诫她："你别管闲事儿！谁也没长四只脚，穿两双鞋，哪儿来鞋给他？"

"咱们人挑的嫁妆箱子里，不是有双预备拜堂后让我亲手给……给我公公的鞋吗？"

"那双鞋是我能做主给他的吗？你跟爹娘商量吧！你当我就不可怜他呀？"

芊子又向娘这边儿俯下身去。不待她对娘开口，一只大手揪住她后衣领子，将她的身子扯得向另一边儿倾倒过去……

"你敢跟你娘说！可怜之人，必有可恨之处！你娘就是同意给了，我也不许给！"

盖头一掀，下半张男人的脸凑向了芊子的脸。芊子只看到了一只肥大的牛鼻似的鼻子，和一张生着厚唇的嘴。那嘴里的牙齿，皆被烟熏黄了。一股口臭，喷在芊子的脸上。鼻子以上的另半张脸，被盖头挡着，芊子从盖头里边看不见。

她知道，这便是命中注定今晚将要与她同床共枕，并占有她前一天晚上洗得清清爽爽洁洁净净的女儿身的那个男人的下半张脸了。也许他的鼻子并不那么肥大，也许他的唇也不那么厚，是由于被芊子从盖头里边仰视的缘故，似看成那么肥大那么厚了。刹那间，芊子憎恶起这个名分上已经是她丈夫的男人来，竟然连一双棉鞋都不肯施舍给一个在冰天雪地里赤着一只脚的可怜人，她断定他的胸膛里有的是一颗冷酷的心，何况那一双鞋本是她做的。

她朝那丑陋的下半张脸啐了一口。结果她被一推，险些从马背上栽下去，幸而娘从另一边儿举双手托住了她。

娘小声说："芊子，不兴跟没拜堂的丈夫当众胡闹，看让人笑话!"

她的语调，隐含着一种不安。仿佛预感到，可能会发生什么意外事件冲了女儿的喜日子似的。

芊子听到爹也小声训斥她："庄重些个，没正形儿的东西!"

她还听到那个名分上已经是自己丈夫的男人嘿嘿笑了两声，讪讪地说："她亲了我一口！今夜晚我要好好儿调教她!"

却没听见有谁跟着凑趣儿地笑。

四周肃静了片刻，芊子又听到一个刻板的声音说："既然嘛，我们本是要到你们村去批斗他的，既然嘛，在这条路上碰着了，那也省得我们多走了。就地开个现场批斗会吧！开完了，你们可以走你们的，我们呢，押他到别的村去！哎，你！把锣敲起来!"

当！当！当！……

离得太近，隔着层盖头，芊子还是觉得锣声震耳。她暗想，些个县城里的人，也太狠毒了！难道想把一个人活活冻死吗？

"嗨！你他妈哑巴啦？开口说哇！……"

当！当！当！……

"我姓戴，叫戴文祺。我是解放前县长秘书的儿子。解放后我入了团，还混进了县剧团。后来又混进了省剧团。所以我是阶级异己分子。我一向演坏戏，演才子佳人戏，用宣扬封建思想的戏毒害贫下中农。我罪该万死。死了活该。死有余辜……”

芊子听到“戴文祺”三个字，心尖儿一颤，不禁又将盖头撩起一角儿，定睛细看那可怜的人儿。细看之下，渐渐看出那快通体冻僵了的“戴文祺”，并非如她暗自以为的同名同姓者，竟果然是她心恋已久的“戴小生”！芊子曾悲伤地想，她这一辈子断然是没机会再见到他一面了，万万难料却在如此这般的一种情形下不期而遇！他就站在离她骑着的枣红老马四五步远处。他竟被折磨得人不人鬼不鬼，丝毫也没有了昔日令女人们梦牵魂绕的飘逸风采！他双腿索索发抖，眼见着是就要倒在雪地上了！

芊子的心猛一阵缩紧了。她觉得自己全身的血凝固了。她两眼直勾勾地望着他，一时间僵到了每一根手指。她半张着嘴，被沉重地浇铸在马背上似的。

迎亲的送亲的，两村的男女老少也都呆望着这个昔日的大名角儿。不久前他们还常说起他，说时还都流露出由衷的思念，还都满怀着崇敬，巴望他能再到本村来，再登上土戏台为大家演一折什么戏。可是此时此刻，他们只不过都目光麻木表情也麻木地呆望着他罢了。仿佛眼前的情形，也只不过是一折戏，而且是一折引不起太大观看兴趣的戏。

当的一声，“戴小生”手里的锣掉在雪地上……

“捡起来……捡起来！”

他双腿抖抖地弯下，想捡起锣。然而，身子一晃，分明地，是双膝跪地了。他伸出的手已经冻得不听使唤了，抓不起系锣的绳儿来了……

男女老少依然全体呆望着。

四周出奇地肃静。尘雪纷纷。

“装熊是不是？你他妈往常的得意呢？”

那个戴皮帽子穿皮棉鞋的人，上前踢了他一脚……

他一头栽倒在雪地上了。他一面脸颊贴着雪，身子往一堆儿蜷。他微微地喘息着，似乎宁愿被冻死算了。他的眼睛，刚从冰窟窿里钓上来被扔在冰面上扑腾了两下立刻就冻硬了的硬鲜鱼般的眼睛，却投射出渴求生存的目光，证明着他并不甘心落此下场。

他的目光望向谁，谁就将脸转向别处。或是，将头低垂下去。男人、女人、老人、孩子，全那样。包括芊子的爹娘和哥哥。包括那个在名分上已是芊子丈夫的新郎官儿。

他的目光，其实仅只是一只眼睛的目光，最后望向了芊子。一望向芊子，便停在她身上了。也许是因为她一身红，在这白茫茫的旷野显得分外妖娆的缘故，也许是因为只有她一个人没将脸转向别处，也没立刻低下头去的缘故，也许还因为许多有老天才知晓的缘故，总之他那眼睛顿时一亮。起码在芊子是那么觉得。然而它倏忽一亮之后，眼神儿转瞬便黯淡了，并且，眼皮儿不甘地一垂，闭上了，如油灯最后的一耀随即无奈地熄灭了。一滴晶莹的泪从他那一只眼中溢出，顷刻被冻结在眼角。

芊子觉得他那只眼睛将她看了一万年之久似的，觉得他的目光将她石化的身子激活了，使她的血液又开始在全身周流了，越流越快。她感到全身炽热，仿佛就要燃烧起来了……

“队长，他耍赖，得教训教训他！”

一个家伙向那戴皮帽子穿皮棉鞋的人请命，还伸出手讨什么东西。

于是那“队长”撩起大衣襟儿，从腰间解下了皮带抛给那家伙。

那家伙接在手，拎着走到“戴小生”跟前，高高地挥了起来……

突然的，芊子蹿离了马背。她那一蹿如同豹子般的迅猛。竟带动起了一股风！于是她的红盖头向后飘去，她那红色的身影在空中划了一道红色的弧。盖头还没落地，她已扑在那拎着皮带的家伙身上，将他扑倒了。这一切发生得实在太快，以致于迎亲的送亲的人们纷纷抬起头时，已见芊子和那家伙像一红一黄两只兽似的在雪地上翻滚作一团了。芊子于翻滚中一口咬向对方的腕子。疼得那家伙杀猪般的哀嚎。

芊子从那家伙手中夺下了皮带，抡起来，用有卡子那一端狠抽那家伙。抽得他一个劲儿在地上滚，竟没机会爬起……

芊子又抡着皮带抽向“队长”，抽向他的部下们，抽得他们一个个护头躲避……

芊子扔了皮带，扑向“戴小生”。她趴在雪地上，将脸腮贴向他嘴，感觉到他尚有口气儿，立刻腾地一下子跃了起来。

人们的头脑皆被眼前猝然间发生的情况搞懵了。意识一时间迟钝了。灵转不过来了。包括芊子的爹娘和哥哥，包括那个在名分上已是她丈夫的新郎官儿，都两眼发直地呆看着而已。

芊子又箭似的冲向那挑嫁妆箱子的本村人。那人见她来势汹汹，吓得弃了担子，跑得远远的……

芊子打开箱子，从内中扯出了簇新的被褥。众目睽睽之下，旁若无人地抱着走向“戴小生”……

“芊子！”爹吼起来……

“妹你想干什么你！”

哥也吼起来，上前阻拦。芊子一低头，朝哥撞去，将哥撞得趔趔趄趄倒退数步，一屁股跌坐在雪地上……

芊子将簇新的褥子铺在“戴小生”身体旁，将“戴小生”的身体翻到褥子上，嗖地从被子里抽出一把剪刀，紧攥着，高举着，竖眉怒目，其声厉厉地说：“今日我芊子六亲不认了！谁敢阻我，我就和谁一块儿死给众人看！让众人开开眼，看看人血是怎么往外溅的！”

没人再敢上前半步了……

芊子将簇新的婚被一展，一旋，披在自己身上，然后用口叼着剪刀，伸开双臂，两手各拽着两个被角儿，徐徐的，她就连人带被伏在那气息奄奄的“戴小生”身上了。将她自己，也将那“戴小生”蒙了个上不露天，下不露脚……

娘冲着被喊：“芊子啊，女儿呀，你可不能当众干傻事儿哇！……”然而却慑于女儿刚才那番其声厉厉的话，并不敢上前……

爹连连跺着脚，流着老泪仰天大叫：“丢人啊！丢人啊！”也并不敢上前……

哥双手攥拳，不停地擂着雪地吼：“芊子！芊子！我和你从此不是兄妹了！”

那些押解“戴小生”的人更不敢上前。

被称作“队长”的人，低问给他们当向导的另一个村的农民：“她有疯病么?”

那农民袖着手，含糊其辞地说：“兴许吧，没疯病，又是新娘，能当众这么胡来吗?”“那，她家什么成分?”

“贫农！我了解她家，百分之百的贫农……”

他听了，不再问什么了。他望着那床花团锦簇的婚被，掏出烟，一口接一口狠吸起来……

众目睽睽之下，芊子的红袄从被子底下抛出来了……

芊子的红棉裤也从被子底下抛出来了……

接着，那“戴小生”的毛衣卷着塞出被外了……

他的呢裤卷着塞出被外了……

被子底下，芊子几乎赤身裸体了。那“戴小生”也几乎赤身裸体了。她紧紧地紧紧地搂抱着他，用自己热乎乎的女性之躯，温暖着他那冰凉冰凉的男人的身子。并且，用自己的双手，轮番搓他那冻僵了的手……

每一双眼睛都看到被子奇怪地拱起了一下。那是芊子在被下调头——这样，她就能够搓着他的双脚了。芊子搓得手累了，他的双脚却还冰凉着。于是她将他的双脚抱在自己怀里了……

她已泪流满面了。她紧紧咬住自己下唇，不使自己在被底哭出声儿来。她横下一条心，暗暗发誓一定要暖活他。并且，不达这个目的绝不罢休。而为了达到这个目的，死也在所不惜！

那名分上已是她丈夫的男人，一收缰，勒起马头，朝被子吐了一口，骂了句脏话，催马而去……

于是随他迎亲的人们，也跟着走了……

于是送亲的人们，也都默默地转身回村了……

芊子的娘昏倒了……

此事遂成特大“新闻”，口传舌播，不胫而走，方圆百里之内的村村庄庄，数日内家喻户晓，人人知道。

芊子的婚事自然是吹了。爹娘都气病了。通过哥哥告诉她，坚决与她断绝骨肉关系。非但不认她这个女儿了，而且不许她踏进院子回家看他们。芊子在院门外跪了一天一夜，竟没能使爹娘软下心肠原谅她。芊子有家难归，只得在村外的小破庙内暂时栖身。嫂子当年曾将那扫盲老师送给她的小本儿藏在那庙里。它比当年更破败了。庙顶的瓦片儿早已被村人们揭光了。些个檩子，椽子，但凡能拆走的，也早已被拆走了。只剩下四堵残垣断壁了……

嫂子替芊子说情，被爹娘骂了一顿……

嫂子到破庙去偷看芊子，被哥哥知道了，将嫂子暴打了一回。

然而，芊子虽有家难归，一时却似乎成了名人。白日里，北庄南村的些个人，三五结伴儿，不怕冷，不嫌远，常到本村见识芊子。这一拨儿刚走，那一拨儿又来了。为父母者，往往拉扯着儿女一块儿来。为的是能手指着一个大逆不道的极坏的榜样教育儿女。而年轻男女，隔着残垣断壁望向芊子的目光，却十之八九充满了同情。也有些大姑娘小媳妇是背着爹娘公婆乃至丈夫前来的。她们将芊子当成神似的予以朝拜。在庙外虔诚地三叩九磕之后默默拭泪离去。

芊子竟饿不着。每天她一睁开眼睛，总会发现这儿那儿，摆着些吃的……

有人暗送柴草来了……

有人暗送锅碗瓢盆来了……

有人暗送被褥来了……

因是暗送，芊子从没见过一个送的人。但她心里知道，善良者中，肯定也是有本村人的。事实上的确也有本村人送的。如果说芊子起初盗靴之事，在一些人看来是“淫”、是“邪”、是“荡”，那么，那一天几乎全村人亲眼目睹的情形，则就向人们证明着她的善了。救人一命，胜造七级浮屠，普通的农民们还是很信奉这一点的，也是很敬佩不顾一切地救人一命的义人的。何况芊子还是一个未满十八岁的小女子！她在他们心目中成了义女。

芊子仍穿着她的红袄、红棉裤、和自己为自己做的绣鞋。婚被和婚褥，还有那一匹枣红老马，那一天都被县里的些个人征用了。

芊子当时并没能以自己圣洁的女儿之躯将那个“戴小生”暖活过来。只不过将他暖得身子渐温了，胸口渐热了，又喘气呼吸着了。县里的些个人也怕真的冻死了他没法儿交代，便将芊子的婚褥垫在马背上，用婚被卷着他，将他搭在枣红老马的背上驮走了……其余的嫁妆之物，皆被贪心的哥哥一担子挑回自己家去了……

芊子在破庙一角儿燃起了火堆，不得不过起了一个被逐者形影相吊的日子。幸而有那一只宝贵的枕头陪伴着她。哥哥当时连那只枕头也想占为己有，被芊子拼命夺下了……

渐渐地，竟有些青年男女，敢在夜晚来陪伴芊子片刻了。他们中有人给她带来了种种关于“戴小生”的情况。有人自告奋勇，说她如果想到县城里去看他，便尽量协助于她。但是也只能求人将她用马车捎到县城去，至于到哪儿去找他，找到了允许不允许她见他，就根本帮不上她了……

芊子并不产生到县城去向些个她憎恨的人进行乞求的念头。她觉得她对“戴小生”的满腔暗恋之情，经自己那一次的勇敢作为，已经是全部的彻底的从心灵里掏空给他了。如果说毕竟还是剩下了点儿什么保留给自己，那么保留在自己心灵里的，乃是一种觉得自己终究算实实在在甚至被别人认为轰轰烈烈地爱过了一场的深深创痕。它若被自己或别人轻触一下便会痛苦。但那痛苦已经是自己能够承受的了。它天长地久，不触不碰就转化为刻骨铭心的记忆……

芊子仍只牵挂着“戴小生”的死活。听人说他没死，还活着，她也就放心了，感到着一种莫大的安慰了，感到她所落的凄惨下场是值得的了。

快到春节的一天，一名县城里的剪短发的高中女学生出现在芊子面前。她说她是诚心从县城里赶来报信儿的，说那“戴小生”不久将要被判重刑了，也许连命都难保了，而罪名是当众强奸贫农的女儿……

“这是捏造！是天大的冤枉！他当时不省人事！怎么还能……”

芊子腾地飞红了脸。

“我也不信。我也知道是冤枉他……可……可只有你才能替他洗清冤枉啊！”

“芊子，你去救他吧！”

“我……我已经救过他一次了……”

“你那不算救他！你不是反而将他害得更惨了吗？”

“…………”

“你不去替他辩白，他跳进黄河也洗不清的呀！”

芊子内疚极了。

她义无反顾地说：“好，我去！”

“那咱们就快走吧！”

“现在就去？”

“不亲自把你带到县里，我怕我自己一走，你又反悔了！”

“我不反悔！”

“我不太信你……”

芊子听出来了，也看出来了，那高中女学生，显然和她自己一样，对“戴小生”也怀有脉脉的恋情。

芊子尽量隐藏着内心里的思想活动，以一种同病相怜的口吻问：“你认识他？”

高中女学生迟豫了一下，诚实地点点头。

“你和他……关系很深？”

“我父亲是县剧团的琴师……我……跟他学过戏……”

她也脸一红，低下了头。

“你们相好?”

芊子的声音更细小了。

“我父亲同意我……高中毕业后和他结婚……”

对方的声音也细小了。

芊子心灵里顿时渗出一片嫉妒，并渐渐充满了她的情怀。

对方抬起头问她：“村姐，你呢？……”

芊子平静地说：“别叫我姐。我要是也在读书，只不过是初中生。咱俩年龄大点儿的肯定是你……”

对方固执地追问：“你呢？你呢？你也跟他相好过?”

芊子凄然一笑：“我怎么会和他有相好过的缘分呢？我认得他，他不认得我。他连究竟是谁救了他一命都不清楚……”

“你还非说你救了他一命！你那是把他害了!”

高中女学生朝芊子叫嚷起来……

芊子突然扇了她一耳光……

随后芊子就扯着她一块儿离开破庙，上路往县城里去了……

她们只搭了二十几里路的马车。高中女学生没走惯长路，剩下的三十几里，走走歇歇，进入县城，已经快半夜了。芊子只在十一二岁时由爹带着进过一次县城。县城对她是个完全陌生的地方。虽然是在“革命”的岁月里，接近半夜时分的县城，依然显得那么地死寂沉沉。一条条黑幽幽的街衢，宛如一段段剖开的肠子。西北风不时地打着呼哨啸过，仿佛要用呼哨之声唤出一批鬼魂似的……

高中女学生将芊子领到一排砖房前站住了。那排砖房所有的窗子都黑着。一扇门旁挂着一块牌子。看不清牌子上写的是些什么字。

高中女学生悄悄说：“就这儿。”

芊子从她的声调听出，“这儿”是个令对方神经紧张，惴惴不安的地方。

“他一直关押在这儿?”

“不。他关押在什么地方我也不知道。但是发落他命运的些个人住这儿。你要替他辩白成功，非使他们信了你的话不可！……”

“可窗子全黑了，不是证明他们全睡了吗?”

“你得敲醒他们呀！你得进他们的屋呀！否则，这一夜你还不冻死在外边呀？不过你千万不能告诉他们是我把你带到县城来的。更不能讲我和他那种关系呀!”

黑暗中，芊子一时有些无措地望着对方。她想象不出对方那会儿脸上究竟是种怎样的表情。只从对方的语调儿中听出，人家希望尽快与她分手。她左右扭头，四下望望，周围连一盏路灯都没……

她心底顿生胆怯……

“其实，我本想带你先到我家去过一夜。可是我不敢……我父母会生气的……也肯定不会允许你进我家门……”

芊子呆呆地听着，缄口默然而已。

对方从头上解开一条很长的毛围巾，替芊子围严了头和脖子。

“等我走远了你再敲门，啊!”

毛围巾使芊子的脸颊和脖子温暖了。她感到心间似乎也温暖些了。芊子一声不响地点了一下头……

高中女学生倒退着走了……

估计对方已经回到家里了，睡在被窝儿里了，芊子却仍没敲那扇挂着牌子的门。

她竟胆怯得有些不敢敲……

她背靠那扇门蹲了下去。她想忍冻到天亮再说。路上走得急，出了一身汗，贴身的小布衫早已湿了。寒风吹透了袄。没多久，她便冻得牙齿相磕，浑身哆嗦了。

苄子怕自己挨不到天亮就真的被冻死了。她想自己死了倒事小。一个明摆是没人家再娶了的，爹娘和哥哥都不认了的乡下小女子，不死能活出什么指望呢？可那么一来，谁替“戴小生”洗清天大的冤枉呢？自己不就是为此才到县城里的吗？死了不也同时太对不起那和他相好的高中女学生了吗？

于是苄子猛地站起，一边啪啪拍门一边大叫：“开门！开门！快开门！”

窗子亮了一扇。

屋里传出一个男人的喝问：“谁！”

“我！”

“你是谁？！”

“开了门就明白了！”

“不说是谁不给你开门！”

窗子又黑了。

苄子更急地拍门：“不开门我就让你也通宵睡不成！”

“妈的！造反造到老子头上了！”

骂声方落，门开了一道缝儿。苄子趁机一偏身，挤入屋里了。

“你是谁？没许你进来！”

“我来洗清一个人天大的冤枉！”

灯又亮了。

苄子双眼被晃得闭上了。她转过身去……

“是你？……”

苄子缓缓回身，不禁的愣住了——屋里非常暖和。炉中火旺。

炉盖子都快烧红了。只一个男人，仅穿条裤衩儿，趿着双鞋站在他跟前。竟是在芊子终生难忘那一天看见过的，被手下称作“队长”的男人！床上，铺的是她的婚褥。褥子上，是她的花团似锦的婚被……

芊子恨恨地瞪着对方，一时不知该如何是好……

对方并不急于穿衣服，似乎也不打算立刻上床去。他的目光将芊子从头到脚从脚到头瞧了一阵，笑了，一本正经地说：“原来如此，我明白了，我明白了……”

他说完，朝后拢了拢背发。仿佛那么做就会使他的样子显得庄重许多似的。尽管自己仅穿着裤衩儿……

芊子说：“他没强奸我！你们本来就心里明镜似的！你们存心陷害他！”

对方说：“他没强奸你？那么是你顺奸了？你顺奸，那也叫当众野合！他是什么阶级的人？你是什么阶级的人？那也该对他实行专政！”

“你血口喷人！”

“你别急，别急！有话好好儿说嘛！你们在被子底下干的勾当，隔着被子看着的人，谁说得清楚？”

他走到门那儿站着去了，眼望着芊子，一只手在背后暗暗将门插上了。在他看来，红袄红裤红绣鞋绿围巾的芊子，宛如年画上的俊俏的小女子，而实际上也是那样。芊子那张被夜晚的寒风吹红了的脸儿，又被炉火一烤一映，是越发地绯红如醉，红得妖娆，红得妩媚，红得动人了。那时的芊子，由于激愤，两眼亮晶晶的，镀了层釉似的。

“我自己就说得清！”

“那当然那当然！也只有你自己才说得清嘛。你来了。说清楚也好，摘下围巾慢慢说，啊？……”

可怜的芊子啊，善良的芊子啊，救人心切的芊子啊，怎料到自己好比是一只羔羊自投虎穴了呢？

“摘就摘！”

芊子扯下了围巾。结果连辫绳也缠住在围巾上一并儿扯掉了。她的头发散了。黑缎子般的头发，瀑披肩头，半遮着脸儿，一副心中无防而又野性十足的模样，使对方更加地感到勾魂摄魄了……

“你坐下吧！别拘束，坐下从容说，我洗耳恭听就是。”

屋里只一张床。

“坐下就坐下！”

芊子一步跨到床边，理直气壮地坐了下去。她听对方说话挺温和的。暗想，也许他不像她以为的那么坏吧？

对方一直望着他，自她进屋，他的目光就粘在她身上了，一秒钟也没离开过。

“你说，只有你才说得清楚，这话也对。想证明他冤枉，其实办法很简单……”

“什么办法？”

“你得让我今夜在你身上试试……我的意思是，你如果仍是女儿身呢，那么我一试，不就见红了吗？不就证明你和他，当时在被子底下没发生那种事吗？”

对方狰狞地笑了，双目淫光逼人。

“你不要脸！”

芊子嚯地站了起来……

刹那间灯灭了。芊子的意识还懵懵着，便已被对方扑过来按倒在床了……

芊子本能地拼命反抗。

对方压住她，一手捂住她嘴，低声说：“你别喊！你若喊来了人，我就反咬你一口，栽你身上个半夜三更勾引造反派的罪名，天一亮非满县城游你的街不可!”

芊子不敢喊了。

她只有继续进行着无声的反抗……

“你也别反抗！你最好还是依从了我！你来为什么？不就是为了拯救那个人吗？怎么发落他，从轻还是从重，关押他一时期还是关押他一辈子，我一个人说了就能算！老实告诉你，我最恨的，看着最来气的，就是许多年轻女人心里都暗暗喜欢的男人！你若不依从我，以后我就加倍地给他苦头儿吃！他要是经受不起，死了，等于是你害死的！你若依从了我呢，我向你保证，向你发誓，以后处处关照着他点儿。一有机会，我会先放他……”

黑暗之中，芊子的一只手，正推在对方的脸上，她的手指，正打算狠狠抠进他一只眼里去……

然而，听了他的话后，她的胳膊没劲儿了。她那只手，从他脸上滑下来了。软绵绵地垂落在床上了……

“你得信我！我也不骗你！机会我想有就有。最多几天，我保证恢复他自由！我如果说了不做，天打五雷轰！暴死街头没人收尸!”

终于，可怜的善良的芊子，一心拯救自己痴情纯情暗恋着的男人的芊子，停止了反抗。

对方便开始急不可待地解她的衩扣儿，解她的腰带……

芊子闭上了眼睛……

芊子死了似的，任由他摆布……

她竟没再流泪……

她是有几分心甘情愿的了……

不，芋子并不心甘情愿。对方的两番话，不但彻底瓦解了她的反抗能力，而且彻底瓦解了她的意识能力。意识仿佛被一记记猛击捣碎了，迸散到体外了。在空间无助地漂浮着，再难聚拢一起形成一种什么完整的想法了……

实际上，可怜的善良的芋子，是眼前渐黑晕厥过去了……

处女血带着微微的体温，绽开在花团似锦的被子上……

天刚放亮，芋子便离开了县城。那高中女学生追出县城，追上了她。

“怎么样？你替他洗清冤枉了吗？”

芋子表情木然地点头。

“他们怎么说的？”

“说……保证放他……”

“什么时候？”

“也许，过几天……”

“可他们一向是说一套做一套的呀！……”

芋子呆呆地望着她，一向会说话的眼里空荡荡的什么含意也没有，仿佛是两只假眼，仿佛根本看不见对方……

“可全靠你了芋子！要救他出来可全靠你了！为了他，你可得再多到县里来几次呀！”

高中女学生又眼泪汪汪的了。

她塞给了芋子几元钱，说足够芋子下几次乘车来的了……

此后芋子便更加一心牵挂着那“戴小生”究竟放没放出来了。

他自然并没获得自由……

于是芊子又一次次到县里去。而每一次，都万难幸免地又为他祭献了自己的身子。在一个男人的无耻淫欲和一个女人的善良愿望之间，芊子毫无选择地将自己的身子当了一座“桥”……

高中女学生给她的乘车的钱花光了……

“戴小生”还是没有获得自由……

芊子怀孕了……

五月，冰雪融化了，大地复苏了，树梢儿抽青了，山坡泛绿了。路边有嫩嫩的新草生长出来了，天空有成双成对的紫燕穿梭般地掠飞着了……

不管人的世界变得怎样了，大自然的规律却是永恒不变的。该是美好的时候，它总是会不可阻挡美好起来。

芊子的红绣鞋破了，红棉裤脏了。红袄旧了。而且，有三颗扣子扣不上了……

连傻瓜都能看出，芊子的肚子大了……

许多人曾对她抱有过的那一种同情，纷纷的都又收回去了。关于芊子的谣言又四起了。谣言影响着左右着更多的人们对这个大有争议的小女子的看法。她的怀孕使任何心地宽厚之人都没法儿替她的品行辩护了。

那一座破庙似乎又变成了最不洁的地方。人们绕道而行，避之唯恐不远……

第一场春雨是缠绵的。淅淅沥沥的接连下了数天数夜。天空始终阴沉沉的。白天里，一层层的乌云相互积压着，凝重地低坠着。仿佛只要有双大手抓住它们一拧，淅淅沥沥的霏霏细雨顷刻会变作瓢泼大雨似的。春雨将地面上的一切都淋透了。破庙里也没了一小块儿干爽的卧身之地。芊子两天没吃东西了。没有同情者再暗中给她送吃的东西了。她成了村里的一个公开存在的贼。只能在夜间东家西家偷点儿能充饥的东西吃。村人们虽然还是不忍恶待她，却都对她加强了防范。想偷到点儿东西吃也不那么容易了。幸而，春雨使破庙四周奇迹般地生出了许多蘑菇。柴草湿了。火种灭了。没法儿点燃一堆火了。芊子就靠那些蘑菇抵饿。不管看去是无毒的还是像有毒的，一概吃。芊子的袄和棉裤也都被淋湿了。大肚子使她行动不便，湿袄湿棉裤使她肌肤冰凉且如负重物。

一个漆黑的雨夜，芊子不愿活了。死念一生便挥之不去。她冒雨从残垣断壁上扒下一块块砖坯，层层码在庙后的一棵老树下。伸高手臂踮起脚跟，总算够得着一枝足够粗的树椏了，她就将她的腰带拴了上去……

但是腰带断了。她重重地掉下来了，腹内一阵撕裂般的疼痛使她昏过去了。醒来时，见有个人抱着她哭泣——是嫂子。

她流产了。

那一场雨终于下过去了。云开天晴之日，村人们发现破庙的残垣断壁也全坍塌了。变成了一废墟土堆。而芊子不知去向。村人们都以为她流浪往外地去了。其实不是，是由爹娘拍板儿，由哥哥具体策划，将她远嫁往外省去了。也可以说是以几百元的身价将她卖往外省了。爹娘和哥哥，都不能容忍芊子仍留在本村本地，继续辱没着家门的名誉。究竟卖往哪一个省了，连嫂子也没能从爹娘和哥哥口中探问出来。这件事是在最后一个雨夜里进行的。芊子嘴里被塞了布，胳膊腿被捆了，头上被套了口袋，由哥哥和几个汉子轮番扛着，交由一个跑长途的卡车司机将她载走了……

几年后，村人们彻底将芊子忘却了。仿佛本村从不曾有过一个俊俏的，长着一双会说话的大眼睛，梳着一条齐胸长的粗辫子，名叫芊子的少女似的。人们也不再提起芊子当年的“盗靴”之事了，不再评说她在出嫁途中敢做敢为的是非短长了。那些年里发生了太多可作人们谈资之事。人们忘却她和与她相关的事是那么自然而又是那么天经地义……

又几年后，“文化大革命”结束了。转眼到了八十年代。当年和芊子同龄的少男少女们，都成了家有儿女的父母了。当年的年轻媳妇们，有的快做婆婆了，有的已经做了婆婆或丈母娘了。对于本村在十四五年前出生的下一代，进县城已不再是那么可望而不可即的事了。他们的视野比当年的芊子们宽阔多了，所知的事也多了……

但是若问他们知道不知道村里曾有一个叫芊子的女孩儿家，他们肯定的都会大摇其头地回答从来没听大人们说过。关于芊子当年的“故事”，则就更加闻所未闻了……

村子终于通上电了……

村里的某些老人先后死了，包括芊子的爹娘……

戴文祺当年没被判刑。

所谓“判刑”之说，不过是当年沸沸扬扬的街谈巷议罢了。而当年那个高中女学生，则信以为真，使可怜的善良的芊子成了她不加任何分析的轻信的直接受害者……

实际上戴文祺被由省到县，再由县到省批判了几场后，就发配往某农场接受“劳改”去了。他直至一九八三年才得以彻底“落实政策”，重新回到省京剧团。不久便登台亮相，又获掌声与喝彩。十七八年如梭过。昔日相貌英俊风度翩翩的“戴小生”，斯时已双鬓早白，四十三四了。他脸上已过早地出现了抻不开抚不平戏装盖不住的皱纹。可以说是人老颜衰、扮相不佳了。那是他最后一次演小生。

十七八年不唱，他的嗓音已难恢复了。何况，他一条腿也有点儿跛了。继续登台唱戏，未免太难为自己也太为难他人了。他有自知之明，清楚掌声与喝彩，不过是人们对昔日的“戴小生”的一种怀旧之情的体现，还体现着对他所遭受的不公正对待的安慰，也意味着精神方面的“落实政策”。

但是他重新登台演戏这件事，在省城还是引起了不小的轰动。一时间成了报纸、电台、电视台追踪报道的“热点人物”。几乎每天都有些个他当年的老戏迷们登门拜访，向他表达十七八年间对他的思念，使他常常感动得唏嘘不止……

当年那个高中女学生也拜访过他。她是捧着一束鲜花带着也上高中了的女儿去的。两个当年有过一段定情关系的人，脉脉相望，感慨万千。当年她嫁给了一位“支左”的团长。后来丈夫留在地方，成了地区“革委会副主任”，不久升为主任。“文化大革命”后，省里缺干部，他本人也不曾太“左”过，就被调到省里当了宣传部副部长主管着文教。

她同时也是以省委宣传部副部长夫人的身份看望他的。

她这么一声明，他就只有感慨的份儿，更不知该说什么好了。

她还向他透露，宣传部副部长，也就是她的丈夫，将于百忙之中亲自召见他一次。

他诚惶诚恐起来。

她是那么地关怀他，问他结了婚没有？

他摇头说没有。

她就许下诺言，保证亲自替他物色一位年轻漂亮的贤妻……

他又频频被邀请到处作报告。现身说法，字字血、声声泪地控诉“四人帮”，情绪激昂热烈地表达坚决拥护“改革开放”的思想立场……

翌年由主管文教的宣传部副部长决定，他当上了省京剧团的团长。他为振兴京剧团奔走呼号不遗余力。

到了一九八七年，他毫无争议地评上了一级职称。享受由国务院颁发的，国家级有突出成就的文艺家“政府津贴”，并当选为省级政协常委。至于其他社会头衔就更多了，不写也罢。他分到了与他的社会地位相称的住房。五室一厅，是按省政协常委的待遇分配的。他有专车代步了。他生病享受“红本”医疗了。总之，他的人生似乎一切都好转起来了……却仍没结婚。

宣传部副部长的夫人一诺千金，真的替他物色过几个女人。她们也真的个个是较年轻，较有姿色的女人。总之做他的妻子是绝对般配的。他难却诚意分别与她们接触过，但都没下文，不了了之。她问他究竟希望找到一个什么条件什么品貌的女人做妻子？他支支吾吾的，似乎自己也说不清道不明。她就猜测他生理上落下了什么残疾，不再一厢情愿地过分热心了。

她一次也没向他提过当年有个叫芊子的乡下小女子为了替他刷洗清白，一次次到县里为他鸣冤，并且遭过强暴以至怀孕的事。这件事当年也曾在全县被沸沸扬扬地街谈巷议过，她不会不知道。也许她早忘了，也许她有意不提，不愿又引起他伤心。

而这件事，他自己并不知道。当年发生在县里的事，又过了十七八年，省城里的人们，除了那位副部长夫人，再无知道的。

他甚至也不知道，当年有一个叫芊子的乡下少女，就是那个曾盗过他戏靴的乡下少女，为了救活他一命，在出嫁的路途中，在旷野雪地上，在众目睽睽之下，以自己的少女之身，暖过他那冻僵了的男人的躯体。他当时昏死着，又哪里能知道这些呢？

如果有谁问他记不记得一个叫芊子的乡下小女子，他一定会像芊子村里那些下一代们一样大摇其头。困惑地反问芊子是谁？在什么时候什么情况之下曾和他见过？

他和本省一位颇有才华的中年画家成了好友。

他求对方为他画一幅人物肖像画。

对方用将近一个月的时间为他画成了，是一幅比最大的挂历还大的国画。背景有山廓，有远村，都被雪色覆盖。人物是一位新娘。红盖头、红袄、红裤、红绣鞋，侧坐在一匹枣红老马背上。银尘般的细雪斜撒于画面，传达出效果逼真的严寒的凛冽之气。那新娘一手撩起着红盖头的一角儿，露出大半张俊俏的鹅蛋形脸儿。她那脸儿也冻得绯红绯红。她那双睫毛很长的大眼睛震惊地瞪视着什么意想不到的情形。她的嘴半张着，似乎要喊出句什么……

这幅国画几乎是在他始终奉陪之下完成的，是留在他头脑中的深刻的记忆与画家的才华的合作品。

他特意为这幅国画定做了最满意的绫裱。

他将画悬挂在卧室里了。

画家奇怪地问他为什么不悬挂在客厅？

他说："不是为了供别人欣赏才请你画的。如果我当年不幸冻死了。她乃是我最后一眼看到的，这世界上最美最美的新娘！我对她情有独钟啊！"

画家说："曾经沧海难为水，除却巫山不是云？"

他说："昔日横波目，今作流泪泉啊！"

画家又说，"这乡下小女子，不但是最美最美的新娘，而且是年龄最小最小的新娘啊！说实在的。我怎么看，怎么觉得她还只不过是个情窦初开的少女嘛！做新娘，她的年龄委实嫩了点儿。老兄，你的记忆不会出偏差吧？”

他说：“当年我看着她，心里也像你这么想。我被一脚踹倒在雪地，一只眼压在雪里，只能用另一只眼看世界。看到的是一张张麻木的脸。我想我此生完了，不能指望有谁能救我一命了。当我那只眼睛望到她身上时，她从头到脚的艳红，映得我内心里一片红堂堂的。最主要的，我从她脸上看出了同情和慈悲。我也没指望她能救我。一个乡下女子，又是在出嫁的路途上，她不是侠女十三妹，就是有心救我，又怎么相救呢？但她脸上的同情和慈悲，当时就使我内心里万般的感动了。我又想，冻死前我戴文祺知道有一个人那么地同情我，而且又是多么美丽的一个小女子啊！老天可怜我，使我死得还不算太凄惨。我眼中顿时就涌出了一滴泪……”

画家听了他的话，望着画沉吟良久，问允许不允许他再题上四句诗？

他说自己已经想好了四句诗。

于是画家持笔在手，饱含墨汁，准备听他说一句，往那画的冰天雪地间写一句。

他不同意画家往画上写，唯恐破坏了那画的神韵。让画家直接往墙上写。

四句诗乃是：漫天银尘雪，犹衬一娇颜。数重山间树，不隔眼中人。两个男人并肩立于画前，凝眸良久，竟都不忍暂离。

画家说：“我从没觉得自己画得这般好过！要是摆在画廊出售，标价三四万元不愁没人买！”

他说：“你若舍不得了，你就拿走去卖。而我，倾家荡产也要抢先把它买下来！”

即或在那一时刻，他也并不知道，那画上的乡下小新娘名叫芊子……

戴文祺生理上当然并没落下什么残疾。又过了两年，到了一九八九年，独身生活终于使他日感寂寞了。经那位画家朋友介绍，一位在重点中学教英语的，离异了的文静女教师进入了他的生活。

他和她领到了结婚证书后，向她提出了一个要求——打算回到他当年总演小生的县剧团一次，并打算去自己当年演过戏的每一个村子，旧地重游一遍，每村演出一场，了此生平夙愿，回来便和她举行婚礼。

这个要求，当然是她完全理解，也完全能接受的。

戴文祺在县里受到了空前盛情也是空前隆重的接待。省政协预先给县里去了函。副部长的秘书还代表副部长预先与县长通了长途，叮嘱一定要使他高兴而去，满意而归。他自己当然并不愿意惊动各方。各方对他的厚爱甚至使他心内惴惴不安惭愧不已。但是省京剧团的团长又是省政协的常委到一个僻远小县去进行舞台性巡回演出，各方表示重视和支持，又太属情理之中的事。县委县政府一干人等，似乎更是将他视为一位省里来的官员予以接待的。规格之高，照顾之周，礼节之细，使他内心不安之中颇有那么几分春风得意。他体会到了一种衣锦还乡的人生意味。县里的头头脑脑们，不知从什么渠道获得的消息——他在下一届政协会上将被选作副主席。这是连他自己都不曾风闻过的。但他也不辟谣，任由对方们在心目中超前地将他当成未来的省政协副主席巴结着，奉承着。

在一次宴席上，县委书记双手擎杯，满怀敬意地说："戴老，我们都知道您当年在本县受了很大的苦。可是今天在座的人中，都是您的崇拜者，绝无一个当年迫害过您的人！连一个和那样的人沾亲带故的人也没有！您要是不计前嫌，真的仍将本县当成家乡，就请喝了这一杯酒!”

才五十出头，比县委书记大不了几岁的他，忽然的被人当面称作“戴老”了，一时浑身的不自在起来。

但他还是接过了杯，一饮而尽。

他亮着杯底儿说：“第一，千万不要叫我‘戴老’。你们要觉得叫我的名字大不敬，就按我们这一行的规矩，叫我‘戴老师’吧！第二，当年之事，那都是历史了。再也不要重提了。我心中如果还耿耿于怀，能主动回家乡为家乡父老献戏吗？让改革的春风将当年之事刮散刮尽吧！咱们大家都要朝前看!”

他的话博得了一阵热烈又长久的掌声。他说的是心里话。鼓掌的人们也都不认为他那时在作秀，也都看出了他说的是心里话。也都是发自内心地为他的话大鼓其掌。掌声过后，都交头接耳地赞他好襟怀，好境界。那一宴他饮得尽兴，众人也饮得尽兴，他心情愉悦，众人也心情愉悦。此后都恭恭敬敬地称他“戴老师”了。仿佛都做了他的徒弟要跟他学唱戏似的……

县剧团早已解散。临时为他选拔了些业余京剧爱好者，充所需之配角。县委向各镇各村下达了“红头文件”，要求各级将欢迎他去献戏这一件事，当成一项“政治任务”加以落实。号召乘他献戏的东风，掀起活跃农村文化娱乐生活的新高潮……

各村都有电了。村与村之间都有公路了。有的村还有了俱乐部，有了像那么回事的戏台子。他此番下乡演戏，不必像当年那么辛苦了。一切该做的，该安排的，该考虑到的，都有人认认真真地替他做了，替他安排了，替他考虑到了。甚至连他自己没考虑到的，也替他考虑到了。他乘坐的小客车一直开入各村。有人替他开车门。所到之处，随行者众星捧月，前呼后拥。县报社、电台、电视台的记者们，一路不失时机而又殷勤地进行采访。那真是红烟护其左，紫气舒其右，四方瞻仰，八面风光！

而各村各乡的农民们，听说当年的“戴小生”又回来献戏了，奔走相告，如迎亲人。晚辈人们没听说过什么“戴小生”不“戴小生”的，而且对京剧也不感兴趣，但凑热闹的情绪却同长辈们一样的高涨，一拨一拨的和他站在一起，请记者们照相，并叮嘱一定要寄给他们……

他真真切切地感到了一种久违了的亲情。这一种亲情使他内心里一阵一阵的滚热。他唱了一折又一折。临时配角们配合不了的戏，他就索性清唱，甚至一身双角，自己和自己对演对唱。农民们不嫌他扮相已老，不嫌他嗓音已柴，不嫌他在台上一举手一投足一揖一跪早已失了潇洒优美的飘逸之风。他们一阵阵地报以慷慨的掌声和喝彩。发家致富的政策是有了，但他们却久已没有戏可看了。他们似乎更是企图从他身上，捡回从前的穷日子里的一种穷欢乐，弥补现在日渐好起来的生活的缺憾……

在去往芊子家那个村的路上，戴文祺突然高叫“停车！停车！”

车没停稳，他便打开车门跳了下去。随行的人们以为他要方便，都在车上将脸背过去了。

不料他却望着山廓和远村说：“是这儿，就是这儿！”

有人问：“戴老师，您熟悉这儿？”

他说：“岂止是熟悉！一辈子也忘不了这个地方！当年的冬天，我只穿着件毛衣和一条呢裤，被踢倒在那儿！”

他向前走十几步，竟面朝下趴在了地上。倏忽间，他视觉迷幻了，仿佛看见了一位偏着双腿斜乘在枣红老马上的小新娘——红袄、红棉裤、红绣鞋。上下一身红，红得美艳，红得妖娆。一只手儿，正撩起着红盖头的一角儿，眼神儿惊愕地望着他……

他在心里对她说：“你这小新娘啊，你如今在哪儿呢？我‘戴小生’又来送戏了。一半儿是为这里的乡亲们，一半儿也是为你。但愿你也能够看得上。这可是我这辈子演的最后几场戏啊！”

分明地，他看见她是在妩媚地微笑着了。似乎领会了他在心里对她说的话。似乎以那一种妩媚的微笑默谢着他……

车上的人们面面相觑一阵，就有一个小伙子和一个姑娘也跳下车，跑过去将他扶了起来。

那小伙子问：“戴老师，您没什么不妥吧？”

他说：“没什么没什么，只是，你们把她吓跑了！”

姑娘又问：“谁？我们把谁吓跑了？”——并四面张望，以为真有个人隐蔽在哪儿。

他便苦笑……

村干部们早已挨家挨户叮嘱过了——见了他，谁也不许提“芊子”这个名字。更不许提芊子当年盗靴，当年在出嫁的路上因遇见了他的所作所为。陈糠烂谷子般的旧事，现在还提它做甚呢？说些多么多么思念他的话岂不更好！

有些男女，本已由他的即将到来，勾起了对芊子的回忆。经村干部们一叮嘱，那回忆反而挥之不去了，成了各自的一块心病似的。他们见了他当然也格外热情。但那热情的背后，似乎总有种愧疚在隐隐作祟，其实呢，他们都认为自己并没什么对不起他的地方。不就是眼睁睁看着他快被冻死了没见义勇为地挺身救他吗？在那个年月，胆小怕事难道不是最该被谅解的吗？也都认为自己并没什么对不起芊子的地方。归根结底，芊子的种种遭遇，并非他们的罪过啊！要非说有谁对不起芊子的话，那也首先是她的爹娘和哥哥对不起她。

去年，她哥哥也一病不起，躺了几个月便死了……

但一些男女各自心中的愧疚，像被重新勾起的对芊子的回忆一样，也是挥之不去的……

好在戴文祺完全沉浸在旧地重游故情重温的万千感慨之中，并没有多么敏感地觉察出这个村的某些人们对他的热情，与别的村的人们对他的热情有些什么细微的不同……

戴文祺下午登台，黄昏谢幕。村干部们非要留下他们一行人吃饭。随陪的县干部们说不行，说这是“戴老师”到最后一个村的最后一场演出。至此他的活动就圆满结束了，必须当晚赶回县里，领导们还等着为他设宴庆贺呢！……

于是扶着戴文祺上了车，在村人们夹道相送之下，小客车驶出了村子……

出村的路只有一条，缓行的小客车还没换挡加速呢，便急刹住了。路中间站着一老妪，双手拄着一根细长竹竿儿，看去分明是个瞎婆子……

司机下了车，要将她搀到路边去。她不许搀她，只问车上坐的有没有当年的“戴小生”？

司机说有啊！

她说：“那就请他过来，我有事告诉他。”

戴文祺在车上听到了她的话，主动下车，走到她跟前问：“老人家，您有什么事告诉我？”

她说：“别叫我老人家，其实你我年纪差不多。当年我也是你的一个戏迷。”

戴文祺就笑了，又说：“那就称您老姐姐吧，您有什么需要我帮助的吗？”

她则又问：“你果然就是当年那位将个许仙演活了的‘戴小生’吗？”

戴文祺说：“我果然就是的啊！您刚才没去听我唱戏？”

她说：“也没人告诉我你又要来送戏啊！我是在你演罢了，听几个孩子议论才知道的。所以等在这儿。我心中揣着的事，只想告诉‘戴小生’一人。你若果然是他，你弯下腰，让我摸摸你脸……”

戴文祺忍着满腹疑惑，弯下腰，将她一只手放在自己脸上……

“嗯……那‘戴小生’前额方正，天庭饱满，你也是的……他鼻梁端正，你的鼻梁也端正……他双眼皮儿，你嘛，也双眼皮儿……那么你果然是他了？”

戴文祺说：“我正是他！”

“你老了！”

“对，我老了。”

“你搀着我……”

戴文祺便听话的个乖孩子似的搀着她……

她将竹竿儿靠在身上，举臂指问：“看见那边儿那一株老榆树了吗？”

他说：“看见了。”

“搀我去那里。”

于是他搀着她徐徐走去。

她忽然站住，有点儿生气地说：“别让人跟着咱们！我听出来了。有好几个人跟着咱们！”

他一回头，见果然有几个随行者暗跟着，他也有点儿生气地说：“都回到车上等着去，谁也不许跟着！”

他搀着她来到老树下。她甩开他的手，摸摸索索，摸着了一段暴露于地面的光滑的老树根，慢腾腾地坐下了。

她说：“你也坐下吧！我要告诉你的事，得讲半天呢，只怕你站不了那么久！”

他没个什么东西可坐，就蹲下了，骗她说：“我已经坐在您对面了！”

“听说，你现在是，有名有位的个大人物了？”

“老姐，现在我虽算不上什么大人物，名和位嘛，倒确是两样俱全了。但我戴文祺有自知之明，宠辱不惊，心性未改。”

“你此来，今非昔比，风光得很，是不？”

“老姐，多亏各村的乡亲们念旧。您究竟要告诉我什么事儿，就快讲吧！一车人都等着我呢！”

“你急什么？我还没急呢！你看身旁有堆土是不是？”

“有……”

“那儿原不是一堆土。原是一座破庙。当年，曾有一个十六七岁的乡下小女子，为你，有家难归，在此住过。也为你，被县里的坏人多次强奸，怀了孕。曾在这一株老树上吊过……”

“为我?!”

“你还记得你当年丢过一只戏靴的事吗？”

“这……我想起来了……有过那么一件事儿……”

瞎眼女人，乃是芊子的嫂子。

于是，她从芊子的盗靴讲起，讲自己天性纯真的小姑，只因情窦初开，心生暗恋，便被全村人所不容，所不齿，便惹爹爹大怒，将小姑鞭打至昏。讲自己如何为小姑在县城里偷偷揭下一张上面画着他的演戏招贴，小姑怎么样地如获至宝，又怎么样地积攒彩线，夜夜挑灯将他绣在了布上。讲姑嫂二人那一夜长谈。讲如自己小姑一样的，许许多多痴情纯情的乡下小女子，由于怎么的种种原因，其实每个人几乎都有一段用真真切切的情愫左一层右一层包藏在心的暗恋。那可能是一辈子都不被人知更不被对方所知的。就好比蚕茧包蛹。但那心灵最弱嫩的一小部分，永远化不成一只美丽的彩蛾，却也永远伴随着生命长久存活。当她们的生命行将终结之时，那心灵最弱嫩的一小部分，可能仍是保存得最完好，最生动，最鲜活敏感的一小部分。尽管心灵的绝大部分也许早已经僵化了，钙化了，质如糟粕了。当然，始终爱怜着芊子的嫂子，是以一个没什么文化的乡下女人的话语讲给"戴小生"听的。但是他完全地理解了，领会了，明白了。并以一个最善于将人生戏剧化，将戏剧现实化的男人的丰富想象力，将她那絮絮叨叨的颠三倒四的话语用感人至深的一幅幅画面在头脑中贯穿和编辑在一起了。

当她讲到芊子为了救他一命，在出嫁的途中，怎样怎样，当众以自己的少女之躯暖他那冻僵了的男人的身子，因而被尚未成婚嫁大礼的夫家所鄙视，并被自己的亲爹娘和亲哥哥所弃时，那"戴小生"一迭声地"哎呀"不止。除了"哎呀"二字，他竟震动得说不出任何其他的话……

当她讲到芊子为了使他早日摆脱厄运，怎样怎样，跟随那个高中女学生去到县里，为他而遭辱破贞时，"戴小生"再也蹲不住了，身子失去了控制，颓坐于地……

"我那可怜的小姑，为了你'戴小生'，一次次地去县里。明知是自投虎口一般的事，却不听我的劝阻，偏为了你去。结果一次次地被奸，后来就怀了孕……凄凄冷冷的雨夜，在这儿当年凄凄冷冷没一处干爽地方的破庙里，她自思以后没了活路，上吊在这一棵老树上。没想到她命不该当时便死，腰带断了……摔得流了产……若不是我放心不下她，瞒着她哥冒雨偷偷来看她，她苏醒过来，肯定还是要解下腰带二次上吊的……”

那当嫂子的乡下女人，那时两只瞎眼里，就如两口干泉又被疏通了泉孔，地水难堵般地往外涌流着眼泪……

“我不知道，我不知道……您讲的这些事，我不仅不知道……也从没人对我讲过一个字……”

不知不觉中，“戴小生”自己的脸上，也早有两行泪在绵绵地流淌着了……

她手攥着细长的竹竿儿连连捣地，口中悲愤交加地重复着他的话：“你不知道……你不知道……你一概的不知道……从没人对你讲过一个字……”

她直将那竹竿儿的末端捣得劈了开来。她仰面向天，继续用竹竿儿捣地，并哀哀地自言自语：“天啊，天啊，老天啊，你听清了吗？这个吉星高照了的男人，却只会说这么几句话！”

“老姐，我真的不知道，真的从没人对我讲过一个字！……芋子她……她如今身在何处？”

“我哪里又会知道！我若知道，也就不拦你车，将你领到这儿，对你讲这些没用的往事了！”

“那么，这村里，究竟谁会知道呢？……”

“没人知道的啊！她爹娘知道，可她爹娘先后死了！她哥哥知道，可她哥也死了。我那作孽的丈夫，是他出的主意，将自己亲妹妹嫁卖了……他临死前，好像觉得后悔了，好像要告诉我芋子的下落了……可没等说出来，就一口痰堵胸，咽了气了……‘戴小生’啊‘戴小生’啊，我求你，替我找找我那可怜的小姑吧！我这双眼，就是因为想她哭瞎的呀！求求你了，活要知道她人在哪儿，死要知道她坟在哪儿。她若还活着，我要趁自己还没死，不远万里也要去与她就伴儿再活一阵子。她若已经死了，我沿路讨饭，也要去给她上坟去，使她那离乡背井的可怜孤魂，在他乡远地能得份儿亲情的慰藉……”

那当嫂子的乡下女人，眼泪和着人听了心碎的话语说至此处，弃了竹竿儿，弯下腰双手按地，就要跪下磕头……

“老姐，你可不能你可不能！老天在上，我答应你，踏破铁鞋，找遍中国，我也要替你找到芊子！”

颓坐于地的“戴小生”，慌得身子朝前一扑，倒先给芊子的嫂子跪下了。他最后一句话，原本想说的是——“我也要替我找到芊子！”可将要出口的话，在舌尖上一滚，“我”字变成了“你”字。尽管说出的是“替你”，内心里继续对自己说的话却是——“戴文祺啊戴文祺，你若是不寻找到那个芊子，你若不当面对她三叩九拜，你若衔恩不报，你就枉为一个还配别人正眼瞧看的男人了！而且，你今生今世若不与她结为夫妇，你又怎么能算报了她的大恩大德啊！”

他及时扶起了她，没容她真的跪将下去。他替她捡起竹竿儿，归还于她手中。但是他自己却仍颓坐在地上，仿佛双腿被弄残了，站立不起来了似的。他觉得头上仿佛有一只巨大的独眼，老天的巨大的独眼，正默默地，目光冷峻地俯视着自己，已将自己内心里的真实想法看透得一清二楚。并分明是很赞同他那么想……

“‘戴小生’，你的话，可算数？”

“老姐，我一言九鼎，说到做到。”

“那么，你敢对天发誓吗？”

“老姐，我敢……”

于是他就仰起了他的脸——那时刻已是下午三四点钟了。夏日的太阳，不知为什么，那一天，那一时刻，阳光却依然那么炽亮，照耀得他闭上了双眼。他暗想，这是老天在暗示我，他正瞑听着我发誓啊！……

“纵然踏破铁鞋，找遍中国，我戴文祺也非寻找到芊子不可！活要见人，死要见坟！如果我说了没做，让老天惩罚我瞎了双眼！”

而他心里却在说——芊子，芊子，你这痴情的纯情的乡下小女子，我不寻找到你娶你为妻，圆了我俩命该如此的感世悲缘，我誓不为人！

不知凭什么，他认定芊子正在受苦受难，正在期待着他前去拯救她。如她当年曾舍身自投虎穴拯救过他那样。而且，以他现今的身份和地位，他自信完全能够拯救她，并没有什么格外强大的势力阻止得了他。

在他那一时那一刻的思维中，岁月仿佛仍驻留在当年，并没朝前流逝似的。芊子也仿佛仍是当年他只见过一眼，不久前由他的画家朋友按照他的深刻记忆一笔不苟地画在画布上那个芊子——红袄，红棉裤，红绣鞋，双腿偏坐在一匹枣红老马背上，一手揭起着红盖头的一角儿，娥眉凤眼呈现着万分惊愕的眼神儿……

以后很长很长的一段日子里，其实他所要寻找到的，更是那一时那一刻又显形并且随即定影在他头脑中的芊子——大约二十六七年前自己只见过一眼二十六七年间印象清晰难忘的一个妖娆又妩媚的少小新娘。而不是一个按时间推算，怎么也该有四十多岁的农村妇女……

待他睁开眼睛，芊子的嫂子已不在他眼前了。她那一手拄着细长竹竿儿，分明已变得有些佝偻的背影，在他的视线内正蹒蹒跚跚地远去。他看得出来，她一边踽踽而行，一边不时地抬起另一只手臂，以手背或袖角儿揩她脸上的泪……

他往起站了站，竟还是站不起来。双腿还是如残废了似的不听使唤。芊子的命运，一个自己此前仅见过一眼，连名字都不知道的乡下小女子为他步步沦于悲惨之境的命运，像一本以他自己的命运为主线叙述因果的书，使他刚刚读了“内容提要”就没法儿放下去了。这书中的某些“情节”，既跟他的关系太密切，对他足以产生多么巨大的冲击力和震撼力，也就可想而知了。

他首先便是心灵在那种冲击力和震撼力的交替作用之下麻木了似的，然后是神经麻木了似的，最后才是双腿颓瘫了……

车上他的那些随行者们，都有些耐不住性子了。尤其那位县委宣传部干事，已经看过几次表了。每看一次表心里嘟哝一次：“哪儿冒出来个瞎婆子，真是的真是的！这下儿肯定回去晚了！县领导们非等急了不可。他们要不批评我才怪了呢！”

他们也都望见，将他领去那儿的“瞎婆子”，已经离开他了。他们闹不明白他为什么自己还坐在那儿？还不起身来上车？因为他说过不许他们跟过去的话，他们也就都有点儿不太敢擅自的走过来，继续望着他面面相觑而已。

这时的戴文祺，努力了几番，双腿仍像残了似的站不起来。无奈之下，他只得向车招手，并喊他们过来帮他。

听到他的喊声，县委宣传部干事，才扯着一个小伙子赶紧跳下车，救人似的向他冲来。

他是被他们轮换着背上车的。车上的人见他面如死灰，神色悲怆到极点，仿佛那“瞎婆子”是个老巫女，向他预言了他的死期临近。谁都不敢贸然问他什么。他也哑巴了似的，紧闭着双唇，一路一言不发，默默流泪，后来竟双手掩面，放声大哭了一场，哭得随行者们疑惑而又不安……

那天晚上，尽管县里的头头脑脑们焦急地等了他一个多小时，他也并没强打起精神与他们在宴席桌上周旋。他让直接送他回宾馆，将自己关在房间，任谁敲门问安都一概不见……

第二天他的腿还不听使唤，县里便派了两个人，将他护送回了省城……

他一回到省城就住院了。医生诊断是由于情绪受到意外的强烈刺激而引发的急性脑血栓。已经和他领了结婚证，成为他合法妻子的中学女教师自然是第一个到医院看望他的人。她请人代课，打算在医院服侍他，他却不容商量地谢绝了。而且，以坚定不移的态度告诉她——他必须得和她离婚。

才领了结婚证一个多月，还没举行婚礼，到家乡县属各农村去唱了几场戏，回来后就要将结婚证变成离婚证，使她感到受了耍弄。

结果就惊动了他那画家朋友。作为介绍人，他的画家朋友到医院来问罪……

他在逼问之下，不得不将芊子因他而遭到的种种悲惨，从“盗靴”之事讲起，一波三折地讲给画家朋友听了……

画家朋友听到最后，竟也呆坐椅上许久未动一动，仿佛双腿也不听使唤了，站立不起来了似的……

他离开戴文祺的病床前，只又说了两句话。

第一句是：“莫道男儿心如铁，君不见满山红叶，尽是离人眼中血。”

这句话，与其认为是对戴文祺说的，还莫如认为是他对自己说的。说时，表情庄重得近乎肃穆，大有指点古今憾事，凭断人间悲凉的意味。

戴文祺听出他说的乃是董解元《西厢记》中的三句。

而他却什么也没说。

画家说的第二句话是："她的思想，由我来做通。"

仅这一句，才是又对戴文祺说的。

而他感激地望着挚友，还是什么也没说。

画家走后，他徒自陷入怔思呆想，忧忧地痴痴地自言自语道："我心匪石，不可转也；我心匪席，不可卷也！"

戴文祺出院回到家中的第二天，他的画家朋友便陪着那中学女教师来见。

他心存内疚万千，颜带愧怍惭惶，待她刚刚坐定，便肃立在她面前，深鞠大躬，诚恳之至地说："都是我戴文祺的罪过！今日我任你羞辱责骂，绝不恼怒。"

那女人眼中霎时泪出，将头一扭……

画家就说："得啦得啦，我也没资格恼，她也没权力骂。喏，这是她特意为你带来的！你挂起，咱们商议正事！"

戴文祺从画家手中接过一卷纸，展开见是一张大幅的中国地图。

那女人低声说："从现在起，我俩帮你在全国寻找芊子！"

一句话使戴文祺心头骤热，眼中也霎时泪出……

画家又说："戴兄啊，你想过没有？如果找来找去，终于证实，那个芊子已不在人世了呢？"

他说："那我也就从此死心了。"

画家紧接着问："那么你还打算结婚吗？"

他犹豫片刻，注视着那女人，试探地问："你说呢？"

那女人就又将头一扭……

画家生气地说：“这算怎么回事儿？你若想知道她还愿不愿做你妻子了，那你也得直问！”

他以比那女人更小的声音说：“我是这个意思。”

那女人缓缓将脸转向他，也像他刚才目光定定地注视着她那般注视着他，微微点了下头……

画家又说：“如果寻找到了那个芊子，她却生活得比较幸福呢？这也是很有可能的事啊！”

他说：“那我就与她拜兄妹。她的丈夫，便是我的妹夫。她的儿女，便是我的甥男甥女。他们的所有亲友，便是我们的所有亲友！”

他说最后一句话时，眼望着那女人，将“我们”二字，说出格外强调的意味。

她就又默默地微微点了下头。

“要寻找那个芊子，说易也易，反正出不了中国的范围。说难也难，中国太大！”

“我要先从相邻几省，逐县逐村地找。”

“这就需很多时间，很多精力。”

“我已经写好了辞职报告。”

“恐怕，还需要钱。路费需要钱。你总不至于指望剧团替你报销吧？”

“我没那么指望。这几年，我也多少从工资中攒下了点儿钱……”

画家打断了他：“你攒下那点儿钱，我估计连路费都不够！如果那个芊子，确在不幸和苦难之中，又难以顺利解脱出来，就需要更多更多的钱‘赎’她了！谁也不肯白白让你将自己的妻子领走吧？”

戴文祺眨眨眼睛，双唇间挤出一句情急的话是：“那我就为她卖血！卖肾！”

画家上下看他一阵后，不屑地说：“就你，瘦得干虾似的，浑身能抽出多少血可卖？你的肾也不见得是好肾，想卖也不见得有人买！我这个画家的画，虽然名气不大，但五千六千的贱卖一幅，还是不愁没人买的。我已经为你准备了十幅画……”

戴文祺心头又是一阵骤热。他不知如何表达感激才好，结结巴巴地说不成一句话，竟欲给挚友跪下去……

“得啦得啦，别弄这个景儿！”

画家扶住了他……

那女人这时要求看画家画的芊子。于是三人一起走入他卧室，立于画前，定睛同视。

那女人忽然双手掩面，哭了。

她哭着说：“世上只有女人爱男人才能这么个爱法儿，真叫我心疼我们女人！”

画家说：“只有那些远地偏村的乡下小女子，才能这么爱她们所爱的男人。也真叫我们男人心疼这样的女人啊！她值得我们千方百计地找到她！”

而戴文祺望着画上的芊子，只在内心里对她说：“芊子，芊子，你听到了吗？……”

从此，这两个男人一个女人，共同开始了他们寻找芊子的行动。

不久，其事传播，又有许多热心的男人和热心的女人自愿加入了他们的行动……

每天都有许多信从这座城市寄出……

每天戴文祺也会收到许多信——许多线索曾使他万分激动。许多次激动到头来是一场场空欢喜。信中还有自称便是芊子的。对自已这个“芊子”被嫁卖后的命运，描写得悲悲惨惨凄凄切切。以某些女人们顶善于调遣的话语，在信中向他发出十万火急的乞求呼吁和哀号。也有携儿带女，找到省城，找上门来，哭哭啼啼吵吵闹闹赖着不走，要求住下做妻子或要求命运赔偿的……

可真是一个芊子少，骗子多的时代了！

戴文祺几乎被滋扰得居无宁日。然而，他表现出超乎寻常的忍耐力和克制力。并且，一点儿也没后悔。

一天又有一批不速之客登门入室。是各方各面的记者。他们不肯善罢甘休地“采访”他，用一个又一个或愚蠢或心思暧昧甚至可能动机不良的问题无休止地纠缠他。他们使他感到，他们仿佛与时代的某种恶念达成了默契，要合谋起来将人世间的真爱变作糠料，发酵了去饲更多的人们似的……

他终于被激怒。拍案而起，大发雷霆，将他们统统赶出了家门……

转眼到了一九九六年。

三年里，他几乎寻找遍了与本省邻界的几个省的各县各村。有时是他的画家朋友陪他。有时是那女教师陪他。更多的日子是他自己在寻找。他性情变了，话更少了，白发更多了，也显得比实际年龄苍老了。寻找的信念，却越发地执著了。

他又获得到了一条线索，是那女教师教过的一个女学生提供的。她在本省某县妇联工作，协助进行过农村人口普查。从各个方面分析，那线索是相当可靠的，意味着芊子也许就在本省境内的农村……

他毫不迟疑地动身去到了那个县。县妇联热心地为他安排了一辆车，载他去某村。那是两省交界处的一个小村，也是一个穷村，隐蔽在深山的褶皱里。那一天大雨时停时下，几处公路被水淹了，年轻的司机只得绕行。到了那个村，家家户户的农舍上空，已经飘起着袅袅的晚炊的烟缕了。雨尽管小些了，但丝毫也没有停的意思。

司机在车里坐等他。一个小女孩儿将他引到一户农家的小院外，那小院是用树枝编围起来的。显然的，树枝底下生长出了根须，滋发了新的生命。绿叶重叠，被雨淋得青翠欲滴，很是悦目。

小女孩儿说："就是这家，你自己进去吧！"一说完扭身就跑，仿佛院里放着恶狗，跑不及会被追咬似的。

院内的农舍，很矮，倾斜着，由几截树干支撑，望去使人感到，若抽移了树干，立刻便会倒塌。房顶草少说也有十年没换过了，变黑了，朽结在一起了。吸雨不淌，仿佛更沉了。糯黑的粘糕似的压着房顶，窗被压斜了，门被压歪了。门窗的上一半儿，被低矮的房檐含着。窗框和门框，是旧得不能再旧了。木质被风雨侵蚀得发白了，朽骨似的。门一侧挂着一串儿干红椒，经雨淋洗，红得抢眼。

院子不大，扫得很干净，并没有狗。有几只鸡在窝里缩头探脑，还有几只鸭在院里趾高气扬地踱来踱去，不时对扇双翅，发出惬意的嘎嘎的欢叫……

戴文祺的目光被那一串红椒吸引住了。他在雨中呆望着不动。他已经变成了一个对红色极其敏感的男人。他眼前仿佛又浮现着当年的芊子了——双腿偏乘着一匹枣红老马，红绣鞋红棉裤红袄，一只手儿掀起着红盖头的一角儿，仿佛在笑眯眯地羞意含情地望着他，仿佛想要对他说："可把你盼来了！我料到你总有一天会来找我的啊！"

房子里突然发出一声啸叫，听来很是瘆人。那是一种类人非人似兽非兽的啸叫。起音如象吼，尾音又拖得如鹤唳。啸叫声过，一切归寂。

“有人吗?”

久不闻答。

又大声问了一次，房子里还是没人回应。

他推开院门儿，走入了院子。犹犹豫豫趔趔趄趄的，终于走到了门前……

“家里有没有人啊？……”

传出哧哧的嬉笑声。

他听出是孩子的笑声。于是打消了顾虑，一只脚迈入门去……

门内光线幽暗。戴文祺一脚门里一脚门外站了一会儿，定睛之下，才渐次地看清眼前的那一个家况——灶间居中。唯锅台、水缸、柴堆而已。碗橱，也算是有的。不过是在土墙上铲出了几行凹处，用旧塑料布铺了底儿。左一扇门，右一扇门。左门掩着，右门敞着。他将另一只脚也从外边迈入进来，先轻轻走到右门前朝屋里看——一张旧床，床头并摆着两只旧木箱，木箱上也铺了块花塑料布，看去质地早已变脆，起码铺二三年了，上面摆了一面小镜，还有一个长方形的小黑漆匣子，此外别无他物。四壁是用报纸糊了的。连顶棚也糊了。他感觉主人糊得极仔细，黑体的标题错落有致，分明地是在糊时颇动了番心思，不似他在别的农家见过的样子，报纸铺得歪歪斜斜，一行行黑字横七竖八，看着使人眼晕心乱。他暗想，倘天晴，阳光照进屋里时，这小屋倒也会显得清洁，尽管看出日子过得是这么穷，这么寒酸。窗台上还放着一只阔口儿的罐头瓶，瓶里插着些扫帚梅，和另几种他叫不出名的花儿。那些花儿散紫翻红，开得野趣盎然，看出主人的生活心劲儿却是那么充足似的。能于穷困之中泰然度日，这一股执著令戴文祺的心为之怦然一动。床上的被子叠得也齐齐整整，床单补过，是花的，已洗掉色了，看不清花样儿了……

他本已转过身去了，但转身之际，恍惚觉得墙上，就是床头所靠的那面墙上，似乎是挂着一面相框，内镶一幅大照片。他想那必是女主人的照片无疑了。于是又转过身来，冒着忌讳，进入屋里，走近细看。这一看之下，戴文祺顿觉自己全身的血液仿佛汇冲心头，一颗心被冲得骤然间剧荡了一下似的，觉得自己全身血液汇冲的速度是那么急骤，仿佛每一条大小血管儿都在身体里发烫起来了——那不是别人的形象，乃是他自己的形象。他自己当年扮演许仙的形象！多颜多色的彩线绣在一块旧布上的形象！白驹过隙，岁月荏苒，三十余年弹指一挥间，彩线的色泽竟依然保存得那么鲜艳。使当年的“他”看去神态栩栩，光彩照人！那所谓“相框”，其实是用剥去了皮的细柳梢儿精心编制的。他的彩绣上罩了一层极薄的塑料膜，宛如镶在玻璃之后。他不禁地又上前一步，伸手抚摸其上那一朵牡丹。他看出了那些怒放着的花瓣儿，分明地是被染成浅红色的。但他又怎能想到，那乃是被当年一个痴情又纯情的十六岁乡下少女的初潮经血染红的啊！

突然，掩着门的左屋里，又传出哧哧的嬉笑声。

他慌忙退出右屋，脚步轻轻地走到了左屋门前。此时他已确信，这便是他千辛万苦要寻找的芊子的家了。身在她家，竟使他心内顿生魂兮归来般的亲切之感……

他轻敲几下门，屋内没人问话。

他犹豫片刻，进一步打消心中忌讳，缓缓将门推开了……

这左屋比右屋要大出半间，也用报纸从四壁直糊到屋顶，糊得也如右屋那么认真仔细。靠着迎门那面墙，摆着一张双人大床。床框自然都已旧得本色全非了，床单也自然都是补过的。屋地中央，是一张旧方桌。桌下隐放着四只旧的高脚圆凳。凳腿间的横撑，都换过了。有的换过一根，有的换过两根。都是用剥了皮的树段取而代之……

戴文祺先看到的人，是大床上的两个孩子。他们都只着短裤。床上有个盆。盆里有水。水是从屋顶滴落下来积在盆里的。他们互相往身上撩泼雨水寻开心。他们各自都已身上水漉漉的。床单也一片片地湿了。

他想，这大概便是芊子的两个儿子了！

不错，他们正是芊子的两个儿子，而且是双胞胎，但他们早已不再是小孩儿。尽管他们的身躯看去才八九岁的样子，其实按年龄都已是二十七八岁的成人了。是在芊子被嫁卖过来的第二年就出生了的。他们是两个侏儒，而且是一对儿先天的痴傻人，还是——两个盲人；如果没有芊子做了小母亲之后那一种天高地厚无私无怨的母亲的呵护，他们是活不到现在的……

“孩子们，不要那么玩水哟，把床单弄湿了，妈妈回来会生气的。惹妈妈生气多不好呀……”

戴文祺一边说，一边情不自禁地走到了大床边。内心里，对两个淘气的孩子尤其萌生起了一种久而久之似的亲爱感。没见到男主人，也就是没见到芊子的丈夫，甚至连这个家里有男主人的迹象都一点儿没看出来——这使他暗自庆幸，窃喜不已。他想，也许芊子的丈夫死了吧？果而如此，那么真是老天垂怜于我了！那么我就可以顺顺利利的将她们母子三人都接走了。从此我戴文祺不但有妻子，而且同时有两个儿子了。从此夫妻恩爱，父子相慰，安享天伦之乐，何等的美好哇！

两个“孩子”听到陌生人的声音，停止了互相泼水。但是却没立刻向他转过头。他们各自的一只手仍伸在盆里，脸对着脸，僵而不动了。如同两个电子玩偶，因遥控器不灵了，姿态定住了似的。

“妈妈洗一次床单多辛苦呀！你们的妈妈呢？她干什么去了？”

他将一只手抚摸在其中一个“孩子”头上。不料那“孩子”将头一摆，倏地蹿到了床里边。另一个“孩子”也随即蹿到了床里边。他们互相保护地搂抱着，循声望向他……

戴文祺这才看出他们原来是俩瞎子。他们的黑眼球儿都那么小，并且向上翻着，被眼皮所遮，在四只眼里形如微缩了的黑色的残月。他也看出他们不是两个孩子了。他们脸上的肌肤松弛而多皱，像两只小沙皮狗的脸。他们都向他龇牙，口中发出怪声，朝他这个进犯到他们家里来的陌生人做威胁恐吓之状……

戴文祺不禁倒吸一口冷气，连连后退数步，脚跟绊在门槛儿，险些仰栽了出去……

那时刻他又听到了一声瘆人的啸叫！

他毛发乍起，猛然地发现，一张单人床上也躺着个人——一个躯体虚肥、面目臃肿的男人。秃头硕大，乱须绕腮。啸叫正是他发出的。他的脸看去倒并不凶恶，似乎对别人也没什么危险性。但他的啸叫声的确令人惊恐，将戴文祺着实吓了一大跳。他叫过之后，张大嘴，打了个无声的长长的哈欠，一翻身，将脸朝向了墙……

芊子的两个侏儒儿，忽的像两只小兽似的从床里边一齐蹿到了床畔，继续向他龇牙，口中继续发出怪声威胁他恐吓他，仿佛随时会一齐扑蹿到他身上啃咬他似的……

戴文祺仓皇地逃到了院子里。他惊魂甫定，站在院门那儿吸起烟来。自从开始寻找芊子，他也就开始吸烟了。

雨终于是停了。雨后斜阳迟现在趋晴的西天，望去那么洁净，那么清新。一道彩虹弧空横架，绚丽而高拱。

司机在按喇叭……

戴文祺如同没听见，一大口接一大口吞烟不止……

小司机下了车，走过来问他："戴老师，见到您要找的人了吗？"

二十多岁的小伙子，对他寻找芊子这件事儿，其实是略知一二的，也不想知道得太多，根本不发生好奇心，所以一路上并不问他什么。只不过暗觉他这个人念头古怪，想法迂腐罢了。他不说"你要找的芊子"，甚至也不说"你要找的女人"，偏偏说"你要找的人"，就使戴文祺感到，于自己重如泰山的一件事，在他看来不但轻如鸿毛而且可作笑谈。这种感觉使戴文祺不喜欢对方。

戴文祺摇了摇头。

小伙子打开院门儿，将身体闪在一旁，以催促的口吻说："那就走吧！"

戴文祺烟在指间，指在唇边，听不懂似的瞪着对方。

小伙子一笑，启发弱智儿童思维似的问："戴老师，您今晚想住在这儿吗？"

他仍听不懂似的瞪着对方。

小伙子又一笑："那么让我这么问您吧，您今晚能住在这种地方吗？"

戴文祺终于怅然若失地摇了摇头。

"这不得了嘛！您既不想住在这儿，也不能住在这儿，那咱们就趁早打道回府吧！"

"不！我找了几年才找到她，见不着她一面，我不走！"

“可她明着是不在家嘛！您一不知她去哪儿了，二不知她几时方能回来，何苦傻等她呢？我肚子都饿得咕咕乱叫了！这村子这院子明天不会无影无踪，您要找的人也就不会从此消失，咱们明天再来一次行不？”

小伙子好说歹说，总算将他请出了院子，哄到了车上。他们互相妥协，在车里继续等半个小时……

他两眼一眨也不敢眨地望着小院门儿，唯恐一眨眼之际，芊子归来了，进家去了，而自己却没看见她。对于司机，那半个小时似乎显得格外漫长。他插放了一盘音带，于是车内响起一个小女子娇滴滴甜腻腻软绵绵异常性感的低歌浅唱：

春花和秋月它最美丽
少年的情怀是最真心
人生如烟云它匆匆过呀
要好好地去珍惜……

对于戴文祺，那半个小时却似乎只有五分钟那么短……

音带的反面儿也听完了，半个小时过去了。小司机回头看他一眼——双方有言在先，他再无话可说，径自喟叹而已……

于是小司机将车开动了。车驶出村子没多远，陷在一片水洼中。小司机一通手忙脚乱，徒劳无益。

一个背柴人顺路而来。柴捆很重，压得那人低弯着腰。

小司机下车拦住那人，请求替他找几个村人来帮忙，还说了些绝不让村人们白帮忙的话。因为车在水中，下车必湿鞋，戴文祺没下车。

那人将柴捆放下时，他才看出是个女人。她的头发用一块旧毛巾包着。她一身打了补丁的旧衫旧裤，已洗得混了色，不蓝不黑的。她的脸清瘦，灰黄，憔悴。她的眼睛很大，深嵌在眼窝里。眼神儿于迟滞中隐含着几分忧伤……

他的头当时正探在车窗外。她看了他一眼，迅速地就转过了脸。她的眼神儿在那一瞬间烁亮了一下，立刻又黯淡了。不过戴文祺没看出来……

她的柴捆用块儿破塑料布蒙着。她也不说话，背向他，弯腰掀去了塑料布。接着，解开了捆柴的麻绳儿。再接着，一抱抱地将她的柴往水里铺，直铺到车前轮下……当然的，她的鞋袜和裤腿也就全湿了。裤腿一直湿到膝部。小司机乐了，喜出望外地说："高！好办法！"她便闪到路旁，背对着车，眼望远方……汽车没费什么劲儿就碾着柴开出了水洼。

小司机停住车，探出头朝后挥手喊："老乡大婶儿，多谢了，后会有期！"

戴文祺也回头望。隔着车后窗，他望见她正站在水洼中，弯腰捞起她的那些柴。她对小司机的话毫无反应……

戴文祺说："你只谢谢人家怎么行？把人家那么多柴全弄湿了，一句'后会有期'就算了？"

小司机说："那依您怎么着？咱俩用嘴去把她那些柴吹干？"

他不愿和小司机斗舌，掏出钱包，抽出一张百元钞，让小司机给那女人送去。

小司机说一百元太多了！这个穷村里的女人，不是常能见到百元大钞的，别把人家吓着，给十元就行，没十元的只给五元保证她也会挺高兴的！

他火了，瞪起眼睛训斥：“我愿给多少就给多少，你啰嗦什么？快去！”

他从车后窗望着小司机追上那女人，望见那女人被浸湿了的柴捆所压，腰弯得更低了。她只顾一步步往前走，并不伸手接钱。钱拿在小司机手里，小司机那只手一直伸向她，他倒退着伴她走。略前一步，还一边倒退着走一边对她说什么。戴文祺望得分明，那女人若肯接钱，是连脚步都无须停一下的……

小司机一脸愧负“使命”的表情回到车上，将钱还给他时悻悻地嘟哝：“她好像又聋又哑。好像根本不知道钱是什么东西！”

车驶出十几里后，戴文祺突然高叫：“停车！”

车刚靠路边停住，小司机刚要转身发问，听他又大声说：“调头！往回开！回那村子！”他意识到，那女人一定便是芊子！

小司机虽一百二十个不情愿，但听他语气严厉，岂敢违抗？

于是车又往回开……

在那片水洼前，车停了。小司机说再往前开，必会再次陷住……

戴文祺不待他说完，已打开车门下了车。他也顾不上择路，跑过那片水洼，溅起了一阵水花儿……

他一口气儿跑入村子，冲入芊子家小院，直至她家门前才气喘吁吁地驻足……

此时，天已黑下来了。

门，插着。

窗帘，垂着。

他从窗帘上的破洞窥向屋内——但见芊子的背影坐在那大床上，左臂搂着一个痴傻儿子，右臂搂着另一个痴傻儿子。他们受过了惊吓似的，寻求庇护地都将头偎在她怀里……

他轻轻敲窗，芊子的背影一动未动……

“芊子！芊子！我知道你肯定是芊子！原谅我刚才没认出你来！我是戴文祺呀！我是当年演许仙的那个‘戴小生’啊！你不能不开门见我一面啊！”

窗子黑了。显然，是芊子将灯拉灭了……

“芊子，芊子，难道你忘了你当年偷过我一只戏靴吗？难道你忘了，你当年在旷野雪地用身子暖过我吗？”

屋里肃静无声。

“芊子，芊子！我找遍数省找了你好几年啊！你跟我走吧！你两个儿子也可以一块儿跟我走！我绝不嫌弃他们。我愿做他们的父亲！你的傻丈夫由我来联系送他去福利院，寄养费我承担！”

戴文祺泪潸潸下……

屋里，却依然的肃静无声……

“芊子！芊子！”

屋里传出一声瘆人的啸叫……

戴文祺浑身一凛，双膝一软，跪在窗前的湿地上了……

那小司机不知探到了另一条什么样的路，又将车绕驶到村里来了……

他连拖带拽地将戴文祺弄出了芊子家的小院，弄上了车……

第二天，戴文祺央求县妇联的人陪他再到芊子家，帮他劝说芊子。人家也不都是闲人。人家也有人家的日常工作。人家劝他别急，答应安排出时间一定陪他去。后来又对他说，陪他去并不是上策。万一芊子还是不愿见他，陪他去的人也是不能强迫的呀！莫如先派人以妇联的名义前去替他试探清楚芊子心里究竟怎么想的，然后再作主张……

隔了两天，县妇联的一位女干事去了……

她早去晚归，回来后转告他——任凭她磨薄了双唇，芊子就是心坚如铁，不肯见他。

“她……她恨我？……”

“不。您想哪儿去了？她怎么会恨您呢？您若这么想，对她可更加的不公道了！”

“那究竟为什么……”

“她说——她不愿拖累您。说当年她就没存过非你不嫁的想法。现在更不会这么想了。说她当年暗恋了您，她命运多舛，并不是您的什么责任。还说……”

“还说什么？还说什么？”

“还说，您也是受了十年苦的人了，已这般年纪了，找个更适合做您妻子的女人，过几十年安安泰泰的好日子吧！说就是按八十岁推算，你也只有一万来个属于自己的日子了！她绝不忍心再拖累你一个日子……我觉得，她的话，句句都是真话，都是内心里的话。我看出，她可绝不是一个善于作伪的女人……”

“…………”

“我们以前也没太注意到那个穷村里有她这么一个女人。全县二百来个村，我们很难对每一个村每一个妇女的情况都了如指掌。听她自己讲，她丈夫当年并不像现在这样儿。当年还能干些活儿。当年就痴傻到这种程度，她也不会怀孕生下双胞胎呀！那男人是近十来年才一年比一年变得痴傻的……”

“…………”

“戴老师，我们妇联认为，您还是先回省城去吧！我们以后会对她家予以关照的。这也是我们妇联的责任嘛……至于您和她之间的关系，我们觉得，还是顺其自然的好。当然了，我们也会经常去那个村看她。去一次保证代您劝她一次……”

戴文祺在县里住了一个多星期，希望能够等到更好点儿的结果。他渐感人们对他的态度由最初的同情变得冷淡了。但是他不在乎，决定继续等下去。其实人们并没开始嫌弃他。人们都有各自分内的工作，谁也没精力和时间奉陪他将全部心思都放在某一个村的某一个女人身上。尽管都被他和芊子之间的往事今情所深深感动过……

有一天省政协来了两名机关工作人员，是县里通知的，怕他因心理抑郁病倒在县里而承担什么责任。

他被接回省城去了……

以后他每月都按时往那县的妇联汇款。妇联以“慈善救济金”的说法，派人转送给芊子。

但芊子仿佛明白是怎么一回事。她拒收。她一再强调——自己靠自己的劳动，是能养得了她的四口之家的。

她给县妇联写过一封信，是用毛笔写的。蝇头小楷，工整娟秀，措辞也很“文”。信曰：大千世界，芸芸众生，遭命运抛掷，受悲苦摧挫者，何我芊子一人？慈可他善，救当济急。舍我一草芥女流，庇二痴子，侍一废夫，实天意耳！芊子甘顺定数，不以为劫。望勿复以慈相扰，以济相羞……

妇联的女人们，传阅此信，无不肃然，无不扼腕而叹。都道是这么漂亮的字，这么有文化的一封信，全县也找不出几个能写得出来的女人啊！

她们没将这封信转给戴文祺，不愿再伤他的心。

其实戴文祺也收到了芊子的一封信，也是用毛笔写的。信曰：

花开花谢寻常事，缘生缘灭岂奈何？君意之诚，芊子已知。君心之真，芊子已信。以少小之痴情，而获君之诚意，以当初之暗恋，而获现在之真心，芊子无悔矣。无憾矣！芊子花容已衰，芳华已逝，非忍心拒见，实惭对君耳！相与为妻，强所难也。况二子虽痴，尤赖母爱。弃之我悲，随之君累。君意可诚不可坚。君心可真不可迁。还望三思而后，还芊子往昔清宁……

他的心念，又哪里是芊子的信所动摇得了的呢？日日反复阅读，月月照常汇款。县妇联那一边，就只得替芊子先存着……

半年后，芊子的丈夫死了。戴文祺无悔无怨自甘等下去的心念，越发坚定了。他仿佛于渺渺无望之中，看到了一大片希望的光明……

忽一日深夜，县里来电话，告知芊子病重……

“她的情况怎么样？……”

“不好……”

“怎么个不好法儿？……”

“…………”

“快说呀！”

“很不好！你及时赶来，兴许还能和她说上句话。”

凌晨，他的画家朋友，和那位中学女教师，陪他登上了火车。

…………

他随身拎着留作纪念的戏服箱子，内有全套扮演许仙的戏装和化装盒……

他们赶到芊子家时，芊子已奄奄于垂危之际了。她并没什么特别的病，只是心力衰竭而已。殡丧了丈夫，终于再也支撑不住，倒下了……

二人的手终于握在一起。

芊子气息微弱地吐出五个字是——"谢谢你来了……"

戴文祺泪水刷刷地往下流!

他说:"芊子,芊子,与我有爱无缘的芊子啊,我要为你一个人演一次许仙!"

于是众人将芊子扶起,使她靠着枕被而坐。她左臂搂着一个痴傻儿子,右臂搂着另一个痴傻儿子……

于是戴文祺急急换上戏装,粗略敷粉着朱,描眉勾目一番,戴正戏冠,忍泪噙悲而唱。

他唱道:

被法海囚押文殊院
咫尺天涯见无缘
西子湖依旧当时一样
却见她花憔柳悴断桥旁
赴灵山盗仙草舍生入死
才知道娘子心一片善良
似这等救命恩感天动地
我许仙怎么能不以情偿
…………

他唱着唱着,全然忘了自己究竟是谁。许仙乎?"戴小生"乎?连自己也分不清自己究竟身在古代还是身在现代了。仿佛既是许仙又是当年的"戴小生"。也全然忘了面对的究竟是谁?"白娘子"乎?芊子乎?仿佛既是"白娘子",又是当年的芊子。他目中已无在场的别人，只有一个奄奄垂危着的芊子存在了。他只望着她唱。泗泪滂沱，在脸上涤粉荡朱。捶胸顿足，使在场的别人耳不忍听，眼不忍看……

芊子的双眸忽然烁亮起来。

人们听到她清清楚楚地说出三个字乃是——“我、爱、过……”

这是她留在世间的最后一句话。她说完此话，头向旁一歪，随即垂于胸前……

画家急按她手腕，已是命脉停搏，魂魄弃身而去了……

画家低声对戴文祺说：“你别唱了，她咽气了……”戴文祺却像听不明白画家的话，仍唱：

你纵是蛇类我也爱
爱定情坚续残缘
许仙今世若反悔
青锋剑下尸不全
…………

人们想将芊子的两个儿子从她身边拉开。她的双臂，却将他们搂得那么紧那么紧，一时难以与两个痴傻儿子分开。仿佛全身最后的命力，在咽气之前，全集中于自己双臂了似的。他们也不容人们将他们与母亲分开。他们一左一右偎俯在母亲胸上，谁拉他们，他们就激怒起来，张口咬谁……

戴文祺直唱得喷出了一口鲜血，瘫倒在地……

画家和中学女教师相帮着人们，将戴文祺的绣像和芊子一起殡葬了……

他身披重孝，在她坟前盘腿痴坐了几乎一整日……

那一天是一九九六年夏末秋初的一天。那一天不知从何处飞来了一大群喜鹊，遍村栖落，久不逸去。却一只也不叫……

芊子卒年四十六岁。

…………

戴文祺回到省城，一病不起，数月后故世了。五十七岁不到。

弥留之际，他的画家朋友问他："戴兄，我想，你一定愿葬在芊子坟旁吧?"

他摇头道："不必。我二人之事，仅她为我，我为她而已。超常料理，难免又惹世人绯议纷纷，使我俩地下不得安宁。她有我的绣像随葬，我有她的画像同焚，也就算冥间为伴了……"

他的遗嘱只一条——家具皆卖，钱款集中，三分之一，赡养芊子的嫂子，由女教师代为执行。另三分之二，尽作安置芊子两个痴傻儿的费用，由画家朋友执行……

顺　嫂

顺嫂到北京那一年是一九五二年。

一九五二年她二十二岁。二十二岁的她被称为嫂已经四年了，也就是说是一个男人的妻子已经四年了。而实际上那四年中她仅仅有两天多一点儿的时间和他在一起。不，严格地说，仅仅有两夜加几个小时和他在一起，实际上总共不足一天。

顺嫂李慧芝是山东人。十五岁起就是革命根据地的一名小村干部了，十六岁入党，十七岁当村长，兼民兵队长，同时是最年轻的县委委员。那时根据地允许民兵队长佩枪，何况她是县委委员，所以她终日佩一柄小手枪，英姿飒爽，俊气又神气。是村里大姑娘小媳妇们崇拜的偶像，大男人们敬畏三分的小女子。

她丈夫叫刘顺根，比她大六岁，与她同村。抗日战争结束，解放战争开始那一年，他在她的亲自动员下参了军。他有一瞎哥哥，兄弟俩自幼相依为命，手足情深。顺根舍不得哥哥，那光荣花戴的很是有几分不愿意。倘非她三番五次亲自动员，他是不会参军的，尽管他非常之拥护革命。事实上他早已暗恋着年轻的女村长了，只不过觉得自己太普通，配不上她，不敢贸然央人提亲。

也许，不牺牲，革命胜利后就有些资格娶她了——这是他的私心杂念。

新兵队伍开拔前，他找到她，郑重其事而忧心忡忡地问："我走了，谁替我照顾我瞎哥哥呢?”她也郑重地回答：“我不是向你保证了么？当然是我啊！你就放心去吧，我一定将你的哥哥当成我的亲哥哥一样照顾。”

他又问：“要是我负伤了，残废了，将来娶不上老婆，可怎么办呢?”

她想了想，信誓旦旦地说：“你要真那样了，你是光荣的人。别的姑娘嫌你残废，我李慧芝是不会嫌你残废的，我嫁给你。”

他眈眈地瞪着她，继续问：“要是我牺牲了呢?”

这一问，她被问愣了，不知究竟该如何回答是好了。

他就说：“村长我并不是成心想为难你。光荣花都戴上了，军装都穿上了，难道我还会打退堂鼓么？只要你让我亲亲你，哪怕我刘顺根此一去牺牲了，也心甘情愿了。”

那是在白天，在村委会的屋子里，几乎所有的村干部都在场，正准备开什么会。

而他自进门后，就一副旁若无人的样子，谁也不看，两眼始终瞪视着她一个人。听了他的话，她的脸顿时红极了，一直红到白皙的颈子。屋里一片肃静，有人望着他，有人望着她。众目睽睽之下，她默默起身，离开座位，一步步走到了他跟前。大家以为她会发火，会扇他大嘴巴子。他也这么以为，内心里惴惴的。不料她闭上了眼睛，微微扬起了脸——那意思是，亲吧！

过了很久，她忍不住问：“你怎么不亲啊?”事实上只不过一两分钟之后她就忍不住那么问了。

一个个看得呆若木鸡的众干部这才纷纷省过神儿来，七言八语地争着告诉她，刘顺根走了。

她睁开双眼，见他果然已不在面前。环视众干部，似乎有点儿奇怪地问："他亲我了么？"

众人都证实——他确实亲了她一下。

她懵懵地问："亲我哪儿了啊？"

众人又都证实他亲她腮了。

在众人看来，他显然是亲她了，而事实上，他的嘴唇并未真的触到她的腮。毕竟是在众目睽睽之下，他来时的勇气猝然丧失尽净，只象征性地将嘴唇朝她的腮凑了凑，便赶紧一转身，拔腿逃之夭夭……

她的一只手本能地摸了摸自己的腮，挑起双眉对众人发出严厉警告："今后谁敢拿这件事儿开我玩笑，可休怪我对他不客气！"

女村长在村里很有权威，竟没一个人拿那件事儿开过她玩笑。

然而她内心里从此多了一种类似相思的情愫。一人独处时，她每每不由自主地牵挂起刘顺根来。她不怕他负伤，不怕他残废——君子一言，驷马难追，嫁给他就是了！但是她很怕他牺牲。怕他牺牲，她不是怕自己将替他长久照顾他的瞎哥哥，而是怕自己的心长久地被内疚咬住了不松口。对于他，参加自己的队伍，为自己的阶级去打江山，固然是应该的；负伤残废了，固然是光荣的；即使真的牺牲了，固然也是壮烈的。对于她，亲自三番五次动员他参军。固然是分内的义务和工作；固然非是一件足以感到良心不安之事。本村参军入伍的小伙子和男子汉还少么？她自己也一再地申请去当女兵的呀！只不过上级不批准罢了。从抗日战争初期她是少女的时候起，她听到的见到的牺牲，早已使年轻的女村长对死亡现象增强了莫大的"免疫力"。她的父亲，她的哥哥，都是为革命而献身的呀！但具体到刘顺根这个男人，情况似乎有所不同了。别的村干部也曾动员他参军过，但往往没说几句话就被他当面顶撞得哑口无言。

现在，他被自己所动员终于当兵去了，村干部们无不佩服自己的工作能力强。可如果他一去不复返，真的牺牲了呢？那么他的死不是等于直接和自己发生了关系么？

年轻的女村长，觉得自己的心分明也被他带走了，起码是被他带走了一半儿似的。

她是一个没有了亲人的女子。她信守承诺，无论工作多么忙，每天早午晚三次必按时去他的家里，替他无微不至地关怀和照顾他的瞎哥哥。亲自为他的瞎哥哥做饭，洗衣，日复一日，春去秋来，耐心不变。

他从部队上写给他瞎哥哥的信，都是寄在她名下的，也都是由她念给他的瞎哥哥听的。令她不解的是，他竟没写给过她只言片语，甚至连在他写给他瞎哥哥的信中，也一次都没提及过她。仿佛在他的心目中，在他和他的瞎哥哥的手足关系中，她是一个根本不存在的人。

他在家信中向他的瞎哥哥报功，向他的瞎哥哥发誓，绝不做革命队伍中的孬种！不胸戴英雄花，绝不回村，绝不踏入家门！

年轻的女村长也替本村的某些军属转过家信，读过家信，但她觉得，唯刘顺根的家信，所充满的革命战士的豪情和志气最强烈，最为使她受到感染和感动。在那样一个战火纷飞又英雄多多的年代，哪一个农村子弟不希望自己既能佩戴光荣花告别父老乡亲，又能佩戴英雄花心怀骄傲荣归故里呢？但相比而言，年轻的女村长觉得，刘顺根的家信中所充满的英雄主义，似乎最具有义无反顾、一往无前的大无畏牺牲精神。有时她甚至觉得，他家信中的豪言壮语，未必仅仅是写给他瞎哥哥的，未必不也是写给自己的，只不过他故意将这一点在信中隐蔽着罢了。这么一想，在他的瞎哥哥获得很大的欣慰的同时，她觉得自己也得到很大的欣慰了。而如果他的瞎哥哥替弟弟的安危表现出哪怕稍许的不安，她那一天夜里肯定也就会同样地辗转难眠。

她开始为他做了鞋子和袜子托人捎到部队去。身为女人，她明白对于浴血沙场的男人们，一双女人亲手做的鞋子和袜子，几经周折送至他们手里之时，对他们意味着多么大的一种温馨。她也明白，倘她不能想到这一点并且为他做了托人给他捎去，村里是不会有第二个女人想到这一点并这样做的。当然并非由于村里普遍的女人们对他印象不好。实际上在村里的女人们眼中，他是个值得她们关爱的男人。他高大，健壮，一张国字脸浓眉大眼，五官端正，他秉性纯朴憨厚，他助人为乐；他行为俭束，在女人们面前从不轻佻。甚至还常常无端地害起羞来，因而村里的女人们也常常喜欢拿他的腼腆公然打趣儿。他却从不生气，红了脸大姑娘似的转身羞答答走开而已……

若不是因有一个瞎哥哥，他早做丈夫了。他的瞎哥哥使几位喜欢他的本村姑娘，最终都一一打消了想嫁给他的念头。而他又偏偏到处声明，可以没有老婆，但不可以委屈了哥哥。他很传统，也可以说头脑中很有些封建的伦理意识。他认为既失二老，那么长兄为父。哪个姑娘做他的老婆，便应像孝敬公公一样孝敬他的瞎哥哥。他的瞎哥哥倒从没提出过这么苛刻的要求。以前，他的这些情况，她虽每有所闻，却从来也没认为和自己会发生什么关系。但自打他开始为他做鞋做袜子，她便往往不由自主地陷入了对他的回想。并且，似乎觉得和自己有点儿什么关系了似的。尤其想到他当众要求亲她一节，每每自个儿扑哧地笑出声儿来，接着便停了针线，脸上一阵阵发烧。对于他那么一个在女人面前动辄局促害羞的男人，那要求该鼓足多大的勇气呢？

他的家信中，当然也就开始提到鞋和袜子，但信中仍没有直接写给她的只言片语，是以告诉他哥哥的方式提到的。无非短短的一句话——“鞋和袜子收到了，请哥哥替我谢谢村长，以后不必再托人捎来了，部队上发的够穿”。以致于当哥哥的都替弟弟感到过意不去了，待她念完信后，似乎无心其实有心地问：“俺弟没单有信写给你么?”

而她则装出局外人的样子说：“没有哇，他给我写信干什么呢?就是单独给我写来了，我也肯定没工夫给他回信!”

嘴上虽这么说，心里不免有几分生他的气。而女人一旦因为自己的情意不被重视生一个男人的气，她也就等于端起了一碗爱的糖水，随时准备畅饮了。

只不过她自己当时还没能悟到这一点。

一年以后，也就是一九四八年的夏季，有一天中午，满村的大人孩子奔走相告——“顺根回来啦！刘顺根回来啦!”

当时她正在他家里，一小勺一小勺喂他的瞎哥哥喝草药汤。听到嚷声，她不禁地心内一惊。放下药汤碗，接着一阵发愣，发呆——难道他真的负伤了？残废了？残废到什么程度呢？否则，又没有大部队经过，他怎么会突然地回到村里来呢？她想象不出自己将要见到的他会是一个什么样子的男人。少了一条胳膊？缺了一条腿？面容还是以前那一张相貌堂堂的面容么？是像他的哥哥一样双眼被炸瞎了？还是没了鼻子豁了嘴，从此落下一张触目惊心的丑脸？

种种可怕的预想，将她牢牢地定在一只矮凳上，双腿软得没劲儿往起站。大人孩子的叫嚷声渐近，她从窗口望见，他的身影骑在一匹高头大马上进了院子。此时她即使已经站起，也来不及离开他的家回避他了。在一种极度不安的心情中，她呆呆地愣愣地坐着，望见他在院子里下了马，被些个孩子簇拥着，大步跨入家门出现在她面前——一身军装的他，显得那么地英武，那么地精神抖擞。他一眼看见她坐在自己瞎哥哥的床前，有点儿始料不及。随即立正，向她很帅地敬了一个军礼。他似乎以为，一个军礼就算很隆重地打过招呼了。甚至可能还以为，也算表达了对她的一切感激。之后便两步跨到瞎哥哥床前，将瞎哥哥从床上捌起，张开双臂紧紧搂抱住连说："哥哥，哥哥，我好想你！好想你啊！……"

她见他不但健全着，而且更加魁梧了，一颗极度不安的心终于平静。趁他忽视她而只顾与自己的瞎哥哥亲热，她起身悄没声儿地走了。走得不免有几分失意……

当天晚上，月挂中天，人息犬眠，万籁俱寂之时，他来到了村尽头女村长住的小屋。

"谁？……"听到敲门声，她敏感地猜到，肯定是他来了。虽然非常肯定，虽然已走到了门前，虽然一只手已搭在门栓上了，却并未马上开门，还是怪多余地高声问了一句。

"我……刘顺根……"

门外，他的声音很低，听来那么地温和。仿佛她是胆小的独自在家的少女，他唯恐使她害怕似的。

她说："都夜里了，有什么事儿明天再谈吧。"

年轻的女村长，其实并非一个避讳多多的女人。也从不认为什么瓜田李下蜚短流长足以对自己构成名誉的损害。虽然她才刚刚十八岁，虽然她是未论婚嫁的女人，但她在本村的威望，却早已达到了常人的口舌根本损害不了的巩固程度。她自己对这一点非常清楚，也非常自信。所以她话一出口，对自己非常不满，甚至对自己有点儿生气——自己嘴里，怎么也说出了谨小慎微避讳多多的小寡妇们才会隔着家门对外边的男人说的话呢？难道他会把自己怎么样么？难道自己居然怕他么？何况在当年，在革命政府统辖的农村，人们对于未婚男女间的关系，也许是比半个多世纪后的现如今的中国某些农村的人们，看法反而要开明许多倍的……

年轻的女村长那会儿刚从河边洗过澡回来。她那一头齐肩的短发还湿漉漉的。明月的清辉从窗子洒入到小屋里，乌黑的油灯钵儿小鼠似的伏在桌角，将几环橙红的光晕布了半室。

他在外边沉默片刻又说：“我明天一早就必须归队，有些话今晚不对你说没机会了！”

她听出他已经是在恳求。

暗想——还今晚呢，这都夜里了！

但还是轻轻抽开了门栓。正如今天流行歌曲唱的——心太软。

他推开门进到屋里时，她已从门旁退开，恰退至明月的清辉和油灯橙红色的光晕之间，使她那秀丽的面容一半儿呈现着仿佛冷峻的理性的意味，一半儿焕发着分明地能烘暖人心的温柔。起码在他觉得是这样。

她穿一件红地儿碎黑花儿的无领小衫。小衫的袖子不能说长也不能算短，袖口很宽，适遮肘弯，恰裸半截小臂。腰衿儿却是收束得较紧的，如同系了一条无形的带子。半个多世纪前，中国农村的大姑娘小媳妇儿，不分南北地域，只要家境还过得去，差不多皆要做一两件那样的小衫伏天在家里穿。它对半个多世纪前的中国年轻女性的意义有点儿像休闲装。即使干洗洗涮涮的家务也无须绾袖子，出了热汗凉水里绞把毛巾擦起胳膊和颈子来非常省事，不必脱衣解扣地避讳男人的目光。接待不速男客来不及去换别件衣服也不失体统。遇有意外情况发生，就穿着那样的小衫活动在广众面前，丝毫也没什么自羞自窘的。除了无领和束腰，它特像清代女性的旗式上衣。也许正是汉族的妇女，由那种旗式上衣“改造”过来的。当年根据地的辖区内已经能够生产布匹，织造质量和印染工艺自然很低，但却也可以说低出了水平，有一种类似蜡染花布的特殊效果。她穿的小衫，正是用那一种布自己裁自己做的。她不唯是一个每每发号施令的权威女子，且是一个善于飞针走线的巧手姑娘，做得肥瘦相宜哪哪儿都恰合其身。她当时穿的裤子也是用那种布自己裁自己做的。原本蓝色的，洗了几次，褪色了，快变成蛋青色的了。鞋当然还是自己做的，就是那种农村里女子们最普遍穿的纳底儿扣襻鞋。因为刚从河边洗过澡回来，没穿袜子……

他以前见惯了她一身男装，腰扎武装带，佩着柄小手枪的样子，第一次发现她一旦换穿一身寻常的女儿装，竟那么地女人味儿十足。他呆呆地望着她，一时看傻了。

她又退开两步，退至桌前，双臂向后分展，手撑桌沿儿。这么一来，明月的清辉就洒不到她身上，只洒在他身上了。而她自己，则完全地被油灯橙红色的光晕所笼罩了。于是，她整个人都似乎焕发着能烘暖男人心的温柔，和足以使男人心猿意马想入非非的妩媚了。她双腿交叉，在前的一只脚，脚尖儿点地。家穿的裤子，裤腿儿本就剪得短，裁得肥，双腿那么一交叉，在前的一只脚，就从半截小腿那么裸露着了。在月辉和灯晕都照不到的暗处，她的腿脚所裸部分的肤色，看去那么地白皙。她那一种站姿，使她的上身不免微微向后仰去。这么一来，她的胸脯就高挺着了，她那优美的颈子，也就无形中显得修长了。十八岁的一个女子，早已发育成熟得像就要自行落枝的桃子一样了。她全身的美点和曲线，那一时刻，是以最佳的最令男人怦然心动的程度显现着了。她的裸臂和她那优美修长的颈子，在她那件红地儿碎黑花儿的小衫子的色彩的衬托之下，看上去尤其白皙。在齐鲁大地的这一个暑热熏熏的夜晚，在革命根据地的这一个红色理想红色激情充满人心的农村，刚刚从绕村河的碧水清波中洗过澡归来的这一位年轻的女村长，浑身上下似乎也从河边带回了一种湿爽气息，使面对着她的任何男人，都不能不觉得她楚楚悦目，令自己心旷神怡……

但事实上，年轻的女村长当时并未觉得自己和往日有什么区别，更没意识到自己当时是多么地迷人。在这个村子里，人不分男女老少，给予她更多的是敬意。那一种敬意更多的时候更多的情况之下，又是以心悦诚服地听从来表现的。很少有人将她作为纯粹的女人，对她的女性的美点加以议论和评说。即使有哪一个男人像刘顺根一样早已喜欢上了她，那也只有单相思地暗恋着而已，也只有偷偷地欣赏而已，是断不敢对人有所流露的，更不敢当面对她有所流露了。他当着另外几位村干部的面要求亲她的做法，倘被传开了，别人们一定会说他疯了，一定会认为他胆大放肆得没边没沿了。在村人们的心目中，他们的年轻的女村长仿佛是这样的一个特殊的女人——心中只有“革命”二字，只有对党的忠诚，只有红旗和解放全中国的大理想，只为实现这大理想而时刻准备捐躯献身的英雄主义。至于别的，尤其男欢女爱的情欲，她心中恐怕是半点儿也没有的。故村里普遍的男人，其实都不敢以欣赏一个女人的目光大胆地久视她。这使她自己也每每完全忘记了自己是一个女人，头脑中对于自己是女村长、县委委员、革命根据地的女干部的意识，反倒少有淡薄的时候，她已很久没穿过那天所穿的那一身女装了。自从他参军入伍以后，她因要履行承诺，替他照顾他的瞎哥哥，便更是村里的第一忙人了。今天因为他回来了，她才有较充分的时间放松一下自己的身心，才去河边痛痛快快地洗了个澡，才有点儿悠闲的心情换上那套很久没穿过的女装……

虽然已开门将他让入屋里了，她仍满头脑的女村长意识，准备倾听面前这个经自己动员才成为革命战士的男人向自己汇报在革命部队中的成长，并准备着对他进行些什么必要的革命的教诲。独自静静地坐着飞针走线给他做鞋和袜子，她内心深处一阵阵本能涌起的女性的柔情，这会儿面对着他的时候，却似乎荡然无存了。

但是他和她恰恰相反。参军一年多来，他实际上已将她当成自己的爱妻一样日夜思念着了！他是为满足一次自己的思念而回来的。更是为使她真的成为自己的爱妻而回来的……

但他看她看得呆了，头脑中一片空白，一时竟不知该开口跟她说什么。

“你傻看着我干什么？有话快说呀！”——她主动开口了，语气挺严肃，样子也挺严肃。

“我……我对你撒谎了……其实我不是明天早晨必须归队，而是后天早晨……”

他拘束地从头上摘下了军帽，拿在一只手里，另一只手不知所措地挠自己刚刚长出一层短发茬的后脑勺，接着挠他那男人粗壮结实的后脖颈儿。

她想笑。觉得剃了秃头的他，那样子是更加憨厚得有些发傻了。其腼腆之态，简直像一个特大号的口拙舌笨而又腹藏秘事的孩子。她却并没笑，仍尽量严肃着，睥睨着他，一副耐心期待着他继续说下去的宽恕表情。她那一种表情不无这样的意味——我料到了你会耍这一套。

“我哥胖了……我哥告诉我，村长你对他照顾得特别周到，比我照顾得还周到呢……”

他又将帽子戴在了头上，双手放在帽沿儿两边，不停地正帽舌，仿佛觉得无论自己怎么正，在她看来必定还是歪的。

她却异常矜持地一味沉默地望他，越发地想笑，越发地忍住不笑，越发地装出更严肃的样子。但是那一种未婚甚至未曾有过和一个曾被自己牵挂过的男人面面相对单独在一起的时候的微妙温情，不经意间地漫上了她的心头，如同炉旁的一盆水渐渐被烘热了。那小屋容一个人嫌寂寞冷清容两个人则显得贴近亲密容三四个人则势必人人觉得周转狭窄的空间，那清幽如水的月辉，那不时由于油星的迸射而抖动一次的橙红色的灯晕，形成着一只她和他两个人都看不见的“炉”。而她那从女村长的意识中渐渐解脱出来了的女人的好心情似水。只不过她还没太觉悟到自己心情的微妙变化，他也没从她脸上的表情有所发现……

“村长……我……我入党了……”

她双眼霎时一亮。她的目光盯住他的脸再也不移开了。她觉得有一只看不见的强而有力的手，将他更向自己跟前推近了。并且使她顿觉他比才进屋时可亲可爱可信任了十倍似的。在她这样的女性心目中，一个男人是党员，首先便被自己认同了一种与自己可以密切起来的关系。她不由得改变了站姿，身子不再微微后仰了，双臂松懈一弯，上身向他前倾过去了。她的眼光，有几分刮目相看的意味了。

“村长……我……我还当上了班长……后天回到部队，就要被任命为副排长了。”

“你……你进步真快……我应该……应该向你表示祝贺……可我怎么祝贺你呢？……”

轮到她自己表情局促，言语嗫嚅了。而这是由于激动。她心里特别激动——面前这个男人，这个经自己动员才去参了军的魁梧英气而又秉性憨厚的男人，一年多来不但在家书中捎回了一次次立功受奖的喜讯，而且入党了，而且即将当上副排长了，她怎能不由衷地替他感到高兴？又怎能不替自己感到欣慰呢？

她也开始反过来以一种相当欣赏的目光看待他了，她的目光中不无敬意了。以我们今人的，尤其是当代某些女人的理念来想——知道一个男人入党了，当上副排长了，就值得欣赏起他来么？就值得心生敬意的么？是不是欣赏和心生敬意的标准太低了些呢？但须知那是半个多世纪以前的事，须知是在革命的根据地，须知她是一位以革命为己任的理想型女子，她以及和她一样的一些女子们，差不多总是首先以一个男人是否积极投身于革命来决定自己对他的态度和感情的。包括首先以此前提来决定他是否值得自己爱，值得自己爱到什么程度。何况，今天的某些国人，尤其某些当代女人，一知道某个眼面前的男人是“大款”，就激动不已起来，就心率加快起来，就无限欣赏无限崇拜，流露和表达敬意唯恐不及，标准就高到哪儿去了么？

“村长，我们的大部队，再经过一个阶段的休整，不久就要与兄弟部队集结在一起，开始解放全中国的大战役了！”

他从她的目光中表情中，感觉到了她对自己的欣赏对自己的敬意，因而他不再局促，不再拘谨，变得心情激动起来。

她注视着他，默默地听着，觉得自己对于革命的大好形势知道得太少了，进而觉得他比自己成熟多了。

“我现在是没受伤，也没有牺牲，还能站在你对面看着你和你说话，但这并不等于我是刀枪不入的，万一……”

她不禁举起手臂，将一根手指轻轻压在他唇上……

她说：“我不许你胡思乱想……”此时她的语调温柔极了。

他抓住她那只手，紧紧攥着，放在自己胸膛上。她的手感觉到了他的心在胸膛里怦怦劲跳……

他说：“那好，那我就不说万一的事了，但我有一个要求……”

“我知道你要求什么……”

她乖乖地任自己那只手由他攥着。并将自己的脸凑向他的脸，微微扬起了头。并且，闭上眼睛。想到一年多前他并未真的亲到过自己，她竟觉得自己似乎欠他什么。她那样既受一种补偿意识的支配，其实也受一种理智的渴望式激情的支配。那一种渴望式激情，在那一时那一刻，又直接受着女人本能的业已澎湃起来的情欲所主宰……

但是她妄自期待了片刻，并未感觉到他那丰厚的双唇亲在自己发烧的脸上……

她睁开了双眼，目光迷恍，低声说：“这一次可是我自愿的啊……”

他却说：“我从百里外日夜兼程地赶回来，可不只是为了能亲你一下！”

“那……你还要怎样？”

“我要你整个人！”

她吃惊地瞪大了眼睛，脸面又倏地一下红至颈子。她明白“要你整个人”是什么意思，但并不完全理解……

“我要你嫁给我!”
“可你后天早上不是……”
“所以今天晚上对我很重要!”
“可我还没这么想过……”
“那你现在就想!”
“你这……不是等于逼婚么？别忘了我是一村之长！……”
“你也别忘了我去参军时咱们有言在先!”
“那是指你如果残废了，讨不上老婆……”
“难道一个不残废的我反而不比一个残废的我更值得你嫁?”
“…………”

“我说回来成婚，首长才特批我假的！还把自己的马借给我骑！如果我结不成婚，就是欺骗首长!”

“那关我什么事儿?”
“当然你有责任！起因由你，结果也是你造成的!”
“你真胡搅蛮缠!”

她笑了。她的笑使他看出，她对他的胡搅蛮缠，内心里其实是很快活的。于是他大胆起来，将她搂抱住了。

她挣动了一下，随即温顺。在她那一张绯红的脸上，双眸晶亮，她的呼吸难免急促起来……

“你是不敢嫁给我吧?”
“为什么不敢?”
她迎视着他，目光灼灼。
他的也是。
“怕我真的残废了!”
她摇头。

“怕全中国解放了，而我牺牲了，你成了一个解放牌的小寡妇!”

她摇头。

“那你自己说究竟为什么不敢?”

“人家不是不敢嘛！你净冤枉人。结婚，那也得经过批准呀！咱们解放区是颁布了婚姻法的你不知道?”

“你是一村之长，你有权批准别人们，就可以批准咱俩!”

“那……那也不能就在今夜啊!”

“我此次回来只能在村里过两夜！一夜就相当于半辈子！我可不愿让今夜这前半辈子白过了!”

她干瞪着他，再也无话可说。在他看来，无话可说，当然就等于愿意了。至于她，究竟有几分愿意，又有几分不愿意，那是连自己也根本说不清的。

他稍一弯腰，毫不费力地将她横抱于胸前了。她干瞪着他，只是微微摇头而已。

他横抱着她走到床前，将她轻轻放在床上，像放一个刚刚入睡的孩子。接着他转身走至桌前，拿起了油灯钵儿，回头望她……

她乖乖地，一动未动地躺在床上，仍只是微微地摇头而已。

他噗地一口吹灭了油灯……

依我们今人想来，半个多世纪前的他们那样些个人，所谓“精神世界”中注定了是丝毫也没有什么浪漫情调而言的。这分明是我们今人的自以为是了。事实上，革命根据地的青年男女，包括他们那样些个有点儿文化的，被革命唤醒了荣耀感同时又授予了使命感的农村青年男女，不仅皆是对革命充满火一般的热忱的青年，而且是对正统婚嫁理念很具有叛逆性，因而做法很不拘泥于形式的人。男女之事，既不受理念的束缚，也不拘泥于形式——最主要的，一旦丝毫也没有了物质方面吾许尔诺的条件的介入，那么不浪漫也浪漫了。何况浪漫本非有形的东西。两情爱悦到浓时，是会像蜜一样从各自的心里自然而然地流溢出来的。用今天的说法，又简直可以认为他们是很“超前”的，很“现代”的，只要确信自己的行为无碍革命，在个人情怀方面是很敢于放纵自己一两次而完全“跟着感觉走”的……

斯夜月辉皎洁，如银如雪……

在人民子弟兵班长的炽情烈欲之下，女村长彻底忘了自己是女村长以及还是别种人物，尽情地享受着纯粹是女人在那时那刻的美妙畅快，并且无限地感慨自己何以从没向往过……

第二天早上，当一名村干部敲她的门来找她，她才不情愿地离开他的怀抱，匆匆穿上衣服起来……

门开后，那村干部一脚门里一脚门外，看她穿着那样的衣裤，已然怀疑自己眼花，及至瞥见他在她床上，更加瞠目结舌。

她一本正经地说：“昨夜我们结为夫妻了，我批准的！”

又警告：“不许嘴快，一会儿便嚷嚷得满村人都知道了！我丈夫和我，只有今儿一白天一夜晚还能待在一起了，我可不愿连这点儿时间也被搅占了！”

那一白天其实他们并没机会待在一起。他须照顾他的瞎哥哥，而找她履行村长公务的人照例不少……

“不许嘴快”不等于不许嘴慢——到了晚上，许多村人还是知道了。他们等在她屋里，聚在院子里，既带来一些小东小西作为贺礼，又期待着闹洞房……

她早有所料，没回家。在村后的山上，有一座日本人的碉堡——她将他领到了那儿……

同样是一个月辉皎洁的夜晚……

没了初夜的本能的羞涩，两情放纵，另是一番各自终生难忘的男女滋味……

第二天他直接骑着马从山上绕道归队去了……

从此村里的女人们对女村长有了另一种称呼——顺嫂。按说该叫“根嫂”，年长于她的女人们认为“根嫂”不中听。叫“顺嫂”不但中听，意思也好。于是便都叫起“顺嫂”来……

他这一去就只见书信不见人了。

以后的四年内，她是靠读他那一封封写满了夫妻昵语的信，来打发一千四百多个孤独寂寞的夜晚的。

她去县里开会带回了一份全国地图，每每眼望地图，手指顺着红线条移动，确定他随他的大部队打到哪儿了，离北京多远了……

她真的开始夜夜担心他负伤，担心他牺牲了，几回回从噩梦中惊醒。她盼望着和他夫妻团聚比小孩子盼过年强烈百倍……

他随他的大部队进入北京，中华人民共和国成立了以后，他来信反而少了，信上的话也短了，不像以前写满信的话那么甜甜蜜蜜了……

她有时候竟开始怀疑——他是不是在北京当上了官儿，大小是个人物了，因而被许多北京的女人所依附并且自己也喜欢上了其中的某一个？……

北京的女人们究竟会是些什么样儿的女人呢？肯定一个个都比山东的女人漂亮，又比山东的女人多百种千般的风情么？

这一种怀疑使她在家里经常照镜子了。于是又开始挑剔自己的容貌，开始悲观于自己身上太缺少女人的起码风情了……

速来北京，共同生活！

夫刘顺根

她动身去北京前收到的一封信，根本不能算是一封信，只能说是字条。一九五二年从北京到县里尚未通电报，否则那一行字一定会变成电文。

但是他却用红蓝两色笔道，给她画了一张清清楚楚、一切分明详细的路线图。

那时的北京自然还没有现在的北京火车站。清政府的老火车站在前门一带。也没有从山东直达北京的铁路。她按照路线图先到了天津，接着从天津转车到北京……

他去老火车站接她，没接着。满腹狐疑加不安，刚回到机关大院儿，别人风风火火地告诉他自己的老婆原来在长辛店……

他开着一辆敞篷的美式吉普车抵达长辛店，所见到的并非一个女人，而是一堆女人。一堆山东女人——大姑娘和小媳妇儿。显然，都是从山东老家来北京投亲或夫妻团圆的。

他下了车，走向她们，欲询问——不成想顺嫂正在其中，一眼认出了他。

她叫他一声，跑到了他跟前，于是那些大姑娘小媳妇儿的目光，仿佛被拴在她身上的许多线扯着，一齐都望向了他。

她目光愣愣地看了他的脸一阵儿，确信他果真是自己朝思暮想的丈夫以后，便开始双手在他身上拍拍打打，拧拧掐掐，从他前身拍打到他后身，还捋起他的双袖和两条裤腿，看他的双臂和两腿是否有假的。确信他身上没半点儿缺残之后，她忽然双手一捂脸，转身无声地哭泣了。

当着不远处那些家乡女人的面，他怎么好意思对她表示出眷念之情呢？只不过将双手按在她肩上，将她的身子向自己扳转过来，低声说：“见了我不笑，哭个什么劲儿？我这不是好好儿的么？”

她的头顺势往他宽阔的胸膛一抵，多少有点儿撒娇地问：“你真的哪哪儿都没负伤？”

他笑了：“从枪林弹雨中闯过来的，能哪哪儿都没负伤？”

她立刻抬起了头，惊问：“伤在哪儿了？快让我看看，快让我看看！”

这时，那些家乡的女人们也都围拢过来了，一个个笑嘻嘻地瞧着他们。既分享他们的幸福，亦触景生情，想象着自己与在北京的亲人将要相聚的亲昵。在那些似乎都很熟悉又一个都不认识的家乡女子们的围观下，已经成了北京人，已经身在大机关，已经很见过大世面大场面的丈夫，显得不好意思极了。他扭扭捏捏地说一处伤疤有什么可看的呀？她却偏要看上一眼不可，说我是你老婆，我要看一眼你的伤疤你扭捏个什么劲儿呀！

“伤在小肚子上，这会儿我怎么让你看？”

他被纠缠得竟有点儿生气。

于是女子们一齐大笑，她才红了脸作罢。

他看看手表，说已经三点多了，你快上车跟我进城回家吧！

她却指着那些大姑娘小媳妇们说，那她们怎么办啊？

她将他扯到一旁，悄说自己是和她们在火车上认识的，同是家乡人，一路上又姐妹们似的相互关照着，怎么可以将她们撇在这儿，自己一个人上车就走呢？

明摆着，吉普车最多只能坐下四五个人，他为难起来。埋怨她电话里没讲清楚有十几个人，如果讲清楚了，自己就会想方设法开来辆卡车的。

最后他提议先把她送回家里，再开车来接她们。

而她却以大首长似的口吻说："那不行！得先群众，后自己。不能忘了革命根据地人的优良传统！"

她态度是那么地坚决。他明知她的拗脾气一上来，自己企图说服她是很难的。于是识趣儿地依从了她的主张……

好在当年的交通法规不怎么严格，又主要是行驶在郊县的路上，来往车辆很少——这使他敢于冒险超载，一次就接走了六七个女子……

待他开着车来第二次时，剩下的女子们都一哄挤上了车，仅剩下她一个人站在车下，而车上是无论如何再也坐不下她了……

她倒真不愧是当过村长的女人，一向先人后己惯了，连连挥手催他开车……

待他第三次来时，见她坐着一个大包袱，怀抱一个小包袱，靠着一棵树酣酣地睡了。此时已经黑天，整个车站再无另一个人影儿，冷清而又寂静悄悄……

他将她连她怀里身下的大小包袱一块儿抱起来时，她才醒了。

她娇嗔地说："你怎么才回来接我呀？我还当你不想要我了呢！"

他则没好气地说："你还居然敢睡着了，就不怕来个坏人把你劫走哇？"

她大无畏气概地笑了："全国都解放了，天下是咱们共产党的了，谁敢劫我这个共产党员？又能把我劫到哪儿去？"

他告诉她几个月前，就在这长辛店附近，接连发生了几起抢劫和凶杀事件，遭抢遇害的都是女人，她才不禁地有点儿后怕。

"那你还把我一个人抛在这儿！"

"是你坚决要先群众后自己嘛!"

他说罢，忍不住双手捧住她脸，一往情深地亲吻起来，直至心满意足地亲吻够了才发动车……

车一开起来，她又睡了。

车驶入市区，他推醒了她。

"哎，反正天已经黑了，咱们也不必太急着回家了，我索性陪你在咱们北京全市兜兜风，逛逛咱们北京的夜景好不好？……你笑什么？"

"我笑你好大的口气！'咱们北京'？北京是你的了？"

"是咱们共产党的了，还不等于是你我的一样了么？再说我已经是有北京户籍的人了！不久你也会有的！……哎，你倒是回答我，逛不逛啊？"

"逛！干吗不逛?!"

她情绪顿时亢奋无比。

于是他开着吉普在北京的大街小巷兜来转去。一九五二年的北京，还没有长安街，天安门前还是一片沙土广场，当然也没有什么最初的十大建筑。我们今人现在眼睛所能近看远眺到的一切雄伟建筑，当年几乎都是不存在的。严格地说，当年的北京，除了几处皇家宫苑，其实也根本谈不上什么现代大都市气象。但还是令来自山东农村，此前最远仅到过一座小小县城的顺嫂看得啧啧连声，目不暇接，一个劲儿赞叹北京之大，夜景之美，街道之繁华，生意买卖之兴旺。

他猜到她饿了，和她在一条胡同口的一家小饭馆儿吃了一顿夜饭——无非烧饼、豆浆、一盘炒白菜、一盘猪头肉而已。

桌上盘碗将净，肚子也饱了，话就多了起来。他告诉她，他所在的机关，是国家的一个"部"。"部长"是大官儿，相当于地方的省长。告诉她，他转业时，根据他的连级军阶，机关要委任他做保卫科长……

“我没稀罕当!”

她眨眨眼睛问：“嫌小?”

她那模样，似乎又欲以女村长的身分教诲他了——就你，只不过小肚子上为革命负了一处无关紧要的伤，也有资格讨官儿了?

他急说：“你先别忙教导我。你丈夫是那种一心想当官儿的人么?我不过是因为在部队学会了开车，喜欢上开车这一行了!当保卫科长有什么意思呀，无非整天在机关大院儿转，检查检查防火防盗防破坏的安全措施，那还不把我憋闷出病来?领导又要委任我当汽车队长，我连汽车队长也未当!一当上队长，整天光分派别人开车了，自己开车的机会就少多了!所以呢，我只当了一名机关的普普通通的司机。我现在专职给我们的一位副部长开车，他不用车，一辆车就几乎属于我的。要不我今天能开着车去接你么?还是当普通司机好吧?”

她笑盈盈地望着他说：“是!”

“我还以为你会因为我既不当科长也不当队长埋怨我呢!”

“我为啥要埋怨你呢?咱们入党，参加革命，是为了解放全中国，又不是为了自己当上什么官儿!如今全中国解放了，喜欢干哪一行能干上哪一行，有什么不好?”

“没想到你也是这么想的。咱俩想法太一致了，太一致了!”

“没想到?这算什么话?难道我到北京来，一路上内心里巴望着做一位官太太么?”

她的语调不禁高起来，引得饭馆女主人和些个吃客的目光一齐望向了他们——他赶紧抓起一个烧饼往她嘴里塞……

以我们今人想来，他们那样些个当年的人，也许是难以理解的。他们参与革命大事件的理念极其简单，由于理念的简单而动机纯洁。由于动机之纯洁而接近着崇高。我们今人不是常说：“重在参与”么？不是总在喋喋不休地反复强调参与本身的意义么？其实我们这么说时是很不诚实的。除了参与娱乐和游玩时我们今人尚能做到不太在乎具有利益性的结果，我们在对另外的许许多多的事，难道不是特在乎具有利益性的结果的么？我们连与人交往，不是都渗透着利益意识么？当然，这也没什么不对没什么不好。可能证明着我们今人自我功利意识的大觉悟。因而我其实也只想指出这样一点——当年的刘顺根们和顺嫂们，确乎是些和我们很不一样的人。中国之革命的成功，其实主要是依赖了千千万万他们那样的人的参与。他们理念的简单，使中国之革命付得起一次次惨重的代价；他们动机的纯洁，使中国之革命在历史上显得无与伦比的崇高伟大。他们简单又纯洁的英雄主义和牺牲精神，使中国之革命的洪流不可阻挡浩浩荡荡一往无前。而革命一旦成功，他们其实什么都不想伸手朝革命讨要。一枚奖章，一份证书，承认他们参与过了那伟大，那光荣，那正确，他们往往便无比骄傲和自豪，往往便心满意足。揣着满心间对分别的战友的怀念和对牺牲的战友的悼念，是农民的，又回家乡当农民去了；是工人的，高高兴兴地进工厂当工人去了；既非工人也非农民的，叫干啥就干啥去了……

他们是一批最难能可贵的参与者，也在最最经典的意义上实践了“参与”二字……

吃饱了，一上车，她来精神了，话也多了。以审讯的口吻追问他——为什么一到北京，不必急行军不必风餐露宿不必打仗了，反而给她写信少了，短了，信中夫妻之间的亲爱话语也少了？

他笑了。振振有词地回答——没进入北京，常想到自己会负伤残废。一旦残废了，在她面前丈夫的地位不就低一等了么？更常想到自己会牺牲。万一牺牲了，使她二十来岁就成了小寡妇，那不太对不起她了么？所以有一点儿空儿所做的第一件事就是给她写信，写满多少思念多少亲爱也总嫌自己表达的还是太少还是不够充分。而进了北京，不但不再可能残废不再可能牺牲了，并且成了新中国第一批有北京户籍的人，当然就不担心此生再也见不着她更不担心将会失去她了……

“你呀，铁定没跑儿的一辈子是我老婆了。亲爱的话说多了就没劲儿了，还不是那一套嘛！信上少写点儿，是为了多存着以后细水长流地亲口当面对你说嘛！”

听了他的如实“招供”，她愉快在心，佯恼于面，口中恨恨地道出三个字是：“我把你……”

于是他腿上被狠狠掐了一把……

车队在机关大楼的后院儿一角，与机关大楼之间拉开一个足球场那么空旷的距离。这儿那儿备了建筑材料，将要开工盖招待所。一排车库旁，另有一个小院儿。小院儿内一排新砖房，一排旧平房，刘顺根和另外七八名司机同住那小院儿里。

两口子刚刚进院儿，吊在当院儿老槐树上的一盏百度大灯泡骤亮，紧接着一阵热烈的掌声。顺嫂生平第一次很近地看见电灯，双眼被灯光突然一晃，下意识地用一只手捂住了眼。从指缝儿间，见面前一溜儿站着些青壮汉子，皆是复转战士，穿的也皆是深浅不一或新或旧的军装……

哎，哎，竹板儿打，响啪啪，

说顺嫂，顺嫂到，
顺嫂来啦就好了！

二十一二岁的一个小伙子，一边不停地呱哒着手中竹板儿，一边围着顺嫂转。

顺嫂当村长的那些年里，乃是全县搞宣传的出色人物，对此种欢迎的方式早已司空见惯，殊不为怪。她将手从眼上放下来，笑盈盈地站定了，索性看他们还能搞出些什么鬼名堂。

那位问了——怎么好哇？
好处多啦！

于是一溜儿青壮汉子异口同声接道：

衣服破了有人补，
饭菜从此好滋味，
头疼脑热她护理，
伤心委屈她劝慰……

顺嫂就指着丈夫大声说：“刘顺根你可给我听明白了，我是来给你一个人当老婆的，不是给他们这么多条光棍儿来当老妈子的！”

顺根则挠着后脖颈儿苦笑：“这些家伙，没想到他们这么晚了还不睡！还在等你来！”

两口子企图神不知鬼不觉地赶快进入属于他们自己的小天地，拉上窗帘插上门，枕畔温柔被底亲热的夙愿，显然只得暂且按捺下去了。所幸顺嫂性子好，又是当过一村之长的女人，到哪哪儿都要求自己亲切联系群众，有问必答，不愠不恼。她是你笑我也笑，你闹我也闹，你愉快我也开心，叫我唱我就大大方方地唱，叫我扭秧歌我就带领大家一块儿扭起来。还主动打开小包袱，将家乡的红枣、花生、地瓜干、果子干什么的，一把把热情地塞给众人吃。这么一来，更哄络得些个年轻光棍汉们对她亲敬倍加，用天南地北五湖四海的乡音，左一声顺嫂右一声顺嫂，一个个比赛着似的大献殷勤，分明并不打算早早收场他们的欢迎仪式……

当丈夫的不时看手表，眼见良辰美景一刻钟一刻钟地逝去，心里那个气。既生气同行们的不体会人意不懂事，也生气自己妻子初来乍到就太给他们面子太照顾他们的情绪——何必呢！

他终于按捺不住，沉着脸说了一句："我累了，陪不起你们了！"——便起身大步腾腾地走向自己的小屋。

而顺嫂却异乎寻常地有耐性，仍奉陪着他们东拉西扯，谈笑风生。仿佛只要他们之中没谁说散，她嘴里就绝不会说出"太晚了，明儿再聊吧"之类的话，一直奉陪到天光大亮也心甘情愿。

他在小屋里听得更来气，一把扯灭了灯。

院子安静下来时，已经半夜了。顺嫂以为他睡了，猫悄儿进屋。插上门，拉上窗帘后，却听他在床上冷冷地说："真应该把你关在门外边儿！"

她笑了，戏谑地问："你舍得么？如果你独睡这一宿能睡得更好，那我就自觉出去！"——说罢装出拔腿欲往外走的样子。

"你敢！"

"谅你也舍不得！"

"盆在椅子上，暖瓶里有热水，墙角水缸里满满的凉水，快给我洗了上床来!”

“遵命……”

洗尽了一身的途尘，她身上弥散着一股香胰子的芬芳。窗帘是纱布的，他拆了几只新口罩昨天缝做的。被纱滤过的月光洒遍床上，使她那张比四年前瘦削了、因而也比四年前越发显得俊俏了的脸上，眉眼分明又朦胧，朦胧又清秀。清秀得很梦幻，黑白电影中遮纱的人物特写镜头似的。

她往他怀里一偎，耳语地问：“你还真生气呀?”

他紧紧搂抱住她，不无恨意地说：“能不生气么？和老婆分开都四年了，换别的个男人也照样生气！他们不体恤我，你也不理解我么?”

“我怎么不理解你呢？理解又能咋办呢？我哪儿成想你是和这么多光棍汉住一个院子？那我当然希望一开始就给他们留下个好印象啦!”

他缩下头，一边贪婪地亲吮她的双乳，嗅着她身上弥散着的芳香气息，一边强调地说：“你干吗那么在乎他们对你的印象？从现在起你只不过是我老婆，你得根本忘了你曾经是村长!”

“你以为我一辈子只有能力当村长呀？实话告诉你吧，接到你的信前几天，县里正研究调我到县里去当抓妇女工作的副县长!”

“后悔了？觉得我耽误你前程了?”

“才没呢！我宁可不当副县长，一心一意当你个好老婆！……让我摸摸你小肚子上的伤……呀，这么大一片疤?!”

“我也实话告诉你吧，当时肠子都出来了!”

“还好，这么一大片疤没伤在脸上。若伤在脸上，我这会儿岂不是被一个丑八怪搂在怀里了么?”

“我倒宁愿伤在脸上！伤在这儿多悬？再往下一点点，你这会儿还不哇哇大哭啊？”

“去你的！没羞劲儿的……”

“羞？两口子被窝儿里说啥都不羞！”

他正爱她爱到情燃欲烈，窗外突传炸响，惊得她浑身一抖，急问什么声音？

他说别理睬，还能是什么声音？你当那些坏小子肯成全咱们今夜的好事呀？在放鞭捣乱呢呗！

又是啪的一声炸响，接着，隐约听到几人吃吃的窃笑……

“嗨，弟兄们行行好可以不?!”

外面肃静了。

他亲着她，刚一翻身将她压在身子底下，一整挂小鞭儿在院子里噼噼啪啪地响了。从窗子望出去，火药星儿飞溅四射……

结果，就招惹来了一位查更执法的“夜叉”——机关的保卫科长。保卫科长一“光临”，每间屋里的人就都被厉言唤到院子里了。顺嫂两口子也未能幸免……

保卫科长抽抽鼻子，嗅着满院儿火药味儿，问搞的什么鬼名堂?!

众人面面相觑，都变乖了，却又没一个主动挺身而出勇于承担过错的。保卫科长也是山东人，但在履行职责时，即或对老乡亦不讲情面。

顺根本不想把过错往自己身上揽，但见众人都孩子看大人似的眼巴巴地看着他，加上顺嫂又暗中拧了他胳膊一下，只得上前解释：“科长，是这么回事儿，我不今天刚把我老婆接回来么，同志们替我一高兴……”

“深更半夜的，一高兴就弄出这么大一阵动静么？就你有个老婆能接来？你们机关纪律条例怎么学的？你是当过连长的人，清楚纪律二字的分量，你说该怎么处罚吧？”

顺根就将保卫科长扯到一旁，低声说：“哎，你这保卫科长可是我不想当你才当上的，给我留点儿面子行不？”

保卫科长一胳膊将他拨开，走到顺嫂跟前，上下打量她，问她哪方人氏？听她说是山东人，口气温和了。又问她是哪个县的？哪个村的？听她告诉了以后，竟跟她攀谈起来了……

“自打入伍，走南闯北多少年，老乡逢了无数，今天总算见到最让我觉着亲的老乡了！弟妹，你那村离我那村才二十几里，咱们两个村出的大枣那是最好吃的！”

顺嫂立刻转身进屋，用包袱皮儿兜出了些大枣等吃的东西塞在他手里。

“那就不客气了！弟妹，久别的夫妻胜新婚哇！今天对你们是个大喜的日子，喜烟我总有资格吸一支吧？”

顺根见保卫科长向自己老婆捻动二指，也立刻转身进屋去取来了烟。顺嫂劈手夺过，抽出一支，满面堆笑地敬给保卫科长，待他叼在嘴上，劈手又从丈夫手中夺过火柴，替对方点燃……

保卫科长悠闲缓慢地吸着，继续跟顺嫂东一句西一句地聊着。待烟吸完了，才甩下一句话扬长而去。

那句话是：“这么着吧，念在弟妹初来乍到的份儿上，大刘我给你一次面子，今夜这事儿不往要事本儿上记了。但你也得给我个理由——你当夜组织大家读三遍《条例守则》吧。以后别人指责我要求不严时，我也有话解释……”

当年的人们，尤其刘顺根们那样一些人，真是老实规矩得没比。

即使在那一个夜晚，即使看着老婆在身边心猿意马想发脾气想犯急，但还是不愿欺人也不愿自欺——人家命当夜学三遍《条例守则》，就立刻带头学习。

他回屋去翻出油印的小册子，拉亮了院子里那盏百度灯泡，逐条逐款认真读。经过数天旅途颠沛的顺嫂，那一时刻开始觉得疲倦觉得困了，不住掩口打哈欠。

他心疼她，让她先去睡。

她说自己更应该明白些北京大机关的规矩，强撑着精神听他读，不愿特殊。

三遍读完，天光真的有些发亮了。

她回到屋里，和衣往床上一倒，就酣然难醒地熟睡过去了。当丈夫的虽想弄醒她，但终于未忍那么做……

如今，七十多岁的顺嫂，最常回忆的，便是自己来到北京第一天的些个事儿。细枝末节，历历在目。尽管只不过是些琐事儿，但却能带给她一大片一大片的温馨。最能安慰她心灵的是，在对那一天的回忆里，丈夫的音容笑貌不但格外生动鲜活，印象深刻，而且丈夫的懊恼模样，那一天也是最可爱最像大孩子似的。她每一回忆起来，就会独自微笑，同时眼角溢出一滴老泪……

第二天是星期日，否则那些光棍儿司机们也不会放任地搅得他们两口子一夜没合房。她醒来时太阳已经老高了，身旁的丈夫仍呼呼入睡。院子里静悄悄的，显然那些光棍儿司机们也都在梦乡之中。她那在北京的最初的家只有十三四平米，也没什么家具，不过是两张并在一起的单人床，一张桌子，两把椅子，一条架板，架板上一只箱子而已，都是旧的。箱子是丈夫不久前从旧市上买的，墙角的大水缸沿儿还有个三角豁口……

连面小镜他都没来得及为她预备。

但是她却发自内心地爱上了这个家。这个家毕竟是在新中国的首都北京呀！一种从此身为北京女人的幸运感和幸福感，从她内心里油然而生！

他们那一代北京人，尤其像他们两口子那样，从农村，从革命根据地的农村来到北京的新北京人，仿佛真的觉得整个北京都是他们自己的了。北京是新中国的了，难道还不是属于他们自己的了么？既然连整个北京都是属于自己们的了，还会在乎小家的简陋么？认为自己是一个国家的新主人的人们，对于自己的小家怎么样，意识上是非常容易满足的。他们正是那样的人。他们热忱地参与过革命，也就有资格那么认为。即或那纯粹等于是想象，其想象也不无合情合理的成分啊！

顺嫂也顿时爱上了那个小院儿。光棍汉们将小院儿四处收拾得清清洁洁。北京的四月，上午的阳光已经明媚而温暖了。老槐树已茂茂盛盛地长出了指甲那么大的新叶了，绿得一眼望去，使人心里一润。一面院墙那儿，搭齐了菜架，显然有人打算在那儿种些瓜豆，不过还没翻地。紧靠着她家的是单独的一间小屋。顺嫂推开门看看，晓得了那是一间公用的厨房。一应厨具和米面油盐酱醋，应有尽有。槐树下是自来水龙头，水泥抹的光溜溜的池子，大小可供当洗衣盆用。事实上光棍汉们也的确是将它当洗衣盆用。顺嫂虽颇见过些革命的世面乃至战争的场面，却生平第一次见到水龙头。在家乡，即使县城里也没自来水，用水全都得从井里汲。顺嫂天生聪慧，她一看就知道那是能出水的东西了。试着拧了拧，果然出水，很是欢喜。心想北京真是了不起的大城市，往地下插根铁管子就能出水的城市不当首都，还什么城市该当首都呢？

她接着水管子里的流水洗漱了，拢过了头，扎上块从家乡带来的蓝花布帕子，也不管谁的米谁的面，嘴里轻轻哼着唱着就做起饭来。煮了一大锅粥，烙了两摞油饼。四月的北京像她的家乡一样青菜还没下来，她只得炒了一盘儿花生米和一盘从家乡带来的咸菜干儿。见还有面酱有葱蒜，又倒出一盘面酱剥了足够男人们吃的葱蒜……

可以开饭了，连自己的丈夫在内，还不见有一个男人起来。只有一群鸽子从小院儿上空掠过去又飞回来，盘旋数圈，播下几阵悦耳的鸽哨声。顺嫂在老家也没见过鸽子，更没见过负着鸽哨飞翔的鸽子。她仰脸好奇地望，诧异地想那是种什么鸟儿呢？怎么不见张嘴叫，只见扇翅膀就能飞出这么美妙的声音呢？

左等男人们也不起，右等男人们也不起，她等急了，挨门劲拍大喊："起床啦！开饭啦！懒鬼们，还等着我为你们穿衣服哇！"

…………

三个月后，顺嫂落上了北京户口。

半年后，顺嫂两口子搬家了。他们搬家是因为白副部长的爱人从南京调到北京来了，并且携来了白副部长四岁的女儿芸芸。白副部长的爱人在北京几经选择，最后相中了一处小四合院儿。四合院儿在一条闹中取静的胡同里。那是北京堪称古老的胡同之一，居民皆老北京人家。白副部长在战争年代左腿负过伤，留下了残疾，走路一瘸一跛的。部机关为他考虑得周到，连那小四合院儿旁的两间平房也从有关部门争取了过来，分配给专职为白副部长开车的刘顺根。但平房没有单独的门牌号，而与白副部长家的小四合院儿同号，实际上等于是小四合院儿的附属房。也不只两间，是三间。只不过进门后的第一间，还不能算是顺嫂家的。部机关后勤处的干部告诉顺根，千万不要往那一间内乱放自家的东西，那就等于侵犯了副部长的待遇。但那一间屋的卫生，却要由他们两口子认真地负起责任来。要保持令副部长满意的清洁。那一间屋靠墙有一张单人床，地中央有张方桌，方桌周围有四把椅子，靠墙还有一具公园里或医院走廊里才有的长椅。都是机关里配给的。那一间屋对于副部长家究竟有什么意义呢？后勤处的干部说，副部长老家是山东农村的，副部长的妻子怕日后老家的三亲六戚或乡亲纷纷找到北京来，给家庭生活平添许多麻烦，所以要求部里多分配了一间，权作待客的门房。按照副部长的级别待遇，一处四合院儿已然达到标准，故而名义上算是分配给司机两口子的。刘顺根非常尊敬副部长，哪里计较什么名义上还是实际上呢？他将后勤干部的话对顺嫂也嘱咐了一遍，顺嫂便牢牢记在心里。她每天将那间屋的桌椅擦一遍，但却连坐都不坐一下。那间屋还有另扇门，另扇门一开，整个副部长家小院儿的情形，就完全呈现在开门人的眼前了。那是一扇无窗的门，门插关在副部长家小院儿那一边。副部长家那边如果发生了什么急切之事需人帮忙，开了那扇门就可以叫顺嫂两口子。而他们两口子如有什么特殊的事儿向副部长禀报，则须按门旁的电铃……

通过那间屋往前，走了第二道门，才真正属于顺嫂两口子的家庭空间。第二间屋面积挺大，有二十余米，方砖地面。依顺根，想当卧室。他认为这么大的一间屋当厨房太浪费甚至太奢侈了。但顺嫂却认为当卧室有所不便，卧室还是与第一间屋隔开些空间的好。两口子经过一番争执，最终还是依顺嫂当了厨房。当了厨房以后，顺根仍觉得浪费空间，于是从集市上买回一张旧单人床支在厨房，说万一家乡来了人，可以留人家住。顺嫂不但没责备他乱花钱，反而夸他考虑得周到。那么第三间屋自然就是两口子的卧室了，比厨房小，但却比在机关车队小院住那间屋宽敞，大约十七八米。两口子自打怀着类似乔迁之喜的好心情搬过来住以后，每天都快快活活的。美中不足的是，阳光都被第一间屋“垄断”了，因为窗子开在阳面。而属于他们的两间屋，窗子开在阴面，终日缺少阳光……

有次丈夫在枕头边想入非非地对顺嫂说：“要是那间闲着又朝阳的大屋子也能属于了咱们，我就一辈子知足了！有机会我向副部长提提这要求吧？只须他点一下头……”

顺嫂不禁欠起身俯视着丈夫的脸，颇吃一惊地问：“你怎么会产生这么……这么可耻的念头？”

在顺嫂想来，刚成了北京人，刚成了给副部长一级的大干部开专车的大机关司机，刚从一间屋搬到两间屋来住，就得寸进尺地向党提什么要求，的的确确是够可耻的。

丈夫却不以为然。他说这有什么可耻的呀？全机关的人都论资排辈地提种种要求？我怎么就不许提？我就不是也为革命出生入死过的人么？如果我当了科长，那间闲着的大屋子正该是属于咱们的……

“但你不是科长！”

“因为我不爱当官儿！”

“所以你就不该与科长的住房待遇攀比！”

“那，有机会我向副部长提提，在咱们厨房的墙上开一排窗总行吧？那咱们的屋里也能借不少阳光哇……”

“不许！”

“你这么厉害干什么呢？”

“你一定得彻底打消你的可耻念头！”

“还说我可耻？”

“可耻可耻就是可耻！我不许你不求积极上进，满脑子琢磨这种要求那种要求！”

“我都自行地断绝了当官儿的心思，还积极上进个什么劲儿呢？”

“落后！落后思想！不想当官儿就不积极上进了么？你总归还是名党员吧？”

那一夜，顺嫂对丈夫又是不留情面的批评，又是苦口婆心的教诲，直至丈夫指天诅地，发誓绝不向副部长提任何要求为止……

顺嫂只按过一次那电铃。因为副部长家乡来了一位衣衫褴褛的老农，自称是副部长的一位堂叔。那天丈夫开车送副部长到某处视察去了，副部长的女儿芸芸也上托儿所去了，只副部长夫人身体欠佳没去上班。顺嫂几经犹豫才决定按那门铃。按之前，先将老农请入厨房坐下吸烟喝茶，并且关严了厨房门。她想，副部长的堂叔来了，这不通告也不对呀！万一因为不通告落埋怨呢？如果丈夫在家，该怎么做，更是丈夫职责内的事儿。但丈夫不在家呀，她不得不自作主张……

门铃响过了五六分钟，才隔着那扇没窗的门听到副部长夫人倦倦恹恹的声音：“慧芝同志吧？有事儿吗？”副部长夫人姓那，顺嫂以前从没听说过的一个姓。副部长夫人调来北京后，在某中学当校长。顺嫂悄说家乡来人了。

副部长夫人又问：“谁家乡来人了？”

顺嫂说副部长家乡来人了。门这才开了道缝儿。

顺嫂偏身闪过门去，见副部长家院里姹紫嫣红地摆放着许多盆花，满院花香，缤纷悦目。顺嫂将那老农形容了一番，那校长沉吟后说：“也没听副部长提起过有这么一位堂叔啊！”顺嫂愣了愣，不知如何是好地问：“可他就在我屋里坐着，我怎么办呢？”那校长皱皱眉，进屋去了。撇下顺嫂独自待在院儿里，可就犯了嘀咕，暗想自己也许不该对那老农太热情。

一会儿那校长又从屋里出来了，将一卷钱塞在顺嫂手中，交待地说："副部长不在家，我又病着，也没法儿款待他呀？管他是不是副部长堂叔，你给他这些钱，尽快打发他走吧……"

那些钱不仅够老农返回家乡，还够路上买不少吃的。顺嫂不禁由衷地替家乡来的老农说了几句感激的话，心想那校长真大方，冲这点自己以后应该像尊敬副部长一样尊敬她……

顺嫂又从那扇门闪过自己家这边儿来，不得不对老农撒谎，说副部长家一个人都没有。说自己向机关打电话了，得知副部长在开重要的会，晚上驻会，不能回家了，说副部长考虑得很周到，怕自己不能回家的情况之下，冷落了家乡来客，所以预先留下了钱，嘱咐过只要是家乡来的人就给。老农接了钱，还想住下来等。顺嫂就特为难，那校长让尽快打发老农走，她也不敢擅自留他住呀！就说老人家您还是走吧，万一副部长要开几天会呢？她给老农做了顿好饭菜吃，还翻出丈夫舍不得穿的一套新军装送给了老农。既是从山东来的，那不也等于是他们两口子的乡亲么？那校长已经表现得相当大方了，自己不送点儿什么，不是太小气了么？好在老农非常相信她的话，既得了钱又得了衣服，还被客客气气地招待了一顿饭，也就挺高兴挺知足地走了。顺嫂一直将他送到火车站，回家的路上，心里却又不太好受起来。替那老农，也替自己——从小长到大，此前她是没撒过谎的呀！

晚上，在枕头边，顺嫂如实将老农的事儿对丈夫说了一遍。

丈夫一急："怎么？你把我那套舍不得穿的军装送他了？我已经不是军人了，以后谁还会发给我一套新军装呢？我爱穿军装你不知道么?”

顺嫂却捣了丈夫一拳，生气地说：“你别用军装打岔儿！我在问你我骗那家乡老汉是对的么?”

丈夫抚摸着她的裸肩，若有所思地说：“按情理讲不对，可你也别太不过意，因为你等于是在替副部长挡了一次驾嘛！副部长工作忙，身体又不好，常带病坚持工作，这一点我最清楚。他既当了中华人民共和国的副部长，就不再仅仅属于家乡，而属于国家的人了。如果家乡的三老四少都纷纷到北京来串门儿，叫他怎么应酬得了呢?”

经丈夫这么一劝，顺嫂才觉得那件事儿从心里过去了，不再多想了。以后副部长并没问起过，估计那校长也并没告诉他。

与那校长不苟言笑的矜持相比，副部长显得特别随和，也特别平易近人。逢周六晚上，副部长就会开了那扇门，携夫人手闯将过来大声嚷嚷：“大刘，玩儿几把玩儿几把！慧芝同志，我来了还不放下手里活儿么？不就那几个碗么？玩儿后让大刘刷！你别把大刘惯懒了!”

副部长爱玩儿扑克。每玩儿，必与顺嫂结“对家”，顺根也就只有和那校长一伙儿了。顺嫂在山东时没见过扑克，更没玩儿过扑克。是为了陪副部长玩儿，被带会的。她并不怎么爱玩儿扑克，但唯恐扫副部长的兴，便装出喜欢玩儿的样子。那校长显然也不怎么爱玩儿扑克，也装出喜欢玩儿的样子。于她，陪副部长玩儿扑克，大约是当成副部长夫人的义务的。她玩儿时很少说话，但往往四个人中，数她牌算得准确，出得也刁。常出臭牌的还不是顺嫂，而是副部长自己。他对输赢有点儿心不在焉，一边不太过脑子地随手抛牌，一边哇啦哇啦高谈阔论，从世界形势到国家大政方针到民间琐事，无所不评无所不议，还每每发表批评意见。他一批评国策，那校长就尊口偶开了，照例是这样一句话——“老白，注意点儿影响!”

顺嫂心里明白，副部长的兴致并不在于玩儿牌，而更在于有人听他无所顾忌的高谈阔论，而更在于乡音围绕形成的亲切氛围。四个人中，三个山东人。彼此说山东话时，顺嫂心里同样感到一片亲切。顺嫂还以女人本能的细微觉察到，副部长玩儿牌也是为了有机会和她在一起。她相信副部长对她这位家乡女子有格外好的印象。相信自己的直觉不会错……

实际上住在机关司机小院儿时，顺嫂就见过副部长一面了。那是她来北京当年的秋季，有天上午，只顺嫂一人在老槐树下坐着纳鞋底儿，小院儿里静得让人犯困。一个三十七八岁，鬓角略生白发的瘦小男人，拄着手杖来到了小院儿里。他穿一件短袖的白上衣，一条黑绸裤，脚上是皮鞋。她问他找谁？他说谁也不找，随便瞧瞧。顺嫂说这儿是司机们住的地方，有什么可瞧的？他恰走到她正对面，就站住了，盯着她看，说瞧你不可以么？顺嫂在机关大院儿里没见过他那么一身穿着的男人，又觉得他出言轻薄，心里有点儿暗恼。加上丈夫常叮嘱她，北京刚解放才两三年，敌对分子进行破坏之事时有发生，对行迹可疑的陌生人应提高警惕，所以不免对他存有几分戒心。

他盯着顺嫂又说：“嗯，好一位标致的山东小大嫂!”

顺嫂倏地往起一站，用拿针的手指斥道：“这儿是车队重地，谢绝参观！你要是没什么事儿，趁早离去！不要说些不三不四的话找骂……”

大针贴着手指肚探出去，仿佛什么亮闪闪的伤人暗器。

他笑了：“好厉害！我不趁早离去，谅你也不敢把我怎么样……”

他说完就踱到了瓜菜架那儿，斯其时黄瓜柿子，红的红，绿的绿，秧上架上，正结得喜人。他摘下一个西红柿，掏出手绢儿擦了擦，大口吃起来，吃得柿子汁淋漓了一地。之后，抹抹嘴，擦擦手，将手绢儿铺在砖台上，又旁若无人地往下摘……

顺嫂喝问："你干什么你？当这是你家呀？"

他却说："不是我家，也跟我家差不多。你再冲我乱嚷嚷，我非都摘光了不可！"

顺嫂被惹得性起，见地上有盆，池中有积水，弯腰舀了半盆水向他后背泼去。泼得他上衣湿透，浑身一阵冷颤，连打了一串喷嚏。他回转身，怒视顺嫂，厉声说："你！……你你你敢这样对待我?!看我叫你丈夫怎么教训你！"

中午丈夫回来吃饭时，她将"事件"的前因后果说了一遍，丈夫叫苦不迭，连道："糟糕！糟糕！那就是副部长啊！"

搬过来住以后，有天趁那校长不在，顺嫂从门缝儿看见副部长在小院儿浇花，隔着那扇门说："副部长，去年我不该用水泼您，我郑重地向您认错……"

小院儿里传来了副部长的哈哈大笑。

他说："慧芝同志，你还记着呐？其实我不是去瞧别的什么，听机关里的人讲，大刘的山东媳妇可漂亮啦，我那天是想去见识见识你的呀！"

…………

星期日，副部长一家也常去逛公园。顺根当然就不能在家休息，得为他们开车，副部长一般总要问顺嫂去不去。

顺嫂当然也愿意星期天去逛公园，但坐副部长的车和他们一家人一块儿去，又觉得不合适，怕给人添乱。副部长总是会动员她：

“一块儿去吧，一块儿去吧！星期日嘛，一块儿玩玩儿嘛！否则，大刘也不能在家陪你了，我们玩儿得多过意不去啊！”

很违心的，顺嫂也坐副部长的车去逛了几次公园……

最初的生活是那么幸福，充满了快乐。最快乐的事，是两口子周六晚上一起去看电影。看完电影在小饭馆吃夜宵，第二天足足地睡一上午懒觉，下午两口子再拉着手去逛杂货市，讨价还价，买些居家过日子的小东小西……北京使顺嫂又略微胖了起来。而且，使她的脸重新变白了，渐渐变成一个细皮嫩肉的小妇人了。

但是顺嫂也有独自郁郁寡欢的时候，那是她独自思念家乡思念她的乡亲们的时候。她还特别爱怀想自己是村长，是县委委员的日子。在那些日子里，她是多么地具有威望和权威啊！她也曾是一呼百应，发号施令过的人物呀！可来到北京后呢，仅仅成了一个男人的老婆！她几次打算开口央求丈夫为她找一份工作，干什么都行，就是不愿从此永远当家庭妇女。进而想到自己本可以当位女县长的，就不免觉得委屈，觉得为丈夫付出的牺牲太大了。但是怕丈夫为难，那打算几次话到唇边又咽了下去。思乡之情甚切时，便给家乡的姐妹们写信，虔诚热情地邀请她们来北京玩玩儿，到她家里住住。她们的回信也同样充满思念，但却谁也没来过。她们也都做了妻子了，有的已做了两个孩子的年轻妈妈了。她们是农妇了，设身处地替她们想一想，来北京的愿望对她们而言太不现实……

某日晚饭后，副部长过到她家来了，一落座便说：“大刘，拿烟来！”——叼上烟后，又说：“慧芝同志，替我点烟！”——优哉游哉地吸了两口后，问她：“慧芝同志，你愿意参加工作么？”

她实话实说：“怎么不愿意？做梦都想参加工作！”“街道工作也愿意干么？”

“干！”

“不给工资也愿意干么？”

“干！”

副部长一拍腿：“好！有你这句话就成！我没看错，你是位不甘心一辈子做家庭妇女的女子。再让你在家里闲呆下去，非闲出病不可！”

接着副部长告诉她，街道委员会征求他对街道工作的意见，他举荐她当了那条胡同的街道组长。

又问她丈夫：“大刘，你支持她不？”

丈夫自然替她高兴，连说支持支持！

顺嫂更是喜出望外，眉开眼笑，憋了半天，憋出一句发自内心的感激话是：“副部长，我给你做双鞋穿呀！”

副部长哈哈大笑，用山东腔说：“中！俺就爱穿家乡的纳底儿鞋咧！”

于是，顺嫂成了街道组长。当年一名街道组长的工作还挺多——宣传防火，防盗，防特；组织消灭四害，搞街道卫生；动员文盲上夜校；查户口，巡夜……等等，等等。顺嫂干得尽心尽意，任劳任怨。

一九五三年，是抗美援朝战争最关键的一年。志愿军总部向北京告急，需要经验丰富的汽车运输兵——顺根在机关报名，二次入伍了……

两口子分别前那天夜里，丈夫恋恋不舍地亲爱着她说：“别埋怨我事先没征求你。我想，征求了，你也肯定会同意的。前方最缺的就是汽车运输兵，在司机队我开车的资格最老，经验最丰富，能开又能修，我不带头谁带头呢？”

她偎在丈夫怀里，同样恋恋不舍地说：“我埋怨你了么?”

丈夫说：“别为我担心，几番番枪林弹雨都闯过来了，这一次也会平安回来的，我保证!”

她说：“那我信！给咱们孩子起个名吧……”

当时她怀孕四个多月了——他说已经想好了，如果是男孩儿，叫胜利；如果是女孩儿，叫捷捷，取捷报频传的意思……

不仅她没有料到，认识他的人谁都没料到，他入朝才三个多月就牺牲了——敌机抛下的汽油弹燃烧了他驾驶的那辆弹药车。他本是有足够的时间逃避死亡的，但怕那辆车爆炸而引炸前后的弹药车，甚而阻塞整条通往前线的公路运输线，他毅然将卡车开向了深谷……

副部长代表部机关，亲自将阵亡通知书和烈士证书交给了她——她顿时便昏了过去。如果不是副部长及时抱住她，她的头一定会撞在桌角磕得鲜血横流。副部长喊来了妻子，他们将她抬到了床上。那校长粗通一点儿医学常识，又是掐人中，又是扎耳穴挤血，呼唤了她半天她才苏醒过来。她什么都不说，泪流不止。副部长和妻子陪着落泪，陪着长吁短叹，陪至后半夜才离去……

孩子出生了，是男孩儿。

孩子长到三个月后，胡同里的人们，又见她的身影开始走家串户了。只不过她的脸上，没了往日的开朗和幸福感，从此被一种无法形容的哀伤所笼罩。岁月荏苒，那一种无法形容的哀伤，以后竟一生也没被另外的事件所冲掉过……

但是对于丈夫的死，其实她已寻找到了安慰自己的思想逻辑——他原本是一名心中唯有瞎哥哥最重要的普普通通的农民，如果不是她亲自动员他参加了革命队伍，那么他也许就不会成为一名中国共产党党员，不会懂得革命、国家、人民也很重要的大道理；不会成为北京人；不会成为在危急时刻勇于奋不顾身的英雄……她明白正是她自己塑造了自己的丈夫，他的死正是实践了她这位曾当过女村长的妻子平日里的谆谆教诲。既然如此，她当然只有坚强地承受失去他那样的丈夫的人生打击。像他那样的人，只要生活中有危急时刻发生，只要被他遇到了，他一定会奋不顾身地扑向前去的。

但是思想的逻辑，其实仅能对他的牺牲作出解释，并不能真的消除她内心里的哀伤。毕竟，从此家中再也没有了他那魁梧的身影，再也听不到他粗门大嗓的说话声了，她的头再也不能偎靠在他宽厚结实的胸膛上了，他那双被方向盘磨出了茧的大手，再也不能无比温柔地爱抚她的全身了。还有他对她那些数不清次数的贪婪的吻，枕旁对她凑耳轻说的那些没羞没臊的亲狎话语……都变成了回忆，而回忆却怎么能替代一个活生生的与自己恩恩爱爱的丈夫？

部里轰轰烈烈地开展起来了向她的丈夫学习的运动，许许多多的人都作了回忆报告，当然也包括副部长本人，以及司机队他那些同事。通过人们的回忆报告，她的丈夫的形象，逐渐从俗常的工作中凸立出来了，并且一次比一次高大。每人的回忆都带有各自对英雄的感情色彩，因而每人的回忆也都不无渲染的成分。他的半身像被用油彩画在宣传板上，以憨厚而永恒的微笑，感激着人们在他死后对他的名字所赋予的巨大的光荣和敬意……

光荣和敬意自然也延及到了她的身上。小学生们在胡同里遇见她时向她行队礼；老人们在胡同里遇见她时，亲切地叫她“孩子”，真挚地希望她保重身体，勉励她一定要培养好英雄的后代；男人们遇见她都问——家里有什么重活儿么？女人们在她面前都尽量收敛起欢乐，唯恐自己们的欢乐触痛了她丧夫的伤口……

部里也几次请她去作报告，她都借口“嗓子发炎”婉言拒绝了。而实际上是，每次听说部里又派人来动员了，她便预先嚼一小把花椒。动员者每次进门后，她的舌头和嗓子都麻得声音嘶哑。终于她感到单靠自己的招架已有些太难，不得不私下里求助于副部长。没容她多解释什么，副部长就连说“理解，理解”，她始终也不清楚副部长究竟对自己理解了些什么，又理解到何种程度？但副部长却在部的党组会上郑重地替她说了几句话，说她是个不善作报告的女人，何必再难为她？事实上她当女村长的年月里，早已练出了滔滔不绝侃侃而谈的口才。她拒绝，乃因她不愿意；她不愿意，乃因她本能地需要一份完全属于自己一个人的对丈夫的回忆，乃因她觉得那样的一份回忆，意味着是丈夫遗留给她的宝贵的私有财产。她怎么会愿将自己宝贵的私有财产公开于人呢？

那是崇拜英雄的年代。在那些热烈、真诚、又人心亢奋火爆的日子里，她独自地，默默地，难能可贵地清醒着。以一位妻子对丈夫的深情怀念而清醒着。

副部长对她表示关怀的方式是那么地特别——他经常将他院子里的花儿一盆盆送过她这边来……

“这盆花我不喜欢了，开得太艳俗了！”

“这盆我也不喜欢了，怎么只长叶不开花呢？”

“你瞧这儿盆，蔫了是不是？我哪儿有精力侍弄呀，你替我侍弄吧！”

结果，他小院儿里最后一盆花也不剩了，全转移到她这边来了。喜欢阳光的，摆满了那间朝阳的屋子；趋阴怕晒的，摆满了厨房和卧室的窗台……

有天她隔着那扇门，听到了副部长和那校长在他们小院儿里的对话：

“你打量这棵海棠树干什么？也想连根移那边儿去呀？”

“开玩笑！以后不许跟我开这种没意思的玩笑。”

“送那些花的战友们来了，院子里空落落的，你怎么向人家解释？”

“有什么不好解释的？我患了花粉过敏症。”

“你什么时候患上花粉过敏症了？”

“医院里有证明，在我上衣兜儿。不信你去掏出来自己看。”

那以后，她就尽量不让副部长的目光见着自己的身影了。但却精心地侍弄那些花，因为她爱花……

丈夫的司机同事们对她表示关怀的方式一开始是集体性的。结伴而来，合伙而去。来了，就都围着孩子，逗孩子笑。他们中除了小赵还没结婚，其余的人都成家了。当了丈夫的，每每也带妻子们来。妻子们随丈夫们叫她“顺嫂”。她们的年龄都比她小，都还没做母亲。一来，就将她围在屋子一角儿，悄悄向她请教些做母亲的经验。尽管她自己根本谈不上有什么经验……

小赵就是她来到北京的第一天晚上，一走入车库小院，围着她打竹板儿那小伙子。他很有些文艺细胞，不但竹板儿打得好，二胡也拉得有水平。他每次来时几乎都拎着二胡，坐下不久往往就拉起来，于是男人女人都随着唱各自家乡的民歌小调……

歌声琴声往往将副部长也吸引过来了。他一来，气氛就拘谨了，空间似乎就显得更小了。所以他往往又只不过逐人打打招呼，这儿那儿挤着坐一小会儿，便明智地走了……

不知为什么，从某一日开始，司机们集体来的时候少了，小赵独自来的时候多了。来时照例拎着二胡，进了门儿，说句：“顺嫂，我来了。”接着目光四下瞧，一旦发现了什么活儿，放下二胡就一声不吭地干。没活儿，就逗孩子玩儿。给孩子讲故事，或者，拉起二胡唱起歌给孩子听——仿佛孩子便是主人，顺嫂并不存在。走时，照例说的是：“顺嫂，别送。”——其实她一次也没送出门过……

终于，顺嫂从那比自己小三岁的小伙子的眼中，透析到了他对她比对她的儿子复杂得多又微妙得多的超常情结。透析到这一点对于任何一个女人都不难，仅仅凭本能就足够了。她那女人的本能由于自己变成了年轻的寡妇，被男人们投注在自己身上的种种类类的目光逐渐地培养起了一种格外灵悟的敏感……

小赵又来的那一天晚上，她留他吃饭。为他炒了三样他爱吃的菜，还从丈夫喝剩不多的酒瓶里，斟出两小盅白酒温热了。儿子白天玩儿倦了，那时正趴在床上睡着，家里静悄悄的，只她和小赵面对面坐在饭桌旁。她坐厨房里那张床上，小赵坐一把旧椅上。

她说：“小赵，没做什么好的，但是要吃饱，啊?”

他说：“顺嫂，在你这儿我不见外。你觉得我见外了么?”

于是她微笑了。

他也微笑了……

见他果然无拘无束地吃饱了，放下碗筷了，她注视着他又说：“小赵，你是个好小伙子。听嫂子的话，以后别再到我这儿来了，行么?”

她的口吻分明是在请求。而她这么请求，则是他绝对没料到的。

他愣愣地瞪了她片刻，几张其口才艰涩地说出一个字是——“行”。

他低下头去沉默半晌儿，猛地抬起头，望定她又说：“顺嫂，以后小赵不管在哪儿，心里都会铭记着你。我敬你一盅，行么?”

她也说——“行”。

只不过说得不像小赵那么艰涩，说得痛痛快快。

于是二人轻碰了一下酒盅，相互注视着，各自一饮而尽……

小赵走后，她再也没吃一口饭菜。实际上她也没陪小赵吃几口——却将剩下的酒，自斟自饮地，一盅盅全喝光了……

她双颊红艳，头重脚轻地走入卧室，往床上一扑，搂着儿子昏昏睡去……

以后司机们又常来了，唯小赵一诺千金不再来了。在她家里，他们暗定了纪律似的，都绝口不提小赵。她也不问……

第二年的中秋，也就是一九五四年的中秋那天晚上，她蒸出了几锅豆包儿，将儿子托付给胡同里的孙大娘照看，拎着去看那些司机们。虽然只不过曾和他们做了半年多的同院儿邻居，但彼此间结下的亲情却是那么地深，一点儿也不亚于丈夫曾和他们结下的亲情。搬过胡同来住在副部长家隔壁以后，她和丈夫也是经常在节假日来看望他们的，而丈夫牺牲以后，她却是第一次去……

她的出现竟使他们一个个都显出很惊喜的样子，他们极其热情地欢迎她。这个将她请进家里坐，那个也想。他们都说，他们已相约了，正准备集体去看望她……

小院儿虽然人家多了，环境却依然那么清洁。菜架那儿也依然生机勃勃，果实累累，而且，多了两株葡萄，一串串的葡萄使人望着口舌生津。从各方面都看得出来，他们共同在这个小院儿里生活得很和睦。每家相差无几的收入，每户大小几乎一律的住房，在机关大院里平等的从业地位，这一切成了人际关系融洽的先决因素。而亲情则意味着是普遍的清贫生活的维生素……

都坐在老槐树下吃着月饼、葡萄时，她几经犹豫，终于还是忍不住随口无心似的问：“怎么不见小赵呢？”

众人顿时你望我，我望你，各缄其口，一阵沉默。

她的心咯噔往下一沉，惴惴不安地问：“他……他出什么事儿了？”

司机媳妇们中的一个勉强一笑，低声回答：“顺嫂，小赵他好好儿的，什么事儿也没出。他……调走了……”

“调走了？调哪儿去了？”

“甘肃……”

“甘肃?!”

她听说过甘肃，知道那是个远僻又贫荒的省份。

“为什么把他调到那么远的地方？是哪位领导这样对待他？这不公平！他的工作表现不是一直很好么？”

在她的连连追问之下，满院男人女人们，纷纷垂下头又是一阵心照不宣的沉默……

“你们为什么谁也没告诉过我这件事儿呢？若有一个人告诉了我，我也会替他出面说句话的呀！起码我可以替他去求求副部长，那是可以改变一个部里的决定的呀！”

她的语调带有谴责的意味了。

媳妇们中的另一个，偷偷抬头瞥了她一眼，以耳语般的声音说：“顺嫂，你可千万别错怪部里的领导们。不是部里的决定……是小赵自己坚决要求去的……他从报上读到一条消息——那个省的建设缺少司机……”

听了那媳妇的解释，顺嫂自己也沉默了。刹那间，她内心里充满了惆怅和忧伤，以及一种巨大的类似负罪的感觉。她不唯是来看大家的，也是来看小赵的呀！甚至可以说，主要是来看小赵的呀！

自从留他吃晚饭那一天以后，她经常地反复问自己——自己当时对他那么说究竟应该不应该？难道不等于是一种伤害么？即使她看出他暗暗爱上了自己，但那能算是他心里的不光彩么？自己不是对他也颇有好感么？自己有什么权利伤害一个自尊心很强的好小伙子呢？她今天来，实际上也是打算以看望的方式弥补自己差失的呀！而且，还是来为他保媒的呀！孙大娘有个二十三岁的待嫁小女儿，文静又娴慧，在托儿所当保育员。在她看来，小赵和那姑娘是多么般配的一对儿啊？而且孙大娘和那姑娘都同意见见小赵，都对他的工作很满意。可是……可是……

司机中的一个忽然打破沉默大声说："顺嫂，告诉你个关于小赵的好消息吧！他已经当上一个车队的队长了！他经常来信，信中常提到你，嘱咐我们代他问你好……"

于是有人起身回屋去取来了一封信……

于是有人接过信念给呆愣住的顺嫂听：

我们正在修筑一条通往新疆的铁路。帐篷有限，我们司机夜晚都睡在卡车车厢里，早上起来被面一层霜。风沙很大，缺水，而且水是苦的。我已经几天没刷牙洗脸了。非常想念大家，总是回忆起我们司机小院儿里的欢乐日子。一回忆就回忆起了大刘，回忆起了顺嫂。在我小赵心目中，顺嫂永远是一位又可敬又可爱的年轻嫂子，似乎走到天涯海角也忘不了她。不知何时再能吃上一碗她熬的枣粥。八月十五大家去看她时，若凑钱给孩子买什么东西的话，别忘了也算上我小赵一份。至于谁替我出钱，我就不管了……

顺嫂的脸缓缓向一旁扭去，眼泪在她脸颊上默默地淌。虽然她努力克制着不许自己流泪，但是心自感动泪自流，努力克制也没用啊……

去孙大娘家接儿子时，孙大娘急切地问她可见到小赵了？可向小赵当面保媒了？

“大娘，这桩媒我保不成了……小赵他调到很远很远的外省去了……真对不起，我让您空欢喜了……”

说这些话时，她又克制不住几乎当着孙大娘的面流下泪来……

她抱起自己的儿子便往外走……

一进家门儿，她就和儿子偎着脸哭了，边哭边自言自语：“儿呀，儿呀，妈从小到大也没伤害过任何一个好人，可是现在……你一位好叔叔的心肯定被妈妈伤得不轻啊……”

无波无澜的日子是一天天过去得最快的。四季常在人不经意间就变化了，却也是不容易给人心留下什么深刻记忆的日子，就像河水按照自身的流速从容流淌……

转眼儿子四岁了，会走了。小嘴整天不闲着，不是喃喃地自说自话，就是纠缠着妈妈问这问那。而问过多次的是——爸爸怎么还没从外地回来？

有一天，顺嫂庄重地告诉儿子——其实爸爸永远不会再回来了……

“为什么？”

“因为……因为他牺牲了。”

“妈妈，牺牲是怎么回事儿呢？”

“就是……成为英雄了。”

"成为英雄就不可以回家了么?"

"英雄都是这样的……所以人们崇敬英雄……"

她是本想对儿子说出那个冰冷的死字的。但话到喉间，又咽回去了。她实在没有足够的勇气与四岁的儿子谈论丈夫的死……

"那我长大了也当英雄！也要让人们崇敬我!"

"儿子，你就不怕……再也不能回家了么?"

"我要当和妈妈在一起的英雄！妈妈在哪儿，哪儿不就是家了么?"

顺嫂一下子将儿子紧紧搂抱怀里……

那一年是一九五七年……

那一年街道委员会改选，顺嫂当上了街道委员会主任，仍没工资，但是都说有机会被选为区人大代表。顺嫂对于当代表并没什么渴望，但是对于当街道委员会主任却倍感责无旁贷。她成了一个比以前更忙碌的女人，也成了一个似乎上足发条的女人。每日，刚在某条胡同里见她组织居民大搞环境卫生的身影，可能不期然地又在某条街道发现她在沿街宣讲什么。毕竟是从十七岁起就当过村长的女人，做家庭妇女她找不到良好的感觉。用现今的说法，她是从街道主任的职责中，重新发现了人生的价值。她简直忙碌得有点儿鞠躬尽瘁、死而后已的程度。而街道主任的角色，好比家庭妇女分内的家务一样，若谁认真，也便似乎总有许多事可做。偏她就那么认真……

某日她被通知到区里开会。她问是什么内容的会？需要她预先准备作哪些方面的汇报？电话那端一个男人的声音冰冷而神秘，说不需要她汇报什么，说关于内容她来了就知道了……

会场的气氛同样有点儿神秘，每个人的面孔都板得异常之严肃。

那是一次掀起“反右”斗争的会议。会上宣布，一个级别相当之高的“右派分子”，不但就居住在本区，而且，就居住在她是街道委员会主任的一条胡同里，就居住在她家的隔壁——当然不是别人，正是她所非常熟悉，也非常尊敬的副部长白景瑞！

她头脑当时嗡的一下，主持会议的人又说了些什么，她一句也没往耳朵里听，只见对方声色俱厉的脸上双唇翻动……

会后，她和街道派出所所长被单独留下。又有人耳提面命地指示他们要共同地、切实地担负起人民交付的监督性政治责任诸条诸项，她也完全没心思用脑子记……

回家路上正是下午三点多的时候，天空晴朗，五月的阳光明媚而温暖。南来北往的行人表情祥和，卖冰棍儿的老太太的声音照例悠长又倦怠……到处的生活情形几乎与往日没有任何区别……

关于“右派”分子的产生，她从报上是读到过一些消息的。但却认为那是离自己所负责的街道工作很远的事，万万没料到自己会被推到斗争的最前沿。

该怎样对待那位就住在自己隔壁，自己熟悉又尊敬的副部长呢？

他怎么会成了“右派”呢？她一向将他视为有资格代表党的人，她觉得他一向也这么自视。一位他那样的，动辄就说“我们伟大的党”、“我们伟大的国家”的高级干部，为什么会反党呢？有什么必要反党呢？……她头脑中一团乱。越希望想明白，反而越想不明白，越想越不明白，越想思绪越乱……

推开家门时，见几个生人在她家里——通向副部长家小院儿那扇门被拆掉了，几个生人正在用砖将那地方砌起来。而她的儿子正兴致勃勃地帮着搬砖……

砖已砌到了一米多高。她隔着那堵新墙看到副部长在院子里若无其事地打太极拳，听到他家屋里传出那校长嘤嘤的哭泣声。

她有点儿恼火地问：“谁叫你们来的？”

一瓦工砍断块砖砌在缺口，不抬头不停手地回答：“上边儿。”

“上边儿是什么意思？”

“上边儿就是上边儿呗。你是真不明白啊？还是明知故问？”

另一个人倒是停了手，瞪着她反问：“你不愿与右派分子用墙隔开怎么的？留着扇门好为接近方便啊？”

她被反问得一怔，张张嘴，却一个字也没说出来……

那一时刻，她看到副部长在半堵新墙那边一个劲儿向她摇头。分明地，他是在用表情阻止她口角下去。

她夺过儿子手中的一块砖，抛掷地上，将儿子一把扯过去抱起来大声说：“你别诬蔑啊！诬蔑一位街道干部也能打你个右派言论！我是生气你们把我家的地搞得又是泥又是水的，砌完了收拾干净再离开！”

她说罢，拔脚就朝里屋走——走到门口，不禁扭头又朝副部长家院儿里望。副部长的身影仍在，仍若无其事地打太极拳。并且，他的目光也正望向她。四目相对之际，他微笑了一下，笑得那么苦涩。她觉得他脸上的表情有点儿大智若愚，有点儿心灵不麻木而装麻木。那会儿，墙已砌得更高了，实际上她已看不到他推去划来的手臂了，仅能看到他的头和肩了。因而她又觉得，仿佛那堵墙一砌严，他家的小院儿就成监牢了，他就永远地是一名失去了自由的囚徒了，她也再休想能见到他一面了。尽管，他与她并没有什么亲爱的关系，他只不过是她所尊敬的男人罢了。但她那一种想象，还是使她的心情一阵戚然，眼眶有些发湿起来。

她觉得那一时刻他望着自己的目光是那么地深郁，又是那么地意味深长，似乎在用目光向她告别，又似乎在用目光对她说：瞧我把自己搞到了多么荒唐又多么糟糕的地步，但是请不必怜悯我，我自己并不很在乎……

那是一种凝视。

他从海棠树上折下了一小枝海棠花，拿着从那堵墙上方伸过手臂来……

一名瓦工用瓦刀背拍了他的手臂一下，厉声喝道："你这右派分子，想干什么?!"

他疼得紧皱了一下眉，不卑不亢地说："我给那孩子枝花儿……"

他一扔，海棠花枝落在她脚边——她弯腰捡起后，见每一名瓦工都在盯着她。

她对儿子小声说："谢谢伯伯……"

她随即扭过头去，怕眼泪流出来，被瓦工们都看见了……

儿子刚一照着她的话说完，她便抱儿子一腿迈入里间去了……

"反右"与后来的"自然灾害"是中国两件颇为不同的大事件。对于三年"自然灾害"，大多数当年的中国人，都能谈出些切身的饥饿感受。而"反右"的政治打击，毕竟只落在百分之一不到的中国人头上，毕竟只扭曲了百分之一不到的中国人的命运。故那政治打击的力度和冷酷性，也就只有百分之一不到的中国人深刻领教。大多数中国人，经历了之后，其实最主要的心得，乃是庆幸于自己终于避过风险，以及明智地总结了一些人生的政治经验和教训。并且，没几个中国人敢冒天下之大不韪，给予那些被戴上了"右派"帽子的同胞哪怕些许的同情……

顺嫂大约要算是当年少数几个中国人之一了。而她对白副部长的同情，也只能是背地里的事。最初三个月内，她只见过他两次。那天早晨她出门倒了垃圾回来，恰见他家的对扇门吱地开了一扇，副部长一脚门里，一脚门外，分明也正打算出门儿……

他看见她，表情一时显得有点儿不自然，已迈出门外的脚又收了回去。并且，似乎还打算将那扇开了的门关上。他原本是位很注意自己干部形象的人，两腮的胡子一向刮得干干净净，所穿的衣服也一向熨得很平顺。但是那一天他的衣服却皱巴巴的，显然穿了很久没洗过了。也仿佛很久以来没脱过，天天晚上和衣而眠，否则，似乎不至于弄得那么皱。脸上的胡子，黑茬茬地像新刷子的毛。如果他当即将门关上了，她也就没法儿跟他说上句话了。但他却没将门关严，而留了道一尺宽的缝儿。这就使她仍能从外边看见他，他也正看着她，显然想要跟她说句什么话又一时不知说什么好，所以期待她主动开口问他句什么。

她就一如既往地尊敬地说："副部长你早。"

他苦笑了："早，早，你也早慧芝同志……还称你同志没关系吧？"

"没关系，不称同志，那称什么呢？"——她也笑了一下，觉出自己比他笑得还不自然。

"以后再不可以叫我副部长了。我已经被撤职了……"

"…………"

"儿子又长高了些吧？"

"这孩子正贪长，都高过桌子了……怎么总没见您出门？"

"不愿出门……再说，得写检查。部里决定，检查不过关，不安排工作……"

彼此刚说了这么几句，门从里边轻轻被推严了。是那校长推严的。她虽没看见那校长人，但看见了她闪在门旁的一只脚，和一截裤腿儿……

他的鬓角白了……

她另一次见到他是在深夜里。那天她去送一位山东老乡上火车，回来快午夜。一拐入胡同，远远地望见一个背影，脚步缓慢地、瞎子似的向前踟蹰而行，仿佛一个幽灵半夜出现在胡同里。她认出了那是他的背影，一时有所顾忌地站住了，不知应该赶上他，跟他说几句话，还是应该等他进了家门自己再走过去。但是他却没进家门。她眼见他从自己家门前走过，不认家了似的，径直向胡同另一端走。她犹豫片刻，从头脑中排开一切顾虑，很不放心地小跑了一段赶上他……

“副部长……这么……晚了，您……去哪儿呀?”

她跑到他前头，转身拦住了他，竟跑得有些气喘咻咻。屈指算来，那一年她已经三十一岁了。生过孩子以后，身体不如十年前当村长时那么轻盈矫健了。

“是你? ……”

他一认出是她，显得非常惊讶。

“我刚去火车站送走咱们一位山东老乡……”

她将“咱们”两个字，说出格外强调的意味……

“咱们……咱们……”——他喃喃地重复着，话题一转，严肃地反问:“不是提醒过你不许再叫我副部长了么?”

几乎整个北京都在沉睡，胡同里尤其静谧得幽寂无声。离他们不远的一根电线杆子上吊着一盏无罩的灯，将他们两人的影子都长长地映在他们身旁……

“我叫惯了……您还没告诉我您去哪儿呢……”

“叫惯了也得改。让别人听到，对我不好，对你尤其不好……”

“您去哪儿?”

“我嘛，只不过在家里待烦闷了，想随便走走……”

“都半夜了，回家吧!”

“不，我还不想回家……”

“还是回家吧!”

“不回!”

“跟那校长赌气了?”

“她也不再是校长了……受我牵连，降为普通老师了。记住，见了她千万别叫她校长了……她心里脆弱得很。她不是我这种承担得起的男人啊!”

她一阵沉默。

“她整天闹着要和我脱离夫妻关系……”

她张了张嘴，本想安慰他几句，却不知说些什么话才能安慰到他心里去。

“你快自己回家吧!”

“那……我陪您走走……”

“不需要！根本不需要!”

她从他的语调中听出了几分恼火。

“我不管您需要不需要，我愿意!”

她说罢，上前一步，挽起他手臂。她一挽住他，他变得极为顺从了，仿佛有几分无奈似的嘟哝：“那就随你吧……”

她侧脸看他，见他一边眼角那儿有什么东西亮晶晶的，微微颤动着——那不是一滴泪，又是什么呢?

泪在颤动，是由于他在发抖啊!

“您……冷么？……”

话一出口，她立刻意识到，自己问得荒唐。

北京八月的暑热之气熏蒸着他们，没一丝风。他们走过一条胡同，又走过一条胡同，一直走到大马路边——马路上也静悄悄的，不见一辆过往车辆，不见一个夜行者的身影。五十年代后期的北京，经过了“工商改造”和“公私合营”，夜晚不再有继续经营的商店，不再有逛夜的人们——夜就是夜了……

“家乡怎么样了?”

“不……怎么样……”

“怎么叫……不怎么样?”

“听来的乡亲们说，都在挨饿……可……”

“讲!”

“上边还逼着谎报高产……”

他站住，仰面呆望夜空，长长地叹了口气……

她挽着他往回走时，他突然说：“也许，他牺牲了，对他倒是一桩幸事……”

她猜到他说的是她丈夫。觉得这句话太伤害自己情感了，因而停住了脚步，抽出了手臂，谴责地直视着他……

“你别误会……我的意思是，如果他没成为烈士，就他那直言快语的性子，党一号召给党提意见，他还不积极踊跃么？我被打成右派了，他还不替我鸣冤叫屈么？那他还不跟我一个下场了?”

“…………”

“按规定，我也得每周定期去向你汇报思想反省的情况吧?”

“是的。区里是这么要求的……而且要求我定期向区里汇报……”

“你汇报过了?”

“汇报过了。”

“我没向你汇报，你怎么向区里汇报的呢?”

“我说您向我汇报过了……说您的反省态度很端正，很老实，发自内心……”

“你这明明是对党撒谎。”

“我清楚。”

“我刚才那么说大刘，你生气了?”

她点点头。

“那我向你道歉。我那么说大刘是不对的，那么想尤其不对。你若对区里汇报了，我就又多了一条右派言论不是? 有时心里太郁闷了，就难免胡思乱想……你能原谅我么?”

她又点点头。

于是他向她欠起胳膊肘……

于是她又挽住了他的手臂……

他家的院门儿虚掩着——她将他搀进院儿里时，檐灯突然亮了。那校长站在卧室门外的台阶上，居高临下，表情冷冷地望着他们……

她说：“那校长……”

话一出口，想起他的叮嘱，自知失言，急又改口说：“那老师，我去火车站送人，回来在胡同里遇见了……您丈夫……他要散散步，我就陪他走了一会……”

而他说：“是我请求的……”

那校长表情没发生任何变化，一转身进屋去了，不过没进卧室，进了客厅……

她呆呆地，正有点儿不知所措，那校长又出来了，手里拿着两包东西踏下台阶，往她手里塞……

那由校长而被降为普通老师的女人说：“拿着。他级别虽降低了，目前待遇还没变。这是他的待遇特殊享受的东西，拿回去给孩子吃。顺嫂，谢谢你暗中对我们的关照，这一点我和老白都是心里有数的……”

她推辞不过，只好接了。回到家里打开纸包一看，一包里是一颗颗扣子似的、咖啡色的东西，另一包里是奶粉。当年即使在北京，奶粉也不全都是用瓶装的。尤其发给干部们的，往往直接在厂里称了斤两，用纸一包就送达各大机关了。至于那包扣子似的东西，顺嫂当年第一次见到，不知那叫“巧克力”……

又过了两个月，区里通知她，她不必再对她的邻居的言行进行监督了——因为他调到东北某市去了……

一九五八年春节前某天，隔壁小院儿的女主人出乎意料地一大早就来到了她家。自从那扇旁门被砖封死了，她第一次来到顺嫂家。她是来向顺嫂告别的。说她要去探望丈夫，陪丈夫过春节。说如果自己对那座东北城市的生活还习惯，兴许就不回北京了……

她显出对顺嫂恋恋不舍的样子，顺嫂内心里也是。

她还将她家小院儿的一把钥匙交给了顺嫂，嘱顺嫂常替她给那株海棠浇浇水……

她惆怅地说：“万一我还回来呢？”

她四下望着那些盆原先摆在她家院子里的花儿说：“你侍弄得真好，他当初一盆盆搬过来是做对了。”

临出门儿，她回头望着顺嫂又说：“这间朝阳的大屋闲着也是闲着，你莫如将几件家具移过来占了住吧……”

她此一去五年后才回北京。白副部长也同时回来了。一九六二年的十一月份，北京下了一场大雪。那天上午，她正带领胡同里的家庭妇女们扫雪，一辆小汽车出现在胡同口。胡同口堆着一丘雪，她和妇女们等待着卡车来了装车运走……

司机摇下车窗问："谁负责？带个头儿，快把雪铲一边儿去！"

妇女们全都将目光望向她。

她对司机说："这是一条死胡同。你从前边那条胡同，才能绕到马路上去。"

司机说："我不绕到马路上去，我是送首长回家，首长就住在这条胡同里。别啰嗦啦，你们快铲吧！"

自从白副部长被打成"右派"以后，就再也没有小汽车开进这条胡同里。在那些妇女们的头脑中，这条胡同里当然也就再不住着什么称得上是首长的人物了。所以她们都不相信司机的话，都手拄着锨柄不动……

她又说："你这位司机同志真怪！我不是明明白白地告诉你了么，这是一条死胡同啊！"

司机光火起来，提高了嗓门儿："我不是也明明白白地告诉你了么，首长就住在这条胡同里！"

虽然司机已经那么说了，当时连她自己都没想到车上坐的会是白副部长夫妇。

双方正那么僵持着，车门儿一开，白副部长下车了。

他向她伸出只手，笑问："顺嫂，不认识我了吧？"

"是您？"

她这才认出他，太感到意外，竟没立刻去握他的手。

"顺嫂，我可向你伸着手呢！"

他仍亲切地笑着，并未缩回手去。

她回望了妇女们一眼，扫除了头脑另一刹那产生的种种顾虑，上前一步，很激动地握住了他的手。

这时他妻子也下了车，也亲切地笑望她。她看出他们都明显地老了。他离开这条胡同之前，不过仅仅两鬓有些斑白，而五年后的他，头发几乎全白了；他妻子那张原本养颜有术皮肤细润光洁的脸，似乎被北方的风吹得粗糙了，眼角儿皱出了鱼尾纹。

他放开她的手，感慨地说："顺嫂，原谅我在车上没敢认你……你可显得瘦多了……"

的确，经过三年的大饥馑，长期的营养不良，顺嫂如害了一场病样身体削瘦单薄，脸上也有皱纹了。顺嫂那一年已三十二岁了，她又多了一个女儿需要抚养。街道委员会主任杂七杂八的工作责任，和抚养两个孩子的责任加在一起，使三十二岁的顺嫂的脸不再容光焕发了……

顺嫂想对他说的话，既被他说出了口，顺嫂一时也就有点儿无话可说了。她忽然从一名妇女手中夺过锨，弯下腰就开始为车铲雪清道……

白副部长急阻止住了她……

他对司机说："就送到这儿吧，我们走回去。"

妇女们忽然也都上前铲起雪来——既然这个曾经是副部长，曾经坐着小汽车上下班的男人又有资格坐小汽车了，又是首长了，那怎么可以让首长走回家去呢？

他也同样亲切地阻止住了她们。

他开玩笑地说："我今后还是要老老实实地接受你们的监督的，怎么敢劳你们的大驾呢？"

望着他们夫妇从车内拎出皮箱走向家去的背景，女人们你看我，我瞧你，一个个都满脸的困惑不解——首长成为“右派”的事儿五年前那可多了，“右派”又成为首长的事儿却太新鲜了！

晚上，顺嫂和两个孩子刚吃罢饭，白副部长夫妇双双来串门儿。二人一落座，那校长（我们姑且还叫她那校长）就解释：“顺嫂，原谅我们在车上没能立刻认出你啊！他指着你问我——‘那是顺嫂吧？’我还对他说：‘那怎么会是顺嫂呢！顺嫂是多年轻多俊俏的女人啊！’我俩光顾看你了，想不到司机就对你光火起来……”

顺嫂说：“看把你们认真的，那有什么呢！还值当郑重地道歉么？”

白副部长则指着正和胜利看同一本小人儿书的女孩儿问：“顺嫂，我问错了你不许生气，你又结婚了么？”

顺嫂就红了脸告诉他们自己并没再婚。告诉他们那小女孩儿是家乡人的孩子——两年前一个同村的姐妹带着那女孩儿来北京投奔于她门下，希望能避过家乡的大饥荒。可顺嫂母子的口粮也是定量的，每月还有十来天要光喝稀粥才够吃呢！一下子多了两张饿得似乎无法填饱的嘴，当月简直就过不下去了。幸亏家乡的那姐妹体恤，月底就走了。再说，北京是首都，首都不许逃荒的“盲流”久居。顺嫂本人又是街道委员会主任，不能带头破首都的规矩呀！一个是有心留，留不得，也无权留；一个是含泪走，情知不走对不住好人，不走也不行。那家乡的姐妹临走前，跪求顺嫂允许她的女儿留下，于是顺嫂就多了一个女儿，小胜利就多了一个妹妹……

白副部长直听得眼眶潮湿，长吁短叹。

那校长悄问女孩儿的父母亲现在何地？顺嫂将他们引到外间屋，掩了门，以耳语般的声音忧伤相告——家乡人来信说，那同村的姐妹饿死在逃荒途中了，至于女孩儿的父亲，离村二载，杳无音讯。

那校长说，两年中饿死的中国人成千上万，可能也饿死了。

白副部长顿了下脚，大声道：“把个新中国都弄成这样了，还不许人讲真话！还……”

那校长猛地推了他一下：“你又来啦！你以为你是谁？以为就你一个人心里装着中国老百姓啊?!”

于是三个人都低下头去，一阵沉默。

白副部长突然转身走了。那校长说别理他，让他自己去冷静冷静也好。四下望望，问那些花儿呢？顺嫂内疚地说，抚养两个孩子，又有街道上的许多工作缠身，顾不上细心侍弄，都死了。那校长说亏你还有心把我们院儿里那株海棠照料得长粗了许多。顺嫂说海棠是您临行特别托付给我的，我怎么忙也不能忘了您的托付啊！那校长拉起她一只手握着，悄悄又说：“就告诉你一个人知道，别外传。中央有更大的首长替老白讨回了公道——恢复党籍，摘掉右派帽子，原先的级别和工作也马上就要恢复的……”

那校长话没说完，白副部长又回来了，瞪着妻子问：“恢复什么？你对顺嫂胡说些什么？”

那校长不大高兴起来，反瞪着丈夫说：“把你的情况告诉给顺嫂听不对呀？顺嫂是自家人，我都信任她，你还不信任啊？”

“自家人”三字，使顺嫂内心里一阵温暖。尤其从那校长口中说出，顺嫂不但觉得温暖如春，而且深深地被感动了……

白副部长不再开口，默默地抓住顺嫂一只手，将一卷什么纸东西塞在她手里。

顺嫂挣脱手，低头一看，见是许多全国粮票。

她急又照样抓住白副部长一只手，一边塞还一边说不能收不能收，说其实自己家粮食够吃，说部里那伙司机，每月都送来些粮票……

白副部长使劲儿一甩手，愠怒了似的说："怎么，他们送的你就收，我送的你就不收？不就是五十斤粮票么？你要敢再往我手里塞还，我就生气了！明摆着的，那女孩儿没户口，也就没口粮！这年月，三口人吃两口人的定量，怎么就会够吃呢？"

那校长也从旁劝顺嫂收下。说那些粮票，有他们攒的，有老战友们支援的，如果他们没回北京，本打算寄给她的……

顺嫂的心，不但温暖，不但感动，而且，简直对那五十斤全国粮票所意味着的深情厚谊有些承受不起了……

顺嫂双手一捂脸，流泪了，无声地哭了。

那天，白副部长还关怀地问到顺嫂的经济来源。街道委员会主任依然是没有工资的工作。除了丈夫是烈士她应领的那份儿抚恤金，顺嫂和两个孩子的生活，哪里还另外有什么经济来源！而那份抚恤金，只不过才二十八元。是按丈夫生前的基本工资做的比例。但是国家当年规定，家庭平均生活费低于十元，才算是困难户，子女上学才免费，才有资格享受困难户的生活补贴。顺嫂母子的生活费多出八元，当然不在补助之列，儿子胜利也当然从未免费照顾过。丈夫生前的司机同行们，几乎都是九死一生冒着枪林弹雨打入北京之后才脱下军装开起车来的，难得他们都是些热血衷肠的男人，更难得他们都那么地念旧，每月常凑足一二十元送来。顺嫂是何等刚强的女人，她心领他们的情义，钱却绝不肯收的。为了两个孩子的成长，粮票她倒不太拒绝。她也曾思忖，打算辞去街道委员会主任，申请到部里去做临时工。如果她向部里提出，部里是一定会批准的。她这一想法无意中一向人透露，一在居民中传开，居民们不依了，都说再选不出比她更热心的街道主任了。有人还在居民中建议，大家每月自愿为她家“集资”，最多每户五角，最少不限，一角两角都可以。顺嫂非常严肃地将那位热心人批评了一通，却也从此彻底打消了去部里干临时工的念头……

白副部长的关怀显然发自内心，顺嫂也就实话实说，无遮无掩地全告诉了他……

几个月以后，顺嫂领的那份抚恤金增加到了三十八元。顺嫂疑惑，亲自去部里找方方面面的人询问，是否全国烈士家属的抚恤金都增加了。人家明白她所以问的用意，都告诉她是的，都说绝非对她一位烈士家属的格外照顾，都让她只管放心，踏踏实实地领了去过日子花就是了……

那天，顺嫂一高兴，带着儿子胜利和干女儿秀秀，去大马路上的饭店点菜要汤美美地饱饱地吃了一顿……

多了十元抚恤金，两个孩子渐渐胖了，年节有新衣服穿了。缠着顺嫂央求买新书包新文具盒，她往往口一松，也就嗯啊地答应了……

日子如流水……

家里墙上，挂满了奖状。都是顺嫂获得的荣誉。

次年，胜利和秀秀也很要强地带回家了两份学生奖状。顺嫂高兴地从最显眼的墙上揭下了自己的两份奖状，替孩子们用图钉按上了他们的……

次年的次年，也就是一九六四年，顺嫂果然被选为区人大代表……

一九六五年，顺嫂被选为市人大代表……

一九六六年，胜利读到初中了，十三岁了。他的烈士父亲遗传给他一副骄人的体魄，从背后望去，个子高得像小伙子似的了。比哥哥小两个月的秀秀，也年届女孩儿们的花季，开始出落得水灵灵又文静静的了。她仿佛天生比哥哥聪明，学习成绩也自然比哥哥优异，一入中学就当上了学习委员。兄妹俩虽不同班，但却天天同时迈出家门，同时进入家门。这一个放学晚了，那一个一定要在校门口等。上学放学路上，还常拉一段手，胜利因而遭班上的男同学嘲笑过。他不在乎，两眼一瞪大声说："怎么了？拉手怎么了？她是我妹妹!"

而秀秀如果在一旁，就会息事宁人地扯走他，并好言阻劝："哥，别跟他们真生气，不值得真生气……"

当两名中学生在家里埋头写作业时，顺嫂常呆望他们背影，心中暗暗祈祝一个只有她自己知道的愿望，并对未来的生活产生出种种美好的憧憬……

"文化大革命"首先从北京开始了。

顺嫂起初也是一个踊跃参加的人物。这是由她是街道委员会主任和区、市两级人大代表的身份所决定所促使的。跟着毛主席和党中央是绝不会错的。毛主席即党中央，党中央即毛主席，如此信念逻辑，也是她那样的一个女人头脑中毫无疑问的逻辑。她积极地带领街道妇女们到处贴大字报，她组织成立了"街道妇女捍卫毛主席革命路线红色战斗队"，她与某些对运动大方向有所怀疑的人展开辩论，她在全市第一个自作主张地将街道委员会改为"街道文革促进联络站"……

接近四十岁的顺嫂，自然而然地又焕发出了二十年前是革命根据地女村长那一种革命青春和革命豪情。"革命"，"革命"啊！久违了的两个字，久违了的全民总动员，久违了的轰轰烈烈，久违了的使人热血沸腾的那些口号……打倒、打倒、打倒……就像当年在革命根据地号召乡亲们打倒土豪劣绅汉奸恶霸一样，多么令人激动啊！望见游街示众的情形和场面，她一点儿也不同情那些被戴了高帽、挂了牌子、抹了黑脸，并被指斥是“牛鬼蛇神”的人们。她确信他们是社会主义的敌人，统统应该被打倒。至于那些革命的方式，她也并不觉得过分，并不觉得偏激。因为她是年轻的女村长的当年，也像北京的红卫兵一样，以类似的方式革命过……

有天她带着几名街道妇女给在闹市街头召开批斗会的红卫兵小将送茶水，送毛巾，恰见一红卫兵高抡起皮带，劈头盖脸地，凶狠地抽一五十多岁的、双膝跪地、看去是干部的女人。那女人头上脸上顿时流下鲜血来……

顺嫂忽觉一记记疼在自己身上。她很小的时候见过那一种场面，地主的狗腿子那样子用马鞭抽过她的父亲——年少的哥哥在一旁紧紧搂住才五六岁的她，眼睁睁看着无力救援，只有一块儿哇哇大哭……当了村长以后的她，有理由也有权力实行报复的她，却从未下令毒打过一个阶级敌人，更未亲自动手毒打过。她倒是按照县委的判决，率领民兵执行过一名恶霸地主的死刑。但即使对那一名恶霸地主，她也不允许任何人打他，尽管他确是人人憎恨的恶霸地主。作为女人，她本能地认为，世上万事皆是有分寸的，某些分寸即她理念中的原则。而这种发乎于女人本能的理念原则，进而使她认为，革命可以这样，但不可以那样……

她忍不住喝喊一句：“不许打人！”

刹那间鸦雀无声。

那红卫兵看去只不过是一名中学生。在她眼里，他与她的胜利一样是孩子。他手中的皮带悬在半空，对她虎视眈眈……

围观者都将各种各样的目光望向了她……

那双膝跪地的女人也抬头望她——血从那女人头上顺着脸往下流。女人的目光里并没有明显的感激，倒是有几分愕异有几分困惑不解似的。那女人一声也不曾发出过叫喊，更未求饶。这一点使顺嫂竟对她心生敬意起来，因为她佩服坚忍的女人，因为她自己也具有坚忍的性格……

她又喝喊了一句："不许打人!"

中学生怒形于色："你敢阻拦革命?!"

她也怒形于色了："我阻拦的是你！因为她是女人！因为她的年龄完全有资格做你妈！因为革命根本不需要你这种革法!"

"你！……"

"我怎么了?"

她跨前一步，横身于那红卫兵和那女人之间……

"滚开!"

她岿然不动。她以为他不敢连她也抽。然而她想错了。皮带卡子在空中划了一道闪亮的弧，她感到头上挨了一下，觉出了血也顺着自己的脸往下淌……

很疼。但是她也没叫喊……

她瞪着那红卫兵，吃惊于他的冷酷。由于吃惊而呆住……

"还不滚开!"

她头上又挨了一下……

几名相随而来的妇女，吓得一个个不敢吭声，仓皇地将她扯了就走……

在家门口，她碰到了站在院门外侧耳倾听街上批斗之声的白副部长。

他惊愕地问她怎么了？

她什么也没说，一手捂着头进了家门。

他跟进了她家门，也许有些明白了她的遭遇，沉思着说："顺嫂，今天做得似乎对的事，不等于将来也肯定对。你可要学会三思而行啊！"

他走后，她因他的话陷入了长久的自省……

胜利和秀秀从学校回到家里，见她头上缠了纱布，也都惊愕地问她怎么了？她没告诉他们实情，用谎话搪塞过去了。

瞧着他们臂上的红卫兵袖标，她严肃地问他们打过人没有？他们都发誓没打过。她这才放心，一再叮嘱他们不许学打人的红卫兵……

白副部长被第二次打倒了。罪名是双重的——"翻案右派"加"资产阶级司令部的黑干将"。点名将他从外地调回部里的那位中央首长被划入了"资产阶级司令部"，他也就难以为自己辩诬了。

部里的造反派们，将火烧他的大字报也贴到了胡同里，贴满了他家对面一排民宅的后墙。其中一条罪行是——"吃小亏占大便宜，收买人心"。指他要求每月从自己的工资里扣除十元，补贴在顺嫂的烈士家属抚恤金里……

顺嫂这才恍然大悟。那罪名虽是定在他身上的，却也使顺嫂陷入了从未体会过的尴尬。她觉得胡同里的全街道的人们看她的目光，有些复杂起来。而事实上也是那样。人心并不像她所一厢情愿地以为的那么公道，自从她当上了区、市两级人大代表，大有嫉妒者存在着。只不过那些人的嫉妒从前掩盖得很严很巧，只不过她从未揣测过那些人。现在，她的尴尬使那些人非常之快慰。瞧，这捞到过政治资本和荣誉的女人，也与“黑帮”有了撕扯不开的瓜葛了吧？别管什么性质的瓜葛，反正是瓜葛！难怪两家平时过往那么亲密！不定还会有什么事儿揭发出来呢！那些人近乎幸灾乐祸地想——好戏还在后头呢！

两个孩子也陷入了从未体会过的尴尬。少年和少女的尊严竟是那么地脆弱，他们生气地在家里哭了一场。但究竟该生谁的气，又一点儿也不明白，不明确。生母亲的气显然是不对的。所以他们哭过了一场之后，又反过来劝她，声明他们一点儿也没生妈妈的气。哭又有什么用呢？大字报也等于贴在她家对面，每天一出门，想看不到都不可能……

顺嫂又开始每月只领二十八元抚恤金了。对白副部长的善意，她除了拒绝，难道还有别的选择么？

白副部长遭到不断的批斗。有时被带到部里批斗，有时就在胡同里，就在他家门口或院儿里被批斗。有时批斗者是部里的造反派，有时是部属大中学校的红卫兵，有时一天被批斗几次。

一次又在他家门口批斗他，批斗者们逼问他——从自己的工资里每月舍出十元，是不是企图获得广大革命群众的好感？

他说绝对不是。说他是自愿，是经部机关党组讨论同意的，说那是件严格保密的事。除了几位党组成员和财会部门的领导，广大革命群众根本一无所知，好感又从何谈起？

——那你究竟为什么要那样做？

——还能为什么？烈士当年是专为我一个人开车的司机，我对他有感情，对他的妻子也有感情……

——什么感情?！什么感情?！说，说！

——无产阶级感情……

——呸！你不配！

——那，我就只能承认是男人对女人的感情了……

——你！……还敢说流氓的话！

皮带雨点儿般的一记记落在他身上……

他妻子当时陪斗。她不顾批斗者们会怎么样，猛转身冲入房间，将门插上了……

胡同里许多人都围观了那一幕。有人脸上呈现出了意味深长的笑容……

而顺嫂和两个孩子，在家里一声不响地将外面传来的话——批斗者们的话和他的话，听得一清二楚……

当天夜里，隔壁隐约传来了男人竭力自抑而又无法抑制的、凄凉又悲愤的哭声。那哭声证明一个男人的心灵孤独无助，绝望到了极点……

她闻声而起，披衣细听了片刻，蹑足走向儿女的两张床——孩子们也醒了。黑暗中，少年和少女，各自仰躺在床上一动不动，分明地也在大瞪着眼睛倾听……

她默默从孩子们的床边退开了，呆坐于自己的床沿儿，不知如何是好。

终于，儿子低声说："妈，你要是想过去劝劝白伯伯，你就去吧。我不反对……"

隔了片刻，秀秀也说："哥哥的话代表我……"

院门白天被红卫兵和造反派们卸掉了一扇，他们说那样才能利于广大街道革命群众对他的密切监视。她走入院子，见没有一间屋子亮着灯。哭声是从卧室传出来的。她犹犹豫豫地走到门前，轻敲了几下，虚掩着的门自行开了。她低问："能进吗？"——没听到那校长应声，他仍哭着，显然没听到她的话。她恐怕是那校长想不开，做出了什么傻事，而他正需要帮助。不再顾忌什么，一脚迈了进去。那是她第一次进他家卧室，双手交替在墙上摸来摸去，最终也没摸到电灯开关……

借着映入屋里的月光，她见他的身影缩坐在床边的沙发上。而床上，被子凌乱，显然没人躺着……

她走到他跟前，问那校长哪儿去了，问他为什么哭。

他自然从声音听出了是她，伸双手紧紧抓住她一只手，说他妻子躺着躺着突然坐了起来，冷冷地向他声明——她要跟他划清界线，要跟他离婚。之后胡乱往一只皮箱里塞了些衣物，拎着走了……

“她……她对我一点儿都不抱希望了！我……我对不起她……更对不起我们的女儿……”

听他这么说，她心里替他难过极了。

她情不自禁地将他的头搂在自己怀里，一边抚摸他的脸颊他的肩他的背，一边劝他不要太自责，太内疚。她说他落到这种地步，并不是因为他做了什么罪过的事呀！说那校长肯定是由于一时烦恼才离开的，也许几天后就会归来的……

在她的抚摸和劝说之下，他终于不哭。但还将头偎在她怀里，像一个受尽了委屈的孩子，看透了这世上只有母亲一人相信自己的清白，因而也只有从母亲怀里才能获得安慰和庇护似的……

她理解一个男人那种情况之下的那一种心灵需要。

她也很宁愿自己的怀抱被这个孩子般孤独无助的男人那时刻想象成是慈爱的母亲的怀抱……

她正被女人自己的善良所主宰所感动，半开半掩的门由外面猛地被踢开，几束手电光集中地照住了他们。最初的几秒钟，她呆愣得如木如石。

“好哇！这下抓个正着，看你们还能如何狡辩！……”

听到这样的话，她才意识到应该将他的头从怀里推开，但已为时太晚了……

“你们想干什么？”

“什么？捉奸！烈士的遗孀与黑帮发生奸情，不但是丑事，而且是阶级斗争新动向！”

手电光也将对方的嘴脸从黑暗中映了出来，她一眼认清了正是用皮带抽过自己的那名红卫兵……

“血口喷人！血口喷人！血口……喷……”

他站起来了，气得浑身发抖，指着对方反复只说同一句话，就再说不出第二句话……

她这才发现，他仅穿着一件长睡衣。

那名红卫兵也指点着他和她说：“血口喷人？我们都是目击者！瞧你们衣衫不整的狼狈样子！你把衣扣都扣错啦！”

她低头一看，自己的确把衣扣扣错了，因为从家里过来得急扣错的。

她挥手给了对方一耳光。

对方倒没歇斯底里大发作，反而笑了，摸着脸自以为宽厚地说：“恼羞成怒了？理解。理解也得开你们的批斗会！现在就开！”

于是当时当场就批斗起他们来，一阵阵高喊些荒唐之至的口号。他们将他家的鞋全搜到了一起，用绳穿为两串，一串挂他脖子上，一串挂她脖子上……

胜利和秀秀闻声奔过来。他们哪里肯容忍对方们羞辱自己亲爱的母亲！扑上去分别和对方们扭打作一团……

顺嫂一声厉喝首先镇住了胜利和秀秀。

她冷笑着对两个孩子说："没你们什么事儿，回家睡觉去！这种把戏，是羞辱不倒妈的！"

兄妹俩又哪里肯没事似的回家睡觉呢？

他们相抱而泣……

可能有善良的人给部里的司机们挂了电话，没多久他们乘一辆大卡车赶来了，人人头戴盔帽，手握木棒……

他们撵鸡似的撵散了红卫兵们。逮住一个跑得慢的，扯回院里就要打……

她制止说别打，说他还是孩子呀！

白副部长也说千万别打，一打，问题就更复杂了。

他们却说，这样的孩子，打死一个少一个，否则将来必是祸国殃民之辈……

那红卫兵虽没挨棍棒，屁股上却被狠狠踢了几脚……

司机们临走时在顺嫂家门上贴了一张布告，上写的是——此户烈士家属，受××部车队全体革命派之坚决保卫，敢有再来犯者，定予以毁灭性的打击毫不留情。布告以一排触目惊心的"！"结束……

第二天清晨，顺嫂刚一出门，蓦见对面宅墙上一条大字块组成的标语是——通奸可耻！捉奸有理！往烈士脸上抹黑有罪！我们不要对不起烈士的女人做街道委员会主任！反对她继续是区、市人大代表！——字大，纸大，占了半条胡同的宅墙……

顺嫂很少出家门了。

两个孩子也很少去学校了。他们也几乎整天不出家门，在家陪母亲……

不久，白副部长被发配到干校去了。他从门缝儿往她家塞了一封信，满纸写的都是歉意和内疚的话……

某天胡同里出现一名大学里的女红卫兵。她走入白副部长家院儿里转了一圈，出来后在顺嫂家门前，表情冷冷目光冷冷地看那张布告……

顺嫂从窗口认出她是白副部长和那老师的女儿倩芸。她上中学后一直在南方与姥姥一家生活着。

顺嫂迎出家门说：“倩芸，是你呀!”

又对跟随出来的胜利和秀秀说：“这是白伯伯的女儿，快叫姐姐!”

倩芸指着对面墙上的大字块标语恨恨地说：“少他妈跟我套近乎！叫伯伯叫姐姐你们配么？我父亲的名誉是毁坏在你这个不要脸的女人名下的!”

不待顺嫂说什么，她啪地扇了顺嫂一耳光。

胜利上前一步，也替母亲啪地“回敬”了她一耳光。那是很响亮的一耳光，五个鲜红的指印清清楚楚地印在她白皙的脸上。

顺嫂看了儿子一眼，没有出言制止。

儿子的表情儿子的目光，比白副部长那位自幼被宠惯得娇骄二气十足的公主的表情和目光还冷峻。如果倩芸胆敢再用语言冒犯她半句，她相信儿子会使倩芸另半边脸也印上五个鲜红的清清楚楚的指印。

而她依然不打算制止。

倩芸与儿子互瞪了片刻，转身悻悻地走了，她一次也没回头地消失在胡同口。

顺嫂想，她长那么大，肯定是第一次挨耳光。够她牢记一辈子的吧？

又想，自己也是第一次挨耳光啊！而且是被小辈儿扇的！也应该牢记一辈子么？不高兴的事儿，还是尽快淡忘了的好啊！她自问又自答……

又过了一年，一九六八年，红卫兵们的厄运到了，不是红卫兵的初高中生们也在劫难逃。按照“上山下乡”的文件，胜利和秀秀之间，可以有一个留城，而另一个必须走……

顺嫂私下里对胜利说：“儿子，你是哥哥，你去吧！”

胜利说：“行，我去！我也正是这么想的。”

胜利就瞒着秀秀，暗中报名去北大荒。临走前几天，不说不行了，才由顺嫂对秀秀说了，秀秀一听就急哭了。她本打算自己报名让哥哥留城的。

顺嫂哄她：“你是女孩儿，你去妈多舍不得呀！再说你父亲万一哪一天到北京来找我要人，我怎么交待呢？”

秀秀嘟哝：“他来了我也不认他！别说父亲了，就是我亲母亲来，我照样不认！他们但凡心里还牵挂着我，为什么这么多年对我不管不问？”

顺嫂责备道：“秀，你心里可不许这么想啊。他们必有他们的难处。”

胜利下乡半年后，秀秀分到了服装厂。每月十八元工资，她交给顺嫂十五元，自己只留三元零花钱。胜利也每月往家寄钱。一向并不精于理财的顺嫂，竟开始攒钱了。

有天晚上，秀秀见顺嫂点钱点得那么认真，明知故问：“妈，你攒钱干什么呀？”

顺嫂说：“瞧你问的怪！你真不知道呀？”

秀秀说："我是真不知道嘛！"

顺嫂说："我不告诉你。现在不知道，你以后就知道了。"

秀秀撒娇地往她怀里一倚："妈，现在就告诉我知道嘛！"

"多大了，还装小孩儿！"——顺嫂佯烦地推开了秀秀，心里边却甜蜜蜜的。

秀秀也是，喜悦地满屋旋转，还唱……

不是什么人大代表了，甚至连街道委员会主任也不是了，什么使命感都没有了，什么义务都从身上卸却了，顺嫂开始觉得做普普通通的彻底的家庭妇女也是自己完全能够接受的现实了。她甚至感到渐入佳境起来。连十七岁当村长的光荣，也变得那么地遥远了。仿佛是上辈子留下的记忆残片似的……

顺嫂心里只存在着一种责任了，那就是母亲对儿女的责任。它是由从前似乎很大实则空泛的责任收缩而小而更具体的。与其说是她自己对责任二字的理解发生了变化，毋宁说是责任二字使她感到受了深刻的嘲弄。她不再关注当年政治风云的朝生夕灭。这国家明明存在着严重的问题，为什么大多数人都视而不见呢？又为什么都视而不见又都似乎在很郑重其事地负着种种什么责任呢？她每每百思不得其解。不得其解也就索性干脆不思不想了。反省自己在"文化大革命"初期那一种参与的热忱，她好不惭愧啊！但这惭愧是不能对人讲的，只能闷在内心里。一旦讲了就会招至祸端，她明白这一点……

胜利很争气。下乡第三年当上排长了，第五年当上副连长了。那年冬季他探家回来时，脚穿大头鞋，头戴一顶毛茸茸的狗皮帽子，俨然东北大汉了。

他如同一辆载重卡车似的背回了许多东西。刚一放下东西，就转身双目眈眈地望着秀秀问：“你怎么还不结婚？北京找不着好小伙子啦？”

秀秀红了脸低头说：“等着你返城呗。”

他说：“开玩笑，甭指望！我下次再回来，你必须让我看到我有了妹夫！”

秀秀说：“那你下次探家必须给我领回一位嫂子来，否则不让你进家门！”

顺嫂听了不免暗自叹气。她清楚他们各自的心思，胜利是唯恐耽误了秀秀的终身大事，而秀秀则非胜利不嫁。可一个在北大荒，一个在北京，他们也没法儿厮守着做夫妻呀！她的白发日渐地多起来，为两个年轻人愁的……

又两年后胜利探家回来时，并没给秀秀领回一位嫂子，自然也没看到什么妹夫。

顺嫂开始因他们而失眠了。都老大不小的了，总拖着哪儿是回事儿啊！

她先背地里劝儿子。

胜利说：“妈，问题不在我这儿啊！”

她生气地数落：“问题不在你？那你怎么不成家？”

胜利颇不耐烦地回答找不到合适的。

她又转而背地里劝秀秀。

秀秀说：“我哥不结婚，我绝不先他而嫁！”

她急了：“秀秀，听妈劝，啊？再拖两年你就变成老姑娘了！”

秀秀却笑了，满不在乎地说：“老姑娘就老姑娘！嫁不出去，正好我哥兜着我！妈，干女儿变儿媳妇，在你那儿还通不过啊？”

秀秀也很争气，几乎年年是模范。一九七六年由单位推荐，进了中央工艺美术学院。

不久，“四人帮”被粉碎了。胜利终于返城了。两个年轻人也终于结婚了，胜利在北大荒锻炼得什么都能干，什么都会干。他独自一个人，也没找人帮忙，就将家里的格局变了。原先的门封死了，从厨房另开了扇门，形成两屋一厨了。他和秀秀睡原先背阴的那间，坚持让母亲住在朝阳那间。

顺嫂说：“儿呀，你这么一改，好倒是好。可这间屋也没正式分给咱们呀!”

儿子说：“管他呢!”

胜利返城后，一年内没找到正式工作，四处干零活儿。

一天，胡同里又缓缓驶入一辆小汽车。驶至顺嫂家门口停住，下来两个干部模样外地口音的男人，从车后备箱搬出了几盆北京不常见的花儿。随后他们就抬头望着门牌犯疑惑，因为不知门在哪儿。

顺嫂隔窗瞧见，出门问他们找谁？

他们问她是不是顺嫂？

她点头称是。

他们说找的正是她。说他们是从南方来北京开会的。他们的白副省长，嘱咐他们千万要替他来看望顺嫂——原来的副部长在南方某省当了副省长，花儿是他委托他们从南方捎来的。他们说那都是很名贵的花儿。

顺嫂将他们让进屋，他们交了带来的信，接着便问家中有什么困难没有？若有，请她直言相告。

顺嫂想了想，坦率地问他们能否替儿子找份工作。

他们说这不难，叫胜利到他们省的驻京办事处去就是了。

顺嫂想问他们副省长的夫人是不是姓那？但几次话到唇边没出

口，怕问的不妥。

他们走后，顺嫂看信，信中当年的白副部长也没提一句那校长……

顺嫂真希望他们仍是夫妇。

胜利会开车，就在那个省的驻京办当起司机来。才当了两个月司机，又与秀秀商议，也要考大学。秀秀自然支持。于是他干脆辞了职，在家专心补习功课，当年果然考上了北京航空学院。好在小两口都是节俭惯了的人，婚事也办得简单，没舍得花顺嫂攒下的那笔钱，正可以用来度日。

秀秀毕业后，被工艺美院留下教学了。那一年已经是一九八〇年了，那一年顺嫂已经五十岁了。

秀秀的母亲当年确实是在逃荒途中饿死了。但秀秀的父亲仍活着，并且果然来北京找到了顺嫂家。当时秀秀正巧在家，问清了身份，也就果然往家门外撵父亲。

顺嫂打了她一巴掌。

她问父亲以前为什么不来认她?

父亲说穷困潦倒，没脸来认。

一句话说得秀秀心软，扑入父亲怀里大哭。

她父亲是拖着病体来找女儿的。三天后入医院一检查，是癌症，住了一个多月院就死了。令顺嫂感到欣慰的是，秀秀父女终于相互见到了。令秀秀不安的是，顺嫂多年攒下的那笔钱，都为自己的父亲付住院费了。

秀秀问顺嫂心疼不?

顺嫂说："秀，他再不对，也是你父亲呀！你只有一个父亲呀！何况他还是我乡亲。他养不活你的情况下，我收留你不是完全应该的么？亲情加乡情，我怎么会心疼钱呢？”

顺嫂一番话，说得秀秀肃然起敬。

家中出了两名大学生，顺嫂在胡同里又成为备受瞩目的人物了。些个做父母的，常来家里当面赞扬她家教育有方，并虔诚地向她请教经验。

顺嫂那时总是显得特别窘。她说哪儿谈得上有什么方啊！哪儿有什么经验啊，不过孩子们自己懂事早，自己上进争气罢了。嘴上尽管谦虚着，心里却不由得不自豪。

居民们开始重新评价顺嫂当主任时街道工作的成绩了，不是么？那时胡同多清洁，治安多好，前居后邻相处是多和睦！哪两户人家刚发生了矛盾，想吵还没来得及吵呢，顺嫂得知后，这家劝劝，那家聊聊，三言两语的，就谁都不好意思吵了。顺嫂走在胡同里，哪怕发现地上有截烟头儿，都会弯腰捡起来扔垃圾筒去。她这样，谁家还好意思往胡同乱倒垃圾呢？

于是当年改选时，顺嫂又是街道主任了。这结果并不使她感到意外，但她想早日抱孙子当奶奶，不想再当街道主任了。

居民们怎么会依顺嫂不当呢？

于是纷纷来她家劝她顺应民意。都说——顺嫂顺嫂，你怎么能不顺应民意呢？

顺嫂笑了，说一个街道主任，当也罢，不当也罢，哪儿扯得上什么顺应民意不顺应民意呢？

居民们都说话不能这么讲，这么讲可就水平低了。街道也三百多户一千多口人呢，一千多口人，称得上“人民”二字了！

居民们以为顺嫂拒当主任，是因为还记着当年在胡同里受的羞辱，不免背后向她揭发，大字标语是谁谁连夜写的，又是谁谁找附近中学的红卫兵来“捉奸”的，还有谁谁串联了谁谁早就处心积虑地想把她搬倒搞臭……真真假假，蜚短流长，不一而足。

别人听了这些，可能更不愿当了，顺嫂听了这些，却决定再当了。

她宣布就任的第二天，召开了一次居民大会。她在会上说：“过去那些是是非非鸡零狗碎的事儿，就当是河里的水流过去了吧！我绝不记在心上，大家互相也不要再搬弄来搬弄去了吧！咱们街道不是有传统，每年评选好居民么？我建议这就是好居民的头一条！”她的话当然赢得了一片支持的掌声。她就任后做的第一件事，便是带领居民们，将所属每一条胡同墙上电线杆子上留下的“文革”口号、标语和大字报残迹，全都清除得干干净净……

为了支持顺嫂当好街道主任，胜利和秀秀主动表示他们再拖两年要孩子……

某日，一辆气派的“奔驰”开进了胡同，停在白副部长家旧址门前。那院儿分给了新任的一位副部长，院内堆满建材，正预备翻修。车上下来一位高挑身材的摩登女子，和一位西装革履的中年先生。他们进院儿转了一圈，出来后绕着顺嫂家屋墙走到了门前。那女子戴着墨镜，嘴唇涂得猩红。顺嫂开了门问他们找谁家？

那女子说：“阿姨，我就找你啊？”——声调颤颤的，分明很激动。

“找我？”

顺嫂困惑了。

那女子就摘下了墨镜，顺嫂盯着她文过眉的脸端详半天，终于认出她是倩芸。

顺嫂略一迟疑，随即热情地将他们请进了家。他们一落座，倩芸就急切切地告诉顺嫂，他父亲去世了。她父亲至死也没能和她母亲复婚，因为她母亲早已嫁人，而且已与后夫有了孩子。尽管两人都非常渴望复婚，但考虑到别人考虑到另一个孩子，最后还是由她父亲决定委屈自己，先从自己这方面彻底打消念头……

倩芸谈她父母的事，就像谈别人父母的事似的，表情和语调都是那么淡然。

她说：“我父亲那种人，太为别人着想了！凭什么非得委屈自己呢？管那么多干什么呢！自己能觉得好就行了呗！”

顺嫂缓言款语地说：“你父亲是好人。”

倩芸又说：“阿姨，您才是真正的好人呢！我父亲临终这么评价您的！他嘱咐我，一定要代表他来看看您。一定要代表他当面表示他对您的感激……”

顺嫂凄然地垂下了头，轻说：“我有什么可感激的呢？”

“阿姨，当年那一天夜里的事儿，我父亲临终也如实告诉了我……我……郑重向您赔礼……”

倩芸的语调又颤颤的了。

顺嫂抬头，见她眼中已汪着泪了。

顺嫂拉过她一只手握着，轻拍着她那只手的手背，叫着她小名说：“芸芸，忘了，忘了不好么？不就一记耳光么？胜利不是也扇了你一记耳光么？当年就扯平了的事儿，还装在心里这么久干什么呢？”

倩芸抹了抹泪，笑了。她向她那位始终一言不发的丈夫使了个眼色，他立刻打开皮包，取出一整捆钱交给她。

倩芸将钱往顺嫂手里塞，并说：“阿姨，这一万元钱您无论如何得收下，是我们的一点儿心意，我们觉得送钱比送什么东西都实在……”

顺嫂还从未见过整捆的钱。一万元对于她而言是一个天文数字。她惊呆了。继而慌乱极了，起身躲开，又是摇头又是摆手，连说："不行不行！快收起来快收起来！这算怎么回事儿呢？"

倩芸与丈夫一时都无可奈何地对视着。她丈夫也突然起身，走到顺嫂跟前，双膝一弯跪在当地，嘴里还嘀里哇啦说日本话……

顺嫂更加不知如何是好了。

倩芸赶紧解释："阿姨，他是日本人。他说他一位大大的商人，区区一万元人民币对他算什么？您要不收下，他就长跪不起……"

顺嫂哭笑不得，更加坚决地说："芸芸，你们的心意阿姨领了，钱是无论如何不能收的。你丈夫若再跪着不起来，那我也跪了……"

最后，双方互相妥协——倩芸夫妇不再逼顺嫂收钱，但顺嫂得答应他们请她吃一顿饭……

顺嫂当然生平第一次坐"奔驰"那么高级的车，也当然是生平第一次在北京饭店那么高级的地方出现。坐在"奔驰"里，她恍如坐在宇宙飞船里，觉得那车随时会悠地一下开上天去似的。而一名漂亮的饭店小姐往她身旁一站，她简直就全身紧张得僵住了……

那顿饭她吃得如同受虐。样样菜都吃了，又仿佛什么都不曾吃过，大晌午空腹陪着别人坐了一个多小时似的。而且觉得哪样菜都不好吃，更不记得究竟吃了些什么。但倩芸夫妇却吃得津津有味儿，与在她家里时相比，他们的神情放松多了，自然多了……

"奔驰"送顺嫂回家时，她从前车镜瞥见倩芸亲了丈夫一下，并听到她对丈夫悄语："该在中国了结的事儿，都了结了。心里从此干净了，再也不被什么愧疚感折磨了。以后就好了，以后我再也不给你添麻烦了，一心一意做你的好夫人！"

顺嫂内心里不禁地暗想——看来感激也是件很累的事儿呢？但

是被感激显然更累啊！那顿奢餐她吃得很疲倦，她意识到自己老了……

那天是星期六，晚上胜利和秀秀先后回到了家里。她边做饭边讲了倩芸来过的事儿。讲完自言自语似的问：“我是不是也不该被钱吓成那样子？既然人家是大大的商人，一万元对人家是小意思，当时收下也合情合理吧？我太傻了吧？”

秀秀取笑道：“妈，你后悔了么？”

胜利也说：“我觉得妈是有点儿后悔了！”

顺嫂赶紧表白：“没，没！不是家里正处在缺钱的阶段嘛，要不我会那么想？”——说完，扭头见儿子和媳妇在笑，自己也不禁地笑了……

区里又要选人大代表了。区里通知顺嫂，定的候选人名单中有她。她既是烈士遗孀，又曾是“老代表”，在候选人名单中最具资格。而且向她透露，民意调查显示，她获得的选票将会很高……

那一夜她辗转难眠。

第二天她让秀秀替自己给区里写信，信上说自己快六十岁了，是老太婆了。街道主任也决定当到满届就再不当了，人大代表那是要有政治水平敢于代言善于代言的人才可以当的。许多人都争着当，许多人都能比自己当的好，名额就让给那样的人吧……

秀秀停住笔不以为然地说：“妈，你何必太认真呢？每年开不了几次会的。也不是所有代表都真的是什么优秀人物，送上门的荣誉干吗拒绝呢？”

顺嫂却说：“别人怎么对待这种事儿我不管，反正我是这么想的——荣誉和钱一样，虽然是好东西，但得受之无愧！”

秀秀说：“妈，我觉得你就受之无愧！”

顺嫂沉默片刻，慢言慢语地说：“当年，妈也真算受之无愧。现在是一个老太婆了，瞎搀和什么劲儿呢？我主意已定。秀你只管照我的意思写，写好即刻发出去！”

公元一千九百九十三年六月二十四日，对于顺嫂晚年的人生，是一个格外重要的日子，也是一个格外值得纪念的日子。其不寻常的意义，不亚于四十五年前她和刘顺根“结婚”那一天，也不亚于四十一年前她从山东来到北京那一天。

公元一千九百九十三年顺嫂六十三岁了。

她已不再当街道委员会主任。对于一个人的奉献精神和成绩，中国已不再只实行荣誉表彰，而且开始颁发奖金了。奖金已和奖状一样，被普遍的中国人承认该是荣誉的一部分了。甚至，似乎比奖状更证明一个人的荣誉价值了。区委根据顺嫂对街道工作的贡献，授予了她“模范街道工作者”的终生称号，还向她颁发了五千元奖金。那是自八十年代以来，区委所颁发的一切奖金中数额最高的一次。但是并没引起任何人的嫉妒，参加那次颁奖仪式的每一个人都觉得顺嫂配。

顺嫂从奖金中分出了两千元，捐给街道托儿所了。又分出了一千元，亲自送给了胡同里的几户人家，那几户人家因各种各样的情况而生活困难。剩下的两千元，顺嫂为自己的孙女存上了。虽然秀秀为她生的是孙女不是孙子，顺嫂照样视为心肝儿似的喜爱她。大多数人一过六十岁，尤其大多数女人一过六十岁，就都变得没太大区别了。一旦当了奶奶或姥姥，心思几乎无一例外地整天被第三代粘住了。

六月二十四日是一个明媚的日子。上午的阳光像是透过一层薄薄的金黄色的玻璃纸才洒向人间的。胡同里静悄悄的。一只花猫从某一个院子探出半截身，抬头望对面的大杨树，想要横穿路径爬到树上去。从大马路传来了几声汽车喇叭，花猫一机灵，吓得缩回院里去了……

孙女闹着要到马路边上去看汽车。这三岁的女孩儿不知为什么像男孩儿一样，对布娃娃不怎么稀罕，反而对汽车发生极大的兴趣。一听到汽车喇叭就闹着要“看车车”……

顺嫂抱着孙女走到胡同口，遇一个戴蓝色单帽的男人和一个二十多岁的小伙子正往胡同里拐。崭新的单帽下，那男人的脸黑红而瘦削，两腮各有一道纵纹，很深，如雕刀刻的一般。顺嫂以老北京女人的经验，一看便知他准是外地人，而且准是西北来的人。因为北京的男人很少戴那种老式的单帽；因为在全中国，西北人的脸才红里透黑，黑里透红。而那小伙子一看便不难猜到是名大学生，入校还不久，对北京还不太熟悉，浑身的外省学生味儿还丝毫也没受到北京处处繁华的刷洗。他表情困惑地向胡同深处望着，眼中流露着好奇的激动……

那男人问顺嫂，有位叫李慧芝的女人，是否仍住在胡同里？

李慧芝？……多熟悉的名字！没错儿，胡同里肯定住着一个叫李慧芝的女人！

顺嫂刚一点头，那男人就说：“谢天谢地！”——说完，撇下小伙子，大步匆匆地便往胡同里走……

“爹你急什么?!”

小伙子朝顺嫂笑笑，赶紧追了上去……

孙女拍着小手，开心地望着马路上来来往往的车辆时，顺嫂却仍在回想李慧芝是谁？她对胡同里的每一个女人都是稔熟的，怎么偏就这个李慧芝是谁对不上号了呢？

她突然拍了自己脑门儿一下，连说："老糊涂了老糊涂了！"

李慧芝不正是自己的名字么?!

唉，唉，才六十三岁，怎么就变得这么可笑了呢?

也难怪她，从二十几岁起就被人"顺嫂"长"顺嫂"短地叫，叫了四十多年了啊！四十多年中难得听到有人叫她大名啊！

她抱起孙女就往回走……

在家门前，她见那男人蹲在家门旁一口接一口地吸烟，小伙子在劝他："爹，既然撞锁了，咱就别瞎等了嘛！"

那男人说："住嘴，别烦我！"

顺嫂放下孙女，红着脸说："同志真对不起！你们找叫李慧芝的女人是不是？我就叫李慧芝，不知是不是你们想找的……"

那男人猛抬头仰望她，望得发呆，也望得顺嫂发呆。

他缓缓站起，丢了烟，一脚踏灭，意外而又不敢确信地问："你？……你是……顺嫂么?! ……"

这个完全陌生的男人竟也知道她叫顺嫂！

她同样地倍感意外起来。

不待她反问什么，他急切地又说："顺嫂，我是小赵哇！"

小赵？……哪个小赵呢？

头脑之中似乎保留着一种记忆的残片，遥远而又模糊。如同一只破损得只剩下了骨架的风筝，断了线，历风经雨后，蚀脆地静止地悬挂在记忆的五线谱上。似乎只消用手指轻轻一触碰，便会无声地变成为一根根竹篾散落于地……

"顺嫂，我……我就是当年部里车队那个会拉二胡的小赵哇！"

"哎呀我的小赵，是你呀！想不到，想不到！……"

四十年了，怎么能想得到呢？

顺嫂眼望着他的脸，急急地就从兜儿里掏出钥匙开门。由于激动，半天没打开锁。“小赵”的儿子讨过钥匙去，一下子就打开了……

都进了屋后，“小赵”不让自坐，指着另一只沙发对儿子说：“你也坐吧，站着干什么？这是婶儿家，用不着拘束！”

“小赵”已退休了。在大西北的四十年中，调转于各省之间，退休前才落户兰州。他最后的单位是石化厂，他最后的工作是本厂汽车维修工。单位经济效益也不怎么好，他每月能领到五百多元退休金。他说到这一点时非常知足。强调是单位对他这样的老工人师傅的关怀，大多数退休者领不到像他那么高的退休金……

“小赵”有一儿一女。女儿和女婿也是工人，八十年代初都自动辞职，经营一家小饭馆。先是租的门面房，后来买下来了。生意一直不错，挣了不少钱，日子过得相当富足……

“我老伴儿十几年前病故了。那些年我日子过得不容易啊！又当爹又当妈，操心女儿的生意操心儿子的学习，自己都不知道怎么挺过来的……”

顺嫂说：“小赵，喝口茶吧！”

“现在我儿子考上北京的大学了！家伙真给我争气。我女儿保证了，她弟弟的学费什么的，她全承担了！不必我出一分钱……”

顺嫂见他又叼上了烟，就劝道：“小赵，少吸一支吧。烟吸得太多可不行，对身体有害着呢，瞧你嘴唇都被烟熏紫了！”

“小赵”很听话地放下了那支烟。

“五百多元够我花的。我这人没什么其他消费，也就吸烟方面算每月浪费了六七十元钱。烟我可以戒了。只要我想戒，那就一定能戒。你信不，顺嫂？”

顺嫂说："我信。"——见他出汗了，亲自去绞了条凉水毛巾递给他擦汗，还递给他一把扇子。

"小赵"呼嗒呼嗒地扇着扇子又说："即使两个人生活，省着花也够了吧？你觉得呢顺嫂？"

顺嫂说："那没问题。"

"小赵"与顺嫂说话时，他儿子一直端庄地默默地坐在一旁听。父亲说时，尊敬地望父亲；顺嫂说时，尊敬地望顺嫂。

"小赵"讲了自己的许多情况后，一时似乎没话可说了。瞥瞥桌上那支烟，没动它。端起茶杯，欲饮不饮地若有所思。

他儿子说："我到胡同里走走去。"——抱起顺嫂的孙女出门了……

屋里只剩两个人时，"小赵"终于放下茶杯又开口说："顺嫂，别叫我'小赵'了！我都多老了呀！"

顺嫂端详着他的脸说："其实你看去也不算太老。男人才六十岁出头，还有一二十年的日子可过呢！"

"小赵"说："女人也是。"

顺嫂达观地说："我不也老了么？老就老呗。谁都得老，咱们凭什么例外呀？"

"小赵"挠挠半秃的头，笑了。

他盯着顺嫂的脸忽然又说："顺嫂，我知道你一直没嫁人。我这次来……我的意思是……那咱们结婚吧！"

"结婚?!……我都是奶奶了！你没看见我有孙女了么?!"

顺嫂严肃地望了他片刻，哈哈大笑起来。笑得前仰后合，满脸灿烂——她几十年没被人逗得那么大笑过了……

"你！……你笑什么嘛！人家大老远诚心诚意地来……这有什么

可笑的呀！当奶奶的女人就不能结婚了么？你刚才说的，六十岁以后人还有一二十年的日子可过呢！咱们合起来过往后一二十年的日子是可笑的念头么？”

顺嫂止住了笑，表情逐渐庄重。

“你倒是给我个态度呀！”

“现在？”

“我这儿等着呢！”

“非现在不可？”

“能现在最好嘛！”

顺嫂于是忆起了当年，忆起丈夫——怎么希望做自己丈夫的男人，竟这么一样呢！

“小赵，你儿女也都那么大了。这事儿，你也得先跟他们……”

不料那当儿子的并没走远，在门外听着呢。小伙子抱着她孙女推门进来大声说：“我没意见！我姐也没意见！我们非但没意见，反而特别支持你们……婶，你要不愿意，我爸以后就决心一个人过了！”

“小赵”望着儿子，目光中充满了感激。

顺嫂望着“小赵”，表情由严肃逐渐变得温柔了。她的心，也很久没被那么深深地感动过了……

晚上，顺嫂向儿子和秀秀娓娓道来细说从前，讲起了自己到北京第一天的情形，讲起了部里那个司机们住的小院儿，讲起了小赵如何围着她打竹板儿，讲起了小赵当年何以离开北京……

她本以为自己会不好意思讲，是鼓足了几次勇气才开始讲的。真讲起来，也就一点儿也不觉得有什么难为情的了……

“他今天到家里来过了。他是专程到北京来要我一个态度的……”

秀秀问：“妈，您是在征求我们的意见么？如果我是您，当时就表态了。结啊！不和他结婚才让人莫明其妙呢！”

儿子问：“妈，您知道他住哪儿么？我今晚就替您给人家一个回话儿去，得让人家今晚睡个踏实觉啊！”

…………

依顺嫂，本打算两人悄悄登记就算结婚了。但“小赵”已一一通告了当年那些司机们。双双登记时，居委会的人又把消息传播开了。胡同里许多人家都知道了——难扫大家的兴，看来不热闹一番是不妥了……

数日后，婚礼在顺嫂家举行。住胡同里的人们，加上从北京四面八方回来的退休司机们，以及他们的老婆孩子，少说有一百五六十人。于是婚礼从屋内举行到了屋外……

顺嫂化了淡妆。人们都说她老得特有风采，像话剧《红岩》中的双枪老太婆。

已做了爷爷的当年的司机们，还是那么爱起哄，逼顺嫂唱山东小曲儿。

顺嫂一高兴，清了清嗓子，开口便唱：

革命花儿开，
遍地的那个红，
妹子送哥把军参，
一程又一程……

六十三岁的女人了，难得底气那么地充沛，声音那么地高亢、脆亮，而又激情奔放……

大人孩子齐喝彩：“好！……”

顺嫂被喝彩一打断，忘词儿了。她扫视着人们，歉意地笑……

忽然她一转身冲进了屋子……

众人一时懵怔了。

“小赵”进屋了一会儿，出来后向众人拱手道：“大家多包涵，多包涵！我老伴儿她是害羞了呀！”其实顺嫂在屋里双手捂着脸流泪了——她内心里甜甜的，但总难免也酸酸的，涩涩的……

如今，胜利和秀秀已有了自己的房子，分出去住了。顺嫂眷恋那一条胡同，没与“小赵”跟过去。孙女离不开她，也喜欢上了爷爷，就近入学了……

如今，顺嫂近七十岁了，“小赵”六十六岁了。他们身体都还硬朗，没生过什么大病。一早一晚，人们常见老两口在胡同里散步，或站在树下，甩甩胳膊压压腿。每出家门后，“小赵”总是显乖地挽顺嫂的手臂，而顺嫂总是推开他，嗔道：“别这样，让人们以为我老得自己走不动了呢！”孙女听了，则会从旁打趣：“小赵爷爷，你干吗总想证明你比奶奶年轻呢？”人们也常见顺嫂一边活动筋骨一边向四下里望。她眼力仍很好，发现了这儿那儿有纸片，或果皮、烟头儿什么的，必走过去捡起，扔垃圾筒里去。四十多年的习惯，是条件反射了。

如今，人们也常见顺嫂在早市上买菜，并和小贩不妥协地砍价。小贩往往被她坚持得急赤白脸的。而最后的结果，又总是她满脸得意如愿以偿。她转身走后，小贩们常说：“这老太太，明明占了我便宜，还让我挺喜欢她的。真有一套！”——而知根知底的人就会忍不住告诉小贩：“那可不是位一般的老太太，十四岁就参加革命了！十六岁入党，十七岁当村长，对新中国有功的人，你让她点儿利也是应该的！”

小贩听了，就会望着她背影伸舌头：“真的？起码局级上退下来的吧？”

如今，即或在北京，一九四四年参加革命的人，不少人都做了高官。仅凭十六岁入党这一条，六十岁前怎么还不给个司局级待遇啊？

有时顺嫂独自回忆往事，也难免常会这样问自己——到北京来成了北京人，对自己究竟划算还是不划算。如果当年不来北京，那么年轻轻的就必当上了女副县长。当年的几位女县委委员，六十岁时差不多都是从地委一级干部的位置上退下来的，有一位还当过省委常委呢！那么丈夫就肯定会为她回山东去，那么他后来也就不至于牺牲，那么她的人生将会是另一种发展，晚年过的也将是另一种生活……但转而一想，那做她儿媳妇的就不会是秀秀了，也不会认识那些古道热肠的司机们了。而且，那缘分里不也就没了“小赵”么？唉，唉，瞎想些什么呢！怎么可以用划算或不划算来比较呢？

每逢年节，胜利和秀秀常借一辆小车，陪着老两口三环四环的满北京绕。顺嫂望着一座座目不暇接的高楼大厦，每每啧啧不已地说：“变了，变了，除天安门城楼，哪哪都跟从前不一样了……”

“小赵”六十六岁生日那天，秀秀送给了他一台录放机。他自己买了几盒音带，其中一盒有电视连续剧《赵尚志》的插曲。

“嫂子，借你一双小手……”

李娜高亢激越的歌声，是他百听不厌的。每次听，都会以充满爱意的目光望顺嫂……

我们今人，也许会自以为是地对顺嫂的人生大加嘲讽。认为顺嫂的头脑，当年是多么地简单多么地傻呀！认为顺嫂是多么地不懂得“自我”呀！认为顺嫂一辈子活得不明白……

其实，每一种人生都是具有“自我”成分的，只不过质量不同罢了。每一种积极的，真诚的，善良的，谦忍的人生，又都是美好的。我们今人活得太“明白”的同时，不也是以丢弃了某些对人生有重要意义的东西为代价的么？

顺嫂的可爱在于——她十四岁参加革命，十六岁入党，并不是为了以后抓取满满一把革命的成果心安理得地享受之。革命的成果的光芒，并没有直接光耀到她的人生，她也毫无幽怨。

评价顺嫂这样的人，非是一个“傻”字就概括得了的。也非是用“活得明白”或“活得不明白”就能解释得清的。我们和顺嫂，谁更“现代”，下结论尚早呢……

“嫂子，借你一双小手……”

听，“小赵”又放那盒音带了……

婉的大学

婉经常独自发呆，回忆她接到大学录取通知书那一天的种种情形。仿佛一个人打算为史料馆留下什么历史见证；仿佛自己有一种回忆的责任；仿佛那一天每一个钟点里发生的事都是极其重要的；仿佛一切细节都包含着凝重的史料价值，真切得绝不容忽略。

婉是北京某名牌大学中文系文秘专业的二年级生。其实，那所大学也算不上是什么名牌大学。是一所虽属于二类但又确实很有些名气的大学。而对于婉的家乡人来说，北京的一切大学，当然也和首都北京一样都是有名的。这一点你跟外省的，尤其经济发展落后的省份的农民很难讲得清楚。倘你是婉的父母，你告知别人包括亲戚，自己的女儿考上大学了，他们的反应也无非就是向你表示祝贺而已。毕竟，近十年农民的儿女考上大学的多起来了。但你若告知他们自己的女儿考上了北京的大学，他们则就不免顿时对你肃然起敬刮目相看起来，仿佛你作为父母的身份，在他们面前立刻变得高大了。他们道贺的话语中，甚至肯定会流露难以掩饰的羡慕，甚至不无嫉妒的成分。似乎你和他们，已是不同的父母。似乎你和他们之间的父母身份，父母地位，将会产生越来越大的，以后根本不可逾越的差别。在他们那儿，意识是这样的——全中国的大学只分为两类。北京的一切大学概属一类，其他省市的大学皆二类……

确切地说，婉刚刚摆脱大学校园里那一种无形的，似乎多少有点儿卑微的新生身份。刚刚填写了二年级生的统计登记表。婉不清楚北京其他大学里的学生是否每年也必填写那类表格，反正她的学校有此要求。那是一所理科大学，过去没中文系，五年前才新开设了中文系。而且全中文系只有一个专业是文秘专业。这文秘专业原本又叫电脑文秘专业。后来学生和教师都提意见——就快二十一世纪了！什么年代了！不会电脑还当的什么文秘？不是完全没必要的标榜么？校方一想，可也是的。当初叫电脑文秘专业，是为了强调专业教学的现代化水准。而时代的发展太迅速了，专业的第一届学生还没毕业，不会电脑也要当文秘的时代竟结束了，一去不复返了。真的连电脑都不能应用，那就根本没资格当文秘，只配当“小蜜”了！于是去掉了多余的“电脑”二字，干脆叫文秘专业了。

文秘专业在一所理科大学里，给本校其他系其他专业学生的感觉是怪怪的。他们看文秘专业学生的眼光总难免有点儿异样。如同北京鸭看火鸡。谈论起文秘专业学生们的话语，也难免有点儿不屑——秃子头上的虱子明摆着，其他专业的学生，几乎都有硕士和博士学位在学子们求学路途的前方频频招手，唯文秘专业无此机会前提。文秘硕士文秘博士究竟该是什么水准的专业人才呢？系里不清楚，校方不清楚，中国尚未出现，世界也无先例。根本没较一致的标准，便没法儿设更高的学位。

而外校的学生，尤其那些名牌文科大学的学生，又尤其那些大学里中文系的学生，看该校文秘专业学生们的眼光同样怪怪的。

“你们中文系只有一个文秘专业么？”

“中文的学科内容包罗一切与文学乃至国学有关的专业，培养的是学者和教授，最起码也是文化从业者，可你们文秘专业……”

“你们学中国文学史么？”

"你们学外国文学史么?"

"你们上比较文学课么?"

"那你们……"

言下之意是——那你们的专业，还配属于中文系么?即使硬挤进了中文系，不是很不伦不类的么?

这些问题，是在文秘专业的全体同学与几所文科大学的一些同学举行的联谊会上由外校同学们连珠炮似的提出来的。而那些外校同学们，无一不是文科大学的正宗中文系的才子或准才子。既然对方们在身份上是正宗的，那么本校文秘专业的同学们，似乎也就只有默认自己们的确是不伦不类的亚种了。男生望女生，女生看男生，一个个面面相觑，哑口无言，仿佛自己们低对方们何止一等。窒闷的气氛中，同学们都将求援的目光望向了本专业主持联谊会的老师。那老师姓张，五十余岁，斯文儒雅。

张老师就从座位上站起，操着一口浓重的南方口音，语速不紧不慢地说起话来。他首先自我介绍，开诚布公地承认自己是"工农兵学员"出身。于是外校的学生中发出一阵笑声。那一阵笑声带有毫不掩饰的嘲笑的意味。张老师殊不在乎。他接着说，与在座的外校的中文系的才子们比起来，自己当年实在是太幸运了。在"文化大革命"中居然有机会跨入大学的校门，此幸运之一；毕业时有四个单位供他选择。而且都是好单位。都是国家级单位。还不包括留校任教的选择。

会场顿时鸦雀无声，一片肃静。

无论本校文秘专业的学生，还是外校那些正宗中文系的才子准才子们，都于肃静之中细细体会那一种肃静的不同寻常的成分。其实那成分也没什么特别的，主要是一种通常被人们叫做嫉妒的东西而已。各自明白了自己心里有那东西的同时，望望别人，也从别人们脸上的表情看出了别人心里同样有那东西。按说学生是不应该嫉妒老师的，但不应该的事居然不道德地发生了，自己们也就都拿自己没办法。笑着的脸上的笑容极不自然；不笑的脸上就皆呈现着要像当年的红卫兵呼喊“造反有理”的愤愤不平之色。那一时刻，本专业的学生也罢，外校的学生也罢，意识上似乎都“同仇敌忾了”。

婉当时听到坐在她后排的一名外校中文系的学生用四川话悄悄骂了一句：“娘希匹，龟儿子毕业时命运才那么好！”

坐在婉前排的一位老教授回头看了一眼。婉从老教授脸上读出了一行字是：唉，唉，学生嫉妒老师，人心不古若此，夫将何言?!

张老师显然也品咂出了那一种肃静的成分。他笑了笑。婉觉得，那也许正是他希望他的话起到的效果。

他又说：“同学们，嫉妒是没用的。时代不同了嘛！你们现如今的大学生在学校里多自由哇！想看什么书就看什么书，想唱什么歌就唱什么歌，想说什么话就说什么话，想练什么功就练什么功，想穿什么衣服就穿什么衣服，想留什么发式就留什么发式，想爱什么人就爱什么人——好时代的便宜不能让你们都占全了是不?”

他此一番话后，气氛不但肃静，简直可以说凝重之极了。

他说他虽然是“工农兵学员”，但却是一所名牌文科大学正宗中文系的毕业生，当年也被视为才子的……

一阵笑声。

那一阵笑声爆发得非常突然。先是由外校的学生们口中爆发出来的，旋即本专业的许多学生也以笑声援助。

那又是一阵嘲笑。

对于当代的大学生们，除了嘲笑的权力，其他权力都是用得不好的。故他们每将嘲笑的权力当成唯自己们才配拥有的特权，而且一有机会就滥用一下。在嫉妒之后，公然嘲笑使自己们心里产生嫉妒的人，不仅对大学生们，对任何别的人也都是大大的快感呀！

嘻，当年的“工农兵学员”，也配称才子的么？

学生们笑得很放肆。

婉没笑。非但没笑，那一阵笑声还使她颇觉不安。

她是一名敏感又中规中矩的学生。对任何公然的放肆的形式，都本能地想躲得远远的才好。而且，她也是一名非常尊敬老师的学生。身为学生而嘲笑老师，最不符合她的道德观念。

所幸张老师并不生气。依然那么地不在乎。语调依然那么不紧不慢。

他也自嘲地笑了。

他说留校任教以后，中文系安排自己专门讲“三突出”文艺理论课。

又是一阵笑声。

不但笑得放肆，而且笑得幸灾乐祸。

当今中文系的学子们而不嘲笑所谓“三突出”文艺理论，岂非咄咄怪事了么？

张老师举手止住了笑声……

他说尽管自己太没出息，但当年自己教过的学生们，毕业时也和自己当年毕业时一样的幸运。尤其八十年代初的几届中文系毕业生，成为各文化和新闻单位急需若渴的紧俏人才。他们中许多人，如今都是资深的主任编辑，主任记者，副主编甚至主编了。总之，几乎都是有高级或次高级职称的文化和新闻出版界的人士了……

他话锋陡然一转，提高了声音说——但你们，你们这些现在的中文系的大学生，你们毕业后将面临着怎样的择业局面呢？让我告诉你们实话吧——连北京大学中文系的学生毕业了想到《北京青年报》去当记者，那都是一厢情愿的万难之事。当不成《北京青年报》的记者，当《生活时报》的记者就容易了么？如果谁以为肯定容易，毕业后就请自己去碰碰运气吧！……

气氛不但肃静，不但凝重，而且，简直开始凝固了！

张老师的手，向前伸出着，指向那些外校的正宗中文系的学子们。他们都集中坐在会场的另一边。那时刻他们的脸上，一丝一毫矜傲的文科才子或准才子的表情也没有了。被张老师的话扫荡得一干二净。一个个脸上连点儿矜傲的残余也没有了……

"亲爱的同学们，这一点你们知道么？"

张老师的声音放低了。语调很是推心置腹。仿佛并非在面对许多陌生的外校学生说话，而仅只是在与一个人做朋友式的促膝交谈。尽管如此，尽管他是微笑着说的，他的话还是带有异常沉重的忧患意味。

婉不禁地向那些外校的正宗中文系的学生们望去，但见他们一个个脸上的表情都那么地阴郁。她想，倘他们将来的命运果如张老师说的那么堪忧，难道此前就没有谁告诉过他们么？她不信。不信真的没有任何人告诉过他们。不信他们此前一直盲目地乐观着，一直错误地矜傲着，一直蒙在鼓里似的糊涂着。他们的表情既阴郁又迷惘。仿佛在他们看来，张老师是巫者，对他们的命运做出了他们虽然确信但却难以接受的预言。

突然有一名女生声音低低地说："这我们知道。"

"知道？"——张老师又微笑了一下，接着慢条斯理地说："亲爱的外校正宗中文系的才子们，准才子们，你们即使知道，那也是只知其一，不知其二。让我告诉你们现实的其二吧！在去年，北京的某火葬场公开招聘员工二十名，知道有多少人前往报名应聘么？三百多人。知道有多少人是大学生么？几乎三分之一。知道他们中有多少人是中文系的应届毕业生么？几乎全是。而那火葬场又并非八宝山火葬场。八宝山那么著名的单位早已人满为患了。活人人满为患，死人也已经拥挤在那儿。是郊县的火葬场，同学们抄抄挽联、挽文，写写悼词——这和中文系正对口。今年，恐怕这么对口的工作也难找了。因为人家那儿去年已招满了。定员定岗。一个萝卜一个坑。估计二三十年内没人腾出名额来！时代认为对口就是对口！现实认为对口就是对口！‘墨索里尼，总是有理！’时代和现实，那也总是有理！没理的是你们，你们有理也没处说。等于没理！……”

耳听着张老师的话，婉觉得那一种仿佛凝固了的气氛，早已变成了一大坨黄油。而且，正在炽热的钣上。仿佛每一名同学，无论作为客人的外校的学生，还是作为主人的本专业的学生，也都变成了黄油的一部分。不是在外表上看起来似乎都凝固了，而是在化学分子式上不再是人，变成了黄油的一部分了。又仿佛转瞬之间，那一大坨黄油会倏然溶化，继而变成一摊油液——那么自己也随之溶化了，在分子式上变成油液了，与所有同学溶为一体了，在钣上刺刺作响，冒着青烟，最后全都彻底烟散了，无影无踪……

张老师却始终微笑着。他继续说，自己正是由于在这个一切从实用主义出发的商业时代看不到中文学科的前景，正是由于常替自己教过的学生们毕业后求职时的四处碰壁而烦愁，才下决心从一所文科大学的中文系调到这所理科大学来教文秘专业的。他承认这对于自己等于从头开始。但不后悔。因为在这所理科大学里，恰恰设科历史最短暂的文秘专业的学生们，毕业后的择业去向是令他这位教师感到欣慰的。接着如数家珍地“报告”每届毕业生有多少到了大公司；有多少到了合资企业；有多少到了老牌外企；有多少如今已由文秘升为部门主任甚至副经理，在毕业后三个月内，百分之多少的学生都谋到了自己比较满意的职业等等……

他讲这些时，有十几名外校的男女学生离开了座位，弄得椅子啪啪响，矜傲地从他面前经过，鱼贯而去。

这引起了一阵不小的骚动，和一片听不清具体内容的唧唧喳喳。

但张老师不管不顾，只一味地讲下去。

终于，坐在婉前排的那位花白头发的老教授也离开了座位，走到张老师跟前，当众打断他的话，说他的话题未免太沉重了，也游离出了联谊的宗旨内容。张老师这才有点儿不好意思而又有点儿兴犹未尽地收住，归座。

老教授说，其实张老师调来本校之前，并不仅仅只善于讲“三突出”文艺理论。那不过是在“文革”中分配给他的教学任务，他必须完成。不情愿也得完成。说张老师在原校时就已经是副教授了。因为他是最早在大学里开课讲中西方比较文学的人之一。出版过多本比较文学专集，是中国比较文学学会的理事。说张老师现在已经是教授了，因为他对本校文秘专业的开设功不可没——教授说到这儿，向张老师的座位望去。那座位却已经空着了。婉当时只顾听教授的话，没注意到张老师何时走的。她问身旁的女同学，那女同学告诉她，教授刚一开始介绍张老师，张老师就悄悄起身退场走了。他的座位靠门近，走时没被几名学生注意到……

教授怔了怔，改换一种风趣的口吻说，他要“强烈推出”一位幕后嘉宾。因为若没有那位幕后嘉宾的热忱支持和赞助，联谊会场布置得绝不会如此令大家满意。而且，幕后嘉宾还为每一名同学准备了一份五十元的小礼物。教授说罢，顺着座椅间的过道向最后一排走去。于是坐在前几排的学生，目光便都追随着教授起身望去——于是从最后一排最边的座椅上，站起了一位年轻的女士。不，也许用女郎来称她更恰当些。因为我们几乎对任何一个女人都是可以称女士的，而只对又年轻又靓丽的女人才称女郎。那女人正属于又年轻又漂亮的一类。她穿的是一件紫色丝绸旗袍。且是那种无袖的旗袍。旗袍的高领，不松不紧地环扣着她的颈子，微微卡托着她的下颏。这就使她的头自然而然地昂着。这就使她的样子看去显得挺高贵似的。事实上她的表情也的确有点儿高人一等的意味。尽管她在非常迷人非常美妙地笑着。但那笑却根本无法使人相信她是愿意主动接近别人的。甚至也根本无法使人相信她是别人容易接近的。起码，婉当时是这样感觉的。婉的目光左右观察周围的同学，从同学们脸上也看出了和自己一样的感觉。一年多的大学生活，使婉这个从穷困乡村考入北京的女大学生，总结了一条做人的经验。那就是——看别人们怎样看待一个人或一件事。她发现生活中的绝大多数人，其实都不能彻底掩饰起自己对某人或某事的真实心理。因而在各种人的各种心理纷纷呈现的场合，她的第一个本能是立刻避开。她明白别人掩饰不了的，其实自己也掩饰不了。她十分害怕自己的心理暴露在自己的脸上，像一份张贴了的考卷一样公布给别人看。那女郎使婉的内心里顿时产生了一种大的自卑。因为她自己一点儿都不漂亮。非但谈不上漂亮，简直还可以说是一只丑小鸭。身材瘦小，头发稀疏，面色黑黄，胸脯扁平。婉的容貌是婉胸口“永远的痛”。那女郎使婉眼里的漂亮女生们一个个黯然失色，也使婉胸口的痛倏忽间剧烈了。她本不想参加联谊会的，是被同宿舍的女生们硬拽来的。

婉起身欲退。但女郎正挽着教授的胳膊婀娜而来。婉如果非挤出那一排座位，双方会在过道迎面互相堵住去路。而且，会场的两扇门那儿，不知何时已站满了外系外专业的没有座位的学生。显然，此际离去，不但惹人眼目，分明也不是件轻松的事。她只得又坐了下去……

女郎的手臂修长，白皙得耀人眼。

坐在婉身旁的女生自言自语地小声说："肯定当过模特！"

"刚才，我听到有同学说我肯定当过模特。这太赞美我了。这所学校是我的大学母校。五年前，我是文秘专业的第二批毕业生……"

女郎搀扶教授坐下后，开始以悦耳动听的语调自我介绍。那种语调非常之性感，使望着她那张靓丽面容的人不禁想永远听她说下去……

她说她很普通。普通得不能再普通。只不过毕业时比较幸运，到一家国外公司去应聘，三分钟后就被录用了。现在呢，也只不过是那家国外公司的一位高级雇员，年薪才六七万美元……

她还说刚才教授对她过奖了。她并没为此次联谊会做什么值得感激的事。只不过赞助了五万元。还是人民币。还是公司的钱。她说公司每年提供给她个人的公关费才二十几万。怎么花是她的自由。她当然乐于花在自己的大学母校一点点。她说她虽然是公司的高级雇员，职权却很小很小，也不过每年就有两三千万元的支配权……

之后她又说了些什么，婉就记不得了。因为她早已低下了头，不敢再望她。仿佛她通身放射着光芒，谁久望她那光芒会耀伤谁的眼睛。婉的耳朵所听到的，似乎已不再是一句句的话语，而是抑扬顿挫的音乐了……

联谊节目一开始，婉就独自跑回宿舍去了。宿舍里自然除了她自己再没第二个人。她爬上二层铺，躲进自己的蚊帐，拿起枕旁一本英语的《安徒生童话集》仰躺着看起来。但又哪儿能看得进心里去？那靓丽女郎的话语仍娓娓地回响在她耳畔：

“……很普通，普通得不能再普通……”

“……只不过是……”

“……才六七万美元……”

“……一点点……”

“……很小很小……”

那一天，作为一名北京的大学新兴专业的女大学生，她第一次开始意识到——上了大学也许并不像她是高中生时所想的那样，是什么人生的历史性的重大转折。对别人也许是。对自己却未必是。张老师的话，不是向那些外校的，正宗的中文系的才子和准才子们描绘出了这一点么？

婉不禁深深地同情他们。

那女郎故作谦虚的洋洋自得，似乎为本校文秘专业的学生们注射了一针强心剂。也似乎以现身说法验证了张老师的话——其实与中文学科没什么实际关系的文秘专业的毕业生，远比瞧不起文秘专业的中文系的毕业生更受商业时代的欢迎。前者们的个人命运，也似乎要比后者们灿烂得多。难道不是么？自改革开放以来，不，再往前说，自建国以来，可有哪一位中文系毕业的人，在不到三十岁的时候，年薪居然拿到过六七万美元之多？并每年有二十余万的个人公关费？成了学者又怎样？当了教授又怎样？做梦也休想啊！活到八十余岁也休想啊！如此说来，当今文秘专业的大学生，不是很有理由反过来傲视正宗中文系的大学生们了么？

但，婉虽然同情那些外校的中文系的大学生们，却丝毫也没有产生反过来傲视他们，觉得自己比他们幸运比他们高一等的心理。她想，那些外校的中文系的大学生们，自尊心和自信心，今天肯定是受到了极严重的挫伤吧？她想，那女郎的现身说法，对于本校本届文秘专业的同学们，其实是没有任何可比性的呀！不知是由于哪些具体情况凑在一起所决定的——本校本届文秘专业的男女同学，大部分都来自农村。大部分都是本考区的佼佼者。但也大部分都其貌平平。而婉觉得自己的"硬件"质量比同学们都差。"硬件"指的是外表条件。婉曾偷听到过另一位老师私下里对张老师如此议论她这一届文秘专业的学生："上一届还有些英俊男生漂亮女生呢，怎么一届不如一届啊？硬件先天不足，他们将来怕是要在社会上到处流浪了啊！"

婉当时就听明白了"硬件"指的什么。

从那一天起，她怕镜子。

张老师对专业的同学们是无比关爱的。无论哪一届学生毕业了长久找不到工作，他都觉得是自己的罪过似的。张老师难以容忍任何人发表对文秘专业不敬的言论。他听了就来气。来气就要反讽对方们。今天，张老师对外校的那些正宗中文系学生们兜头大泼冷水，显然也是由于一时的情绪冲动。

张老师是个情绪容易冲动的人。有时甚至和本专业的学生们激头掰脸。但却没有一个同学因此和他闹别扭。同学们都知道他是多么地关爱大家。便也都非常敬爱他。

婉正思想着，同宿舍的同学们回来了。她们一个个都显得很亢奋，进了门儿就高谈阔论。有的说那些外校的中文系的男生们气质就是好，今日始信中文确是熏陶人性情的国粹学科；有的说那些外校的中文系的女生一个个太傲。有什么可傲的呀！不过就是多读了点儿文学作品么？读的再多，那也只不过仍是读者，而非作者！毕业后还不知干什么呢，可究竟傲个什么劲儿呀！有的批评张老师言词过分了，有失师长风度。联谊会嘛，搞得人家们男生女生一个个心灰意冷打不起精神来，多不好哇！有的替张老师不平，说张老师一点儿都不过分。是那些外校的中文系的学生们首先表现得太放肆了。不管内心里多么瞧不起我们文秘专业也不应该连珠炮似的往外说呀！难道让他们把我们搞得一个个心灰意冷自尊破损自信全无就对了么？毕竟我们是主人他们是客人，连点儿起码的身为客人的规矩都不懂，就不失当代大学生的体统么？

最后，话题集中在那位女郎身上了。且都近近乎乎地称其为“学姐”了。这个说自己最羡慕的是“学姐”的好身材；那个说要是自己也有“学姐”那般的花容月貌，当初肯定报考电影学院或戏剧学院；你觉得“学姐”最佳的既非身材亦非容貌，而是那第一流的白领丽人的气质；她认为“学姐”气质一流，恰恰首先是因为身材好容貌好，所以作为年轻的女人自信十足。人一自信，本无气质也有气质了……

最后的最后，话题集中在“学姐”的年薪上。这个说六七万美金，每年都可以买一辆“奔驰”或一辆“宝马”了；那个说等自己毕业后到了外国公司，先不急于买车，攒上两年，买一幢别墅再说。

她们似乎谁也没注意到，同宿舍还少一个人那就是婉。仿佛婉根本就不是这个宿舍里的人。

婉一动也不动继续在上铺的蚊帐里仰躺着。屏息敛气听她们一番番的高谈阔论。在婉听来，分明地，她们是将那“学姐”当成明天的自己评说着了。她们仿佛都变成了房地产商所雇的，口吐莲花专门推销商品房的售楼小姐了。仿佛那“学姐”就是一套“样板房”。仿佛文秘专业就是一张别墅区域规划图。仿佛自己们就是图上的高雅住宅。三年后，也必是后几届文秘专业生的“样板”无疑……

正都谈得兴致勃勃，一个声音突然高叫：“别做白日梦了！”

婉听得真切，那是自己的下铺徐小芬的声音。徐小芬是从湖南的一个小县城考来的。据她讲，那小县城十几年内就没一名高中生考入北京的大学里来。她被本校录取的消息，去年曾使那小县城大为轰动。名字见了报，人也上了电视，很是耀祖光宗过几天。她和婉的身材差不多高。婉一米五七，她一米五七点五。故她平素总打趣婉说：“婉，你就干脆死心了吧！咱俩之间那零点五厘米的差距，八成将是历史性的了。谁见过十八九的姑娘又猛蹿个子的呢?”婉也每每打趣地反唇相讥：“小芬，提醒你，你再不进行减肥将来就难嫁人了！”与自己的身高相比，小芬的体重实在让别人看着都替她着急上火。除了脸瘦，哪哪都胖。所以她得了个绰号是“獾”。

小芬的高叫，使宿舍里安静了片刻。

在那片刻的安静中，小芬又说：“咱们老谈论她干什么？咱们和她一样么？……”

她的声音很低很低，就像对谁说悄悄话儿似的。

“怎么不一样？她是文秘专业毕业的，咱们三年后也是。她只不过比咱们早毕业了几年……”

婉听出，诘问的是姚红。姚红是从东北哈尔滨市考来的。同宿舍中，顶属她算是大城市里考来的了。可她家却是大城市中最底层的人家。父母全下岗了。没有一个同学知道她父母究竟靠哪方面的收入供她上大学。她和婉一样，是全专业助学金最高的学生。

“可我们有她那样迷人的身材么？我们有她那么靓丽的一张脸

么?！你们看这张报——招聘文秘——条件——面容姣好！再看这儿——也是招聘文秘，先决条件也是面容姣好！你们还记得上一届咱们的学生会主席么？她毕业时哪门儿成绩不优？她不是咱们专业电脑打字竞赛的第一名么？可是我前几天碰见她了！她只不过在北太平庄那儿成了一家个体打字社的电脑打字员！每个月才挣五百元！去了房租，去了饭钱，几乎就没什么剩余了！她一认出我就眼泪汪汪地要哭！她拉住我的手……拉住我的手……说小芬啊，这社会太残酷了！只有学历，没有模样，企图找到一份好工作真比登天还难啊！这社会倒是不太歧视女性了，但是开始变本加厉地歧视我们这样其貌不扬的女性了！学历其实并不能改变我们的命运啊！……”

婉仍一动不动地仰躺着，但她仿佛看到小芬自己也快哭了。

“我恨她！……”

这声音变了调。婉竟没能听出究竟是同宿舍的五个女生中谁的声音。但她一听就明白，那三个字中所包含着的怨恨不平之气，是由大家刚刚还羡慕过，还似乎引以为荣引以为傲引以为尊引以为自信的“学姐”而产生的。

啪！……

有什么东西被摔碎了。

婉猜想，那一定是一面小镜子。

啪！……

啪！……

啪！……

婉在心中暗暗数着响声，并且得出判断，还有一个同学没摔碎自己的小镜子，而那个同学是李薇无疑。

婉判断得没错。一阵死寂之后，李薇果然开口说话了：

“都拿自己的小镜子撒气有什么用呢？如果你们自己是老板，是董事长或总经理什么的，而且是男的，你们就不挑形象好的文秘么？那至少看着也愉快吧？形象好的业务上就一定糟么？如果统计统计，在文秘这一行中，可能结论还恰恰相反呢……”

李薇是上海郊区某县考来的学生。但她一向喜欢对别人说“阿拉上海”如何如何，“阿拉上海人”怎样怎样。她父亲是县土地局长，母亲是县委办公室主任。故她一向又喜欢对别人说：“阿拉爸妈可是廉洁的公仆……”

她是同宿舍六个同学中唯一入学后不久便递交了入党申请书的人。她一点儿也不隐讳这件事。在各类思想学习交流活动中，她一开口往往首先强调地表白：“阿拉积极要求入党的同学……”她那一种口吻，总使人听出“阿拉廉洁的公仆的女儿不入党谁入党”？的意味。仿佛她在思想上早就已经入党了似的。女同学们对她这样的自我表现都挺反感。她自己也明白这一点，却显然并不打算因此而放弃任何一次一如既往的自我表现的机会。依普遍的女生们想来，男生们似乎理应比女生们更反感她的“廉洁公仆女儿”的优越感。事实却恰恰相反。普遍的男生们非但不反感她，竟都争相的在她面前大献殷勤，为了讨她的欢心而唯恐落后于人。起初这使普遍的女生们大惑不解。后来也就渐渐地都悟明白了——因为她是全专业模样最标致的女生啊！倘用“漂亮”二字说她，那则未免夸张。但用“标致”二字形容，还是较客观的。她也没有什么骄人的身材，亦属于小个子女生。却哪哪儿都长得长短匀称，丰瘦相宜。所以整个人儿倒也俏姿娇小，玲珑可爱。再加天生的那一种江南人的白皙，细皮嫩肉的，说起话来吴侬软语，嗲声嗲气儿的——普遍的男生们对她感兴趣，也的确是由不得他们自己的一种维特们的心思。何况，她家里经济条件好，兜儿里的零花钱总是显得很充足。常买些咀嚼小吃和时令瓜果分给男生们吃，他们又有什么理由非不喜欢她呢？据女生们相互之间传，已至少有四五名男生向她塞过情书了……

李薇的话刚一说完，徐小芬立刻训斥了她一句："李薇，闭上你的乌鸦嘴！"

"你说谁是乌鸦嘴？说谁？说谁？你才乌鸦嘴哩！港都！……"

李薇不是好惹的，婉想象得出她那种气势汹汹的样子。

而湘妹子徐小芬的"辣"，更是全专业出了名的。

于是婉听到一阵混乱的响声，她猜是徐小芬要动手打李薇。

姚红将她们劝开了。

姚红说："得啦得啦，这都是怎么了？都高高兴兴地回来，都高高兴兴地聊着，咋一转眼就翻脸了呢？怨我行不行？怨我不该问那几句蠢话好了吧？……"

不知是谁将灯拉灭了。

黑暗中，一阵窸窸窣窣的脱衣声和一阵带着气的甩鞋落地声后，宿舍里恢复了她们归来之前那一种令人感到心里寂寞的平静。

但是平静并没维持住多一会儿。先是有谁翻身，弄得床板吱嘎吱嘎响。于是几乎都翻起身来，于是床板吱嘎吱嘎响个不停。继而又有谁长长地叹了口气，于是几乎人人都释放压抑地叹长气，此起彼伏。

再接着。徐小芬轻轻唱了起来：

明明白白我的心，
渴望一份真感情……

于是姚红随着唱了起来：

于是另外两名女生“声援”之：

曾经为爱伤透了心，
为什么甜蜜的梦总容易醒……

她们越唱声调越高，简直就是在无所顾忌地宣泄着了。

婉听出李薇可并没加入这种“夜半歌声”。尽管有不少女生反感李薇，孤立她，疏离她，但婉暗自承认——如果说从无什么压抑之感即是良好的心态，那么在普遍的女生中，大约顶数李薇的心态一向是非常良好的了。婉特别羡慕她这一点。有时，甚至特别的嫉妒她这一点。真的，一个人，从无什么压抑之感，也从没有什么值得宣泄的烦愁之事，那多幸福哇！可惜这一种幸福和自己不沾边儿。仿佛夏季黄昏西天的落霞，望得到，但却永远也无法揽入到自己心怀里，使之成为自己心怀里的一道风景。她又想，做一名无忧无虑的大学生，更是多么地幸福哇！李薇就属于这一类大学生，就将大学当成一所乐园。因为不管时代怎么变，不管轮到她们这一届文秘专业的大学生毕业时求职难也罢，易也罢，李薇都是不必考虑的。因为她将肯定留在北京，肯定有一个好去处。因为她的父亲早已为她铺垫了这一切。尽管她父亲只不过是一个县的土地局长……

“三一二室的女生，你们嚎什么?!”

“睡不着就到校园里跑步去!”

“再不路灯底下看书去!”

“再不集体到门口等着，我教你们到操场上去练气功!”

从楼上楼下各男生宿舍传来了抗议之声。

宿舍里刹那又一阵死寂。

在那一阵死寂中，婉猝然地听到了开怀的哈哈大笑。是李薇在笑。不，不是李薇在笑——笑声是李薇买的笑偶发出的。那笑偶是一位袒胸露腹的大肚子弥勒佛。装两节五号电池。碰“他”一下，“他”就哈哈大笑。当然也等于李薇在笑。因为她如果不成心碰“他”，“他”又怎么偏偏会在那时刻笑起来呢？

婉很希望有哪一个同宿舍的同学问起她：

“咦，陈婉呢？陈婉怎么还没回来？”

“大家回来前，谁看到陈婉了么？”

“她这么晚还没回来，别出什么意外呀！”

却并没有一个同学问起她。

在大肚子弥勒佛开怀的哈哈大笑声中，婉默默地流泪了。

连和她最要好的姚红也没问起她。姚红只不过又翻了一下身，嘟哝了一句：“讨厌！”

婉真想放声大哭一场……

她将枕巾角儿塞入口，紧紧咬着……

第二天早上，同学们看着她从上层铺位下来，也没有一个人觉得奇怪。更没人问——“你昨晚哪去了？”

婉也暗自感激同学们的漠不关心。倘真有谁问，她反而会因不知如何回答才好陷入窘境。

去上课时，她偷偷将自己的小镜子揣在身上了。与同学们一起离开宿舍后，她故意放慢步子。走到校园内的小河旁，她前后望望，见没人注意自己，迅速从书包里掏出了小镜子，与之诀别似的最后一次照了照自己的脸，之后一撇，薄薄的小镜子在水面溜起一串水漂儿，沉了下去。河水很浅，小镜子虽然沉到了河底，却依稀可见。并且在河底亮晶晶地向水面反射着阳光。就如同是什么有生命的东西，在用那种执拗不变的方式向她发问：为什么要把我抛弃了呢？为什么为什么？

婉不禁地有些发怔。

“陈婉，你愣在这儿干什么？”

婉一转身，见是张老师——腋下挟着讲义。那一堂课正是由张老师来给同学们上。

“我……没干什么……”

婉恓惶起来，本能地斜了斜身子，企图挡住张老师视线，不使他发现河底那面小镜子。仿佛自己是个贼，而那面小镜子是赃物。但她又明白，她是挡不住张老师视线的。

“往河里扔东西了吧？”

“没……没有呀！……”

“还说谎！我远远看见你把什么亮晶晶的东西往河里扔了……那小镜子就是你扔的吧？”

婉低下了头。

“无论什么东西，无论自己多么不喜欢了，都不要往河里扔。往河里扔东西多不好？都像你这样，这条河还能这么清澈么？”

张老师的口吻虽然是亲切和蔼的，却也是诲人不倦的。

婉只有诺诺连声。

“也别这么不好意思。知道错了就行了嘛。走吧，随我上课去吧！”

与张老师一起往教学楼走时，张老师问婉，同学们对他的课有什么意见没有？婉说没有。说同学们都高兴上他的课，都认为他的课讲得生动活泼，联系实际。张老师又关心地问她家乡的灾后情况。还具体问到她家究竟受了多大损失？她经济上有什么困难没有？婉说家乡父老乡亲灾后重建家园的心劲儿很高。说她自己的家一无所有了，但在地方政府的安排下，吃住已不成问题。说她自己也不缺钱。说她非常感激校党委，感激系里，感激张老师本人对她无微不至的关怀……

张老师站住了一次，眯起眼注视她，目光挺复杂。似乎在用目光说——婉呀，同学啊，你怎么像回答电视记者的采访似的？我又不是视察灾区的领导；也似乎在用目光说——婉呀，同学啊，你的回答真使我感到欣慰，如果像你这样来自灾区的大学生，都能心存一份对党和政府的感激，以及对母校和老师的感激，那么我们对你们的一切关怀爱护就是最值得的了……

快走到教学楼时，张老师又问昨天晚上的联谊会后来开得怎样？

婉说她头痛，没开始演节目之前也走了。

“唔？现在又不至于感冒，怎么会头痛了呢？”

“偏头痛。我从小生过一场大病后，落下了这一病根儿。”

婉只得说谎搪塞。

不料张老师认真了。又站住了，说那就得到医院去检查检查，最好拍张头部的片子。说不要太考虑钱的问题。说该花多少，他都会替她先垫上。说他也会替她打证明，以便在校财会室顺利报销……

婉心中一热，眼中顿湿，几乎感动得哭了。她赶紧低下头，加快了脚步。

“同学们对我在联谊会上的表现议论纷纷了吧？”

“没有……没有呀……”

“我不信。怎么可能什么议论都没有呢？向老师透露透露嘛！老师需要经常了解同学们对自己的种种看法嘛！”

“真的……我真的什么议论也没听到……”

“那……你自己是怎么看的呢？”

“我？……”

“对，你自己！”

“我觉得……觉得老师您其实又何必的呢？……”

张老师正一脚踏上教学楼的台阶。他第三次驻足，转身俯视着台阶下的婉。婉一时被望得有几分不安。以为张老师生气，会训斥她一顿。

张老师却笑了，像是对婉也像是对他自己说：“是啊是啊，何必的呢！你批评的对。昨晚回到家里我也几乎一夜没睡。仔细想来，那些外校中文系的同学们，虽然一个个表面狂妄，但自信是非常之脆弱，非常之需要勉励的呀！中文系，中文系，中文系学生以后的出路在何方呢？唉，我当时真有失风度，有失风度啊！……”

张老师的每一句话都充满了惭愧。也充满了忏悔。这使婉内心里好生地替他难受，觉得还不如被他训斥一顿。

以后，婉就几乎每天都会回忆起她接到大学录取通知书那一天的种种情形。有时回忆起一次；有时竟不由自主地回忆起两次、三次……

一九九八年，中国南北两地水灾险峻——婉的家乡未能幸免。大水淹没了村庄以后的事情，婉都能历历在目地回忆起来。唯独自己当时是如何爬上自家房顶这一点，婉的头脑中一片空白，过后和现在怎么使劲儿回忆，也回忆不起什么具体的内容。

她只记得母亲用一条胳膊搂着十一岁的弟弟的脖子，与弟弟紧挨着趴在陡斜的房顶上，眼望着滔滔上涨的洪水，双手死扒着房脊。婉站在房脊的这一边，父亲站在房脊的那一边，父女之间隔着两尺的距离。

而父亲当时视而不见地瞪着她问：“婉呢？婉呢？婉在哪儿?! 婉怎么没上房?! ……”

婉觉得，父亲的眼角当时都快瞪裂了似的。父亲当时的样子非常可怕。仿佛婉既是一个完全陌生的人，也是一个要对他的女儿的安危负完全责任的人。又仿佛他的女儿稍有不测，他将杀了对面的“陌生”人。

婉当时已吓得浑身发抖，不知所措。

她颤颤地说：“爸，我在这儿……我就是婉呀，你不认识我了么？……”

父亲“哦”了一声，瞪着她的目光有些活络了。父亲隔房脊伸过只手，摸了她的头一下，表示已经认出了她是他的女儿。

父亲紧接着向她发问：“牛呢？咱们的大黄牛呢?! ……”

婉被问呆了。

“说话呀，牛在哪儿?! ……”

父亲冲她吼起来。

“我……我带牛去吃草，以后……以后就把牛拴在一棵树上了……”

“我问你现在牛在哪儿?! ……”

“可能……可能还在那棵树那儿……”

婉的脸上立刻挨了狠狠的一巴掌！父亲那一巴掌，将婉扇倒在房顶上。婉本能地伸出双手去抓房脊，却没抓牢，结果朝房下滚去。

幸而自家的房子着实太老了，瓦都酥了，被她的身子一滚，纷纷破碎，从房顶滑落了一片。又幸而这样，因为这样就露出了瓦下的檩子，使婉在身体滚下房子去那瞬间，双手得以抓住一根檩子……

婉的身子悬在房檐，双腿浸在滔滔的洪水里。她吃力地仰脸瞪着父亲。她的目光告诉父亲，倘父亲还无宽恕她的表示，她就会松开自己的双手。其实这并非她当时自己内心里的活动。其实她当时内心里只有一种求生怕死的想法，那就是千万千万要牢牢抓住那一根性命攸关的檩子，除非天意使它断了。是父亲觉得她当时的目光那样的。是父亲在后来送她上大学的路上告诉她这一点的……

当时父亲根本来不及向她做出什么宽恕不宽恕的表示。她的身子一倒下去父亲就开始慌了。她向下滚时，父亲已扑过房脊这边儿来了。她双手刚一抓住檩子，父亲的双手已紧紧抓住了她的一条胳膊……

父亲坐在那一片暴露出来的檩子上，双脚企图蹬住什么，蹬得破碎的瓦一片片往下落，几片瓦还落在婉的头上。父亲的双脚最后蹬断了几根檩子，蹬住了檩子下的一根椽子……

父亲孩子似的咧嘴流泪，用哭腔对婉大声说："婉！婉！爸的好女儿呀！你可千万别松劲儿呀！爸求你了！……"

而母亲和弟弟不停地喊救命。

在"救命"声中，父亲终于将婉拽上了房顶。

婉刚一爬上房顶，父亲就紧紧把她搂抱在怀里，放声大哭。一边哭一边说："婉，婉，别生爸的气，行么？……"

婉当时对父亲那些话已经丧失领悟力了。她也缩在父亲怀里哭。她哭完全是由于吓的。

母亲和弟弟声嘶力竭的喊声并没喊来救命之人。几乎家家房顶上都出现了人影。几乎家家房顶上都有人在喊救命。喊声此起彼伏，而四周洪水滔滔。后来，几乎是同时的，不知怎么就都不喊了。于是天寂水静。水流尽管很湍急，但却并没有浪。事实上洪水泻到这个村子时，已从决口处泻了十来里地了，摧毁力明显地减弱了。否则村里的房屋早已全部被冲塌了，村里的大人和孩子也早已被冲得无影无踪了……

婉向自己拴牛的地方望去，但见那一棵大树已被洪水没了两米来高了。婉当时为了让大黄牛能方便自由地吃到周围的草，拴牛绳余留得很长。怕牛挣脱了绳子走得太远，她拴的是死扣。而这一点就害死了大黄牛。夕阳如血的余晖映红了水波，仿佛漂着一层胭脂。而大黄牛早已被淹死了，肚子鼓鼓的，像是吹糖人儿的师傅用糖浆吹出来的，一会儿被水冲得四蹄朝上了。一会儿又被水冲得四蹄朝下了。就如同纺车的纺锤儿，在洪水的冲击之下，躯体既不停翻转，也绕着树打转……

大黄牛对于婉的一家，不仅是一宗重大的财产，还意味着是一名家庭成员。全家致富的种种憧憬，一半儿要依赖它的效力去实现。而且，它也确实为婉的一家吃苦耐劳。

全家人的目光都尽量不朝那一方向望。只婉一个人忍不住不望，眼泪默默地刷刷地流。

父亲就不让她老望着那个方向了。父亲说人有人命，牛也有牛命。也许它命里该在这一天这么个死法。再心疼它，再觉得对不起它，它不也还是活不过来了么?

但是婉止不住自己的眼泪。她不禁心疼大黄牛，不禁觉得自己对不起它，内心里还产生了一种极大的负罪感，感到自己仿佛就是害死它的罪魁祸首似的。

父亲和母亲担心洪水继续上涨，终究会淹过房顶；也担心自家的老房子随时会被洪水泡倒。于是他们一商议，就解下了各自的腰带，并且脱下了各自的上衣，撕成条，搓成绳，与各自的腰带结在一起。他们打算将婉和弟弟拴在房椽上。他们那样打算，分明是只顾儿女不顾自己的。分明是准备了牺牲自己也要保全儿女性命的。父母都在默默流着眼泪按他们的打算做。母亲流着泪对婉说："婉呀，女儿啊，如果爸妈一旦不幸了，无论在什么情况下，你可不能不管你的弟弟啊！那弟弟就是你在这世上唯一的亲人了……"

婉和弟弟就搂抱在一起哭出了声……

但是父母由于意见不一又吵起来了。母亲认为，应将婉和弟弟拴在一起。而且需要拴得很紧。紧到不会被洪水冲开的程度。父亲就骂母亲是猪脑子，说那不等于一条绳拴俩蚂蚱，这个一旦不测，那个也肯定没好了么？依父亲，是要分开拴的。

婉在父母的争吵中倒渐渐冷静了。

婉说，爸妈要拴牢我和弟弟，不就是怕房子万一塌了，我和弟弟落水淹死么？可如果房子真的塌了，能保证我和弟弟就一定不会被砸死么？就算侥幸不被砸死，能保证此一根椽子不会被倒墙压在水底下么？那，我和弟弟拴在上面，下场不是将比大黄牛还悲惨么？……

听婉这么一说，父亲瞪着母亲，母亲瞪着父亲，不仅不再争吵了，也都呆愣住了。

在那一个难忘的黄昏，在那一种危机四伏的时刻，一家人谈论生死，竟变得像谈论一顿饭该怎么做似的。

婉觉得从那一个黄昏开始，自己的心似乎比自己多活了起码十年似的。好像一切关于人的命运的神秘性，在自己心里都变得一览无余地平淡索然了。因而也变得非常实际了……

半夜，解放军坐着几艘小艇来了，从一幢幢房子上将村人们救下来。有三名战士救他们一家。父亲首先拎着弟弟的两条胳膊，将弟弟悠给了一名战士。父亲会游几下狗刨儿，噗嗵从房顶蹦下水，游到艇边去了。另一名战士趁小艇兜近房子，也将母亲拽到艇上去了。第三名战士爬上房顶，对婉说："别怕，有我们在，就有你们一家在!"——说罢，脱下救生衣，替婉穿在身上了。黑夜中，婉看不清他的脸。从他那自信的声音听来，觉得他还只不过是一个半大男孩儿。

婉问："参军几年了?"

他说还不到四个月。

他催促婉往水里跳。婉一点儿都不会水，不敢。

他说没事儿的呀小妹子，你已经穿着救生衣了，水再深也淹不死你的!

那时她家的房子就晃了一下。

艇上另外两名战士齐声大喊："危险！快离开房顶！……"

他们的话音刚落，婉被一双有力的臂膀横抱起来了。转眼被扔到水里去了。紧接着，小艇驶到她身边，她父亲她母亲和两名战士，四双手将她拖上了艇……

等她和父母和两名战士扭回头望房子时，房子已经不见了，几乎无声无息地塌没于水中了。自然，那名战士的身影也不见了……

水面竟相当地平静。如同什么令他们震惊的事也没发生过。

都呆了。傻了。两名战士，婉的父母，婉和弟弟……

"北川！北川！北川！……"

两名战士高喊他们的战友，喊声在黑夜中拖出很长的哭腔……

小艇绕着房子塌没的地方兜了一圈，又兜一圈……

婉和父母和弟弟也跟着两名战士喊……

房子塌没之处的水面，那时才咕嘟嘟地不停止地大冒气泡。

“三号艇，怎么还不撤离？大呼小叫地干什么那?!……”

别的艇上传来了通过话筒的喝问，语气特别严厉。

“房子塌了，王北川不见了！可能被压在房子底下了……”

“不许哭！给群众什么心理影响?!命令你们立刻撤离！他有我们那！……”

于是小艇调头开走了。

嗖嗖的疾风夹着凉凉的水珠儿，一阵阵吹在婉身上。她双手抱头，缩蹲在艇上。不是冷成那样，是哭成那样。

为了救自己，别人同样年轻的生命转眼间交待了！死得闹着玩儿似的！凭什么为救自己别人就得死啊？自己的命哪点儿比人家的命值钱呢？就因为人家是兵而自己是老百姓的女儿么？婉，婉，人家已经把人家的救生衣给你穿在身上了，你还怕个什么劲儿？你若早往水里跳一分钟，兴许人家也不至于死！陈婉，陈婉，你简直罪大恶极呀你！……

婉悔恨得真想一头扎下艇去，自己也死了算了！

艇虽小，马达声却那么地响，压住了婉的哭声。父母和弟弟和两名战士，显然都是听不到她在哭的……

天亮时分，婉一家被安置在一座小山包的一顶帐篷里。解放军救了的农民人家和县城里的部分居民人家，都被临时安置在那一座小山包上了。总计能有一千多口。而四周全是水。每天都有解放军的大船开来，往山上搬矿泉水、饮料、衣物、粮食、药品，挨家挨户分发给人们。婉常扯住某一名战士问，他们的一个叫王北川救了她一家的战友，究竟是生还是死？他们都不回答她。都装哑巴。婉猜想，也许他们有严格的纪律，不许回答她问的那类问题……

六七天以后，有一位县教委的干部随解放军的船来到了小山包上，在一千多人里寻找婉。找到她以后，祝贺地告诉她——她已被北京的一所大学录取了。而且告诉她，全县只有她一名高中毕业生考上了北京的大学……

而婉已经根本忘记，不久前自己参加了一九九八年的全国高考。不但她忘了，连父母和弟弟也都忘了。因为六七天里，家人从没对她提过这件事儿。一个字都没提过。也许，父母其实并没忘，其实心里一直在惦记着结果，但没心情在她面前说起罢了。

婉接过录取通知书时，不少人围拢在她家帐篷前了。有稔熟的本村人，也有陌生的外村人。虽然，人人都明白那录取通知书对于她的家是一桩大喜讯，但并没有谁脸上流露出贺喜的笑容。彻底丧失了家园的人们，被四周的洪水围困在小山包上的人们，六七天来，担惊受怕，都有点儿反应麻木了。他们最关心的是，救援物资能不能经常地、源源不断地运来？他们最担心的是，洪水又涨了，将会连小山包也淹没。事实上洪水的确在悄悄地涨着，小山包的确在渐渐缩小着。而最大的、共同的喜讯，除了有根据证明洪水一下子退了，还会是另外的什么呢？至于什么大学录取通知书，它送来的也太不是时候了呀！不但别人们脸上是这种表情，父母脸上也是这种值得高兴却高兴不起来的表情。

所以婉自己也没笑。她甚至忘了谢谢那位专为送通知书而来的县教委的干部。她怔了一会儿，低下头，缓缓转身走入了自家的帐篷。坐在自己晚上睡觉垫着的几片纸板上，双手抱膝接着发怔。

“俺姐考上北京的大学啦！俺姐考上北京的大学啦！……”

她扭头向帐篷口望去，见弟弟撒欢的小马驹子似的，鸟儿那样伸展开双臂，在外边高叫着跑圈儿。

一会儿，父亲进来了。婉没动，只仰起脸怔愣地望父亲。

父亲低声说："婉，不愧是爸的好女儿，真替爸争气!"

婉仍没笑一下，反而又低下了头。

"女儿，大学咱不能去上了，也没法儿去上了。但这并不算你白考，因为我女儿证明了自己了不起！通知书好好保留着，将来是个纪念。到什么时候，它都是你的骄傲！……"

父亲短短的几句话，似乎就对这件可改变婉一生命运的事做出了再无须争论的结论。

婉说："爸，我听你的。"

婉说得那么平静。心里没有丝毫的沮丧和失落。更没有任何委屈。六七天以来，婉白天晚上不禁总想的就是命运二字。不过不是自己的，而是那名叫王北川的新兵的。命运对他是多么地不公正哦！是的，她心里总这么想。一这么想就落泪，就憎恨自己。

"女儿，你肯听我的就好。"

父亲撇下这句话，大步走出了帐篷。

婉听到父亲在帐篷外对人们说："大伙散了吧，散了吧！围得我家帐篷里一点儿风都不透了！……"

母亲随即进了帐篷。母亲蹲在她对面，双手捧住她脸，端详着她说："婉，不是爸妈非要误你人生，是爸妈真没法儿供你上大学呀，你明白么?"

婉说："妈，我明白。我不怨爸妈。"

母亲又说："可我女儿为了考上大学，三年来起早贪黑地刻苦学习，都耗苦得瘦成这样儿了……"

母亲哭了。

婉就替母亲拭泪，反劝母亲想开点儿，说父母能一直供自己读到高三，已经不容易了，自己一辈子都会记着父母的大恩……

傍晚，她家帐篷口两旁出现了不少东西。而且都摆放得挺规矩。虽然不少，但也无非就几样——矿泉水、方便面、米、半新半旧的衣服。方便面和米都用塑料袋装着。以矿泉水为多，甚至有整箱的。而正适合夏季穿的衣服，都叠着，在矿泉水箱上。

父亲以为是送救援物资的战士们暂时放那儿的。嘱咐婉和她母亲和她弟弟千万别乱动，更不许往自家帐篷里拿。后来终于搞清楚了，是别人家打发孩子悄悄给自己家送来的。那些人家觉得，对于婉这个异常争气地考上了北京的大学的农村姑娘，以及她的一家，还是不能一点儿祝贺的意思都不表示。而在当时的情况之下，也只有送那些既普通又宝贵的东西表示表示。那种表示中，亦包含着安慰的成分。小山包上的大人孩子几乎都知道了，婉这个农家姑娘，虽然考上了北京的大学，是断没有可能真的去北京上大学了。都对此特别同情。人心在当时，相互影响着纷纷证明其良好的一面。

婉一家大受感动。父亲以身作则，发动了全家又往回送那些东西。有些猜到了是谁家送的，有些却根本不知道是谁家送的。即使明知是谁家送的，给送回去了，人家也装糊涂，不承认。搞得婉一家真是又感动又为难。只得在夜里悄悄搬到别人家的帐篷口去放着。

母亲说："这要是全放错了，可算怎么回事儿呢？"

父亲说："什么错不错的，反正不是吃的就是穿的，谁家人口多，只管送去就是。错了也不算错。"

于是全家照办。但弟弟却始终噘着嘴干得不高兴。不是不情愿将那些东西"转移"了，是由于姐姐不能去北京上大学了而感到懊丧。因为他一直以自己的姐姐学习好为荣耀。而这一荣耀是那少年唯一的荣耀。

第二天早上县教委的干部又出现了。原来他根本就没离开小山包。在小山包上露天住了一宿。他当着婉父母的面，将一个盛矿泉水的空纸箱捧送给婉。

婉问他里边是什么?

他只笑，不回答。

婉觉得纸箱那么轻，以为是空的，不明白他开的什么玩笑。待打开一看，愣住了。满满的，全是钱。有一百元的整钞，也有几角几分的硬币。

他说是他替婉募捐来的。也有解放军战士们得知婉的难处后主动找到他捐的，估计差不多三千元。

“陈婉，你一定要去上大学！这你要是还不去，将辜负多少人的心啊！三千元可能连入学费都不够，但你先去了再说，啊？我相信北京的大学对咱们灾区的考生是会给予种种照顾的！……”

他一说完就走了。

婉望望父母，再低头瞧着那一纸箱钱，顿时泪流满面。

而弟弟，却已眉开眼笑地蹲下为她点数那些钱了……

三天后，在洪水围困的小山包上，在又一次特意赶来的那位县教委干部的主持下，灾民们和救灾抢险的解放军战士们，共同为婉开了一场欢送会。双方中能弹会唱的，还都表演了节目。那一天，可以说是已被洪水围困了十来日的灾民们的一次庆典。人们还都说，是婉给了大家这样的机会。应该感谢婉。再不唱唱，舞舞，笑笑，会把些孩子也愁老了的……

当日婉乘解放军的船离开了小山包。

抗洪部队派了两名战士一直将婉陪送到省城。不送怕被坏人发现婉身上带着钱，使婉路上遭意外。两名战士很负责任，将婉送上车后，还向列车长做了郑重的嘱咐……

列车开走时，望着两名战士在站台上向自己肃立敬礼，婉真是百感交集，泪如泉涌，紧咬下唇一句感激的话也说不出来……

途经数地都遭到了不同程度的水灾。列车几番番被断路塌桥所阻，虽有惊无险，婉到北京的时日却延误了两天。又加上录取入学通知书因水灾也延误了几天才送到婉的手里，使婉错过了入学登记的最后一天。火车站自然也没有什么迎接新生的空调大客车了。婉出了北京站，茫然不知所往。买了一份交通图，“按图索骥”，却还是坐反了两站公共汽车，到学校门口时，天已快黑了。

传达师傅要求婉出示录取通知书才肯让她迈入校门。婉找遍了所有的衣兜儿，最终也没找着录取通知书。婉一急，坐在自己的包袱上，可就在校门口呜呜哭开了。她这一哭，就被些进进出出的学生围住了。传达师傅也被她哭得不知如何是好了，赶紧往系里挂电话。系里自然已经没有人接电话了。于是有位女生急他人所急，安慰婉用不着哭。说只要你真是新生，已千里迢迢来到了学校门口，能就因为你丢了录取通知书就不承认你的入学资格么？她劝婉耐心等着，说自己认识系里一位老师的家，保证替婉去将那位老师请来。

那女生一说完就转身跑开了。

她便是婉后来的同宿舍同学徐小芬。

她请来的便是张老师。

徐小芬在前，张老师在后，一路小跑着来到了婉跟前。婉望着他们跑来时，已经抹去了满脸泪，从自己的小包袱上站了起来。

张老师说：“没错，你正是陈婉！这几天我总在看你的档案，着急你怎么还不来报到。陈婉你跟照片上一模一样！……”

听张老师这么说，婉心里真有点儿像走失了的孩子见了娘，不由得往张老师身上一扑，搂抱着张老师的腰呜呜哭了……

徐小芬替婉拎起包袱网兜儿什么的，热忱地说：“张老师，正好我们宿舍还空着一张床位，就让陈婉同学住我们宿舍吧！”

张老师欣然同意。

徐小芬领着婉来到宿舍里，宿舍里当时有姚红和李薇两名同学。李薇刚洗完澡回来，长发湿漉漉的，散发着一股香波的芬芳。而姚红正端着脸盆想去洗澡却还没来得及出门。

徐小芬将婉的东西放下后，向李薇和姚红郑重其事地介绍：“这是陈婉同学，以后就住我们宿舍。”

于是李薇和姚红上下打量起婉来。区别是姚红面对面地打量，而李薇是从拿在手中的一面小镜子里打量。

姚红直人快语地说：“哎呀，你怎么会把自己弄得像个垃圾女似的？”

而李薇则吸了吸鼻子，紧皱两条细眉说：“带来股什么怪味儿？”

徐小芬立刻顶了李薇一句：“你说什么那？显你是狗鼻子呀？”

李薇自觉失言，没再吭声儿，一抬双腿上了床，并放下了蚊帐。

其实姚红和李薇的话都不算太夸张。三天多的路程，列车上又缺水，婉不曾刷过牙，不曾洗过脸。何况又刚刚哭过一通，就花脸猫似的了。头发蓬乱，衣服裤子皱巴巴的。身上呢，也果然散发着一股不好闻的体味儿。暑夏之季，坐了三天多停停驶驶的列车，没法儿洗澡，没法儿换衣服，一身身的通体大汗出了干，干了出，那体味儿能好闻么？

婉当时倒没生李薇的气。相反，她顿时自惭形秽，羞愧难当。

她嗫嗫嚅嚅地对姚红说："求你把盆借我用一下，行不？我……我到洗脸间去洗洗再进屋吧！……"

姚红朝李薇的铺瞥了一眼，一手将盆卡在腰际，一手挽起婉的胳膊，亲昵地说："正巧今天学校里可以洗澡，你干脆跟我去洗个澡吧！"

两人在洗澡的过程中，互道家庭情况。既同属底层人家的女儿，不由得不彼此亲和。一块儿往回走时，已都觉得是朋友了似的。

二人走到宿舍门口，却听得小芬和李薇在针尖儿对麦芒儿地吵嘴。

李薇说："宿舍里多一张空铺位有什么不好？作为公共的，都可以往上放点儿东西嘛！我这种想法非但不算是什么自私自利，我自己还觉得恰恰是替咱们大家着想的集体主义呢！"

徐小芬说："呸！强词夺理！实话告诉你，你刚才当着陈婉同学的面说她带来一股怪味儿的时候，我就在忍着了！"

"你不忍着又能把我怎么样？"

李薇的话，听来分明有点儿像是在故意撮火。

婉在门外听得一清二楚，转脸看了姚红一眼，不由得面露窘色，又低下了头。

姚红尖咳一声，室内立刻安静。

她一脚将门踢开，进屋后，没好气地说："阳光底下，人人都是平等的！谁要是摆什么贵族小姐的臭架子，可要当心惹起众怒！"

李薇猛地将蚊帐撩开了，与姚红互瞪片刻，哼了一声，又刷地将蚊帐放下了。

徐小芬见婉仍低头站在门外，撑腰地说："陈婉，你站在门外干什么？怕谁？进来呀！姚红上铺就是你的，今后你也是这宿舍的主人之一，你要有点儿主人的意识才对！谁敢轻蔑你，那你就对谁别客气!”

她低着头进了屋。

她心情非常不安。她万万也没料到，自己刚成为这女大学生宿舍的一员，便在同学间引起了冲突，便使这显得特别拥挤的空间里充满了一种火药味儿。对徐小芬，她当然是心怀感激的。并且确信，徐小芬肯定是一个像侠肝义胆仗义执言的男子汉一样值得深交的姑娘。对李薇，婉也希望在将来的几年大学生活中能与之友好相处。尽管她不知究竟为什么，李薇特别瞧不起她似的。不，也不是似的，而是根本就那么回事。作为全县的高考状元，婉的智商并不比任何一名大学新生低些。她真的不知为什么。因为从小学到中学到高中，她一向是班干部。一向是品学兼优的好学生。一向受到老师和村人们的夸奖。一向受到同学们的尊敬。甚至可以说一向被当成楷模。真的，在她迈入这一所大学的这一学生宿舍前，她从未被瞧不起过。即使在来北京的列车上，那些列车员们，也无不对她敬爱有加。都说自己要有她这么争气的女儿多好！要有她这么争气的妹妹多好！……

从小受到过的，来自方方面面的夸奖和表扬，并未使婉变成一个矜傲的姑娘。那种种的夸奖种种的表扬，毕竟的，只不过来自于穷僻乡村的小学、中学和高中啊！只不过来自没见过什么大世面的纯朴的村人们，和同样没见过什么大世面，以教出好学生为最高荣耀的老师们心里啊！它是由衷的，但也是有限的，甚至是很节制的。它除了勉励的成分，再没有另外的成分。它实在是并不能污染一个勤奋好学的农家女儿的。恰恰相反，婉内心里隐藏着一种几乎可以说是与生俱来的，因而也是非常深刻的自卑。这自卑使她本能地总结出了隐忍的经验。那经验渐变为她主要的性格特点。那经验又时刻告诫她——婉，只要你善于忍，那么最终，没有人不可能成为你的朋友。她心里甚至有点儿暗暗埋怨徐小芬——不就是一句两句伤人自尊的话么？干吗因此就非跟李薇过不去呢？这不是会在我俩之间播下矛盾的种子么？你的仗义执言还莫如我的忍。我忍一忍不快不是转眼就过去了么？……婉当然已从姚红口中知道了李薇的名字。于是她走到李薇床前，隔着帐子细声细语地说："李薇，别生气了。我身上刚才是有味儿。我自己也闻得到。大夏天的，三天里没冲过身子，能没味儿么？……为了使咱们大家都高兴起来，我唱家乡的土调歌儿给你们听吧！……"

于是她爬上姚红的上铺，蜷腿一坐，身子前仰后合地唱了起来。

如果婉的容貌像她的嗓子一样好，那么婉就真是一个非常幸运的农家女了。遗憾的是，在姣好的容貌和聪明的头脑之间，命运只给了她后者。不，事实上婉也不见得多么聪明。她能考上北京的大学靠的主要是勤奋刻苦。她自己最清楚这一点。

婉唱了一曲，三名同学都没反应，在各自干着各自的琐事。

婉并不觉得没趣儿。独自笑了笑，又唱起来。

唱罢第二曲，徐小芬和姚红鼓起掌来。连李薇也在帐子里赏识地说："唱的不错!"——并从帐子里伸出一只白皙的手臂，将一包杨梅抛给了她……

接着另外两名女生韩芸芸和赵萌也回来了。徐小芬向她们介绍了婉以后，也上了床。

韩芸芸和赵萌一会儿也结伴儿洗澡去了。

于是宿舍里安静下来。婉不知韩芸芸和赵萌什么时候回来的。因为她和衣躺在光板床上，枕着自己的包袱，就那么倦乏地睡过去了……

第二天下午，张老师早早地就来到了婉们的宿舍，和徐小芬、姚红带着婉，在校内各处跑了整整一个上午，指点婉办完了一系列正式入学手续。而且，替婉争取到了一千元的穷困学生入学补助金。

在这件事上，婉活到十八岁，第一次面临了诚实与欺骗的矛盾和选择。

婉不清楚还有补助金这一政策。所以她自己并没提。

是徐小芬替她提出来的。徐小芬对张老师说，她来自灾区，家被洪水淹得什么都不剩了，按困难情况应该享受一等补助金。

张老师问婉是这样么？

她点头说是的。

张老师又问她带了多少钱来上学？

数秒钟的犹豫之后，婉撒谎了。她说她已经仅剩下几元钱了。而事实上，她还有整整一千元没动呢！县教委的那位干部亲自替她募捐的钱，其实并没有三千元之多。点数清楚之后，是两千四百多元。她将一千元留给了父母。她实在不忍自己将两千四百多元全都带走啊！水灾过后，父母和弟弟怎样生活，从她离开家乡那一天起便一直是她心里的大忧虑……

张老师一听她说自己仅剩下几元钱了，便替她着急得跺起脚来，说陈婉你怎么自己不主动开口讲呀？说你要买被子买褥子啊？还要买一些生活必需的东西吧？还要买课本吧？还要按照教学要求买一些课外书吧？还要再买两套衣服一双鞋吧？你不可能大学时期无论夏冬总穿你身上这一套衣服这一双鞋吧？……

姚红从旁替她申辩地说："张老师，您就别数落她啦！您就没看出她是一名多么怕给老师添麻烦的学生么？这样的学生应该受到理解受到表扬才对嘛！咱们还是赶快带她办理补助金去吧！……”

于是都陪着婉匆匆去办理。

可负责补助金事项的财会人员说，这学生虽然够享受补助金的条件，可是报到晚了。补助金已经发放完了，爱莫能助了！

张老师竟跟人家吵了起来，说什么叫爱莫能助呢？说只要是贫困生，只要够条件，那就应该发！不发，让我的学生怎么上学？报到晚了不是我学生的过错，是由于水灾！而我这名学生正是从灾区考来的！补助金发放完了你们也得替我学生想办法！

婉内心里当时忐忑极了。因自己的欺骗行为后悔莫及。她讷讷地说张老师要不算了吧，别替我申请了，让我自己想办法吧！

张老师又对婉发起脾气来。说陈婉同学你这是什么话？你在北京举目无亲，你自己能想出什么办法？我所做的，是一位老师的责任你明白么？

人家说这样吧，张老师您也别在这儿犯急别在这儿嚷了。您对您的学生们多么负责任那也是有口皆碑的事儿，我们都很敬重您这一点的。您干脆去找校长吧！不就一千元钱么？只要校长批了，从哪儿我们也能挪出一千元钱先发给您这名学生！反正钱补助给了来自灾区的学生，怎么追究起来也不至于是罪状的……

于是张老师让三名学生等着他，而他转身就去找校长。

半小时后，张老师满面流汗兴冲冲地回来了，真拿回来了校长的批条。

婉填表签字的时候，财会人员在她对面刷刷地点钱。婉尽量要求自己的目光不向那双手和那些钱瞟，但她的目光还是不由自主地瞟了几次。多新的一千元钱啊！婉的手还从来没接触过那么新的钱。一想到自己填完表签署名，对方点数那些钱以后，那些崭新的钱钞便属于自己了，婉的心不禁激跳起来。耳听着那些崭新的钱钞被手飞快地点数时发出的脆性的摩擦之声，婉的字甚至也写歪斜了。

婉明白自己带来的一千元是绝对不够支撑自己读完大学的。明白父母以后是很难做到按时寄钱给她的。

她真的特别需要那一千元补助金啊！

当那些钱真的递到了她手里，一个声音也同时在她心中对她的品行发起了强烈的谴责——陈婉，可耻！可耻！你这是在骗钱！而骗钱是和偷钱一样可耻的！……

像是张老师的声音；像是徐小芬和姚红的声音；像是那和张老师年龄差不多的女财会人员的声音；也像是她自己的声音。更像是她自己的声音。

婉觉得不仅张老师，不仅徐小芬和姚红，不仅那女财会人员——财会室里当时在场的一切人的目光，似乎全都盯在她身上。

她简直没了勇气抬起自己的头。

她的手拿着钱欲揣又欲还地僵着。

姚红说："麻烦您，再给我同学个信封嘛！"

于是女财会人员将一个信封递向婉。婉内心里是矛盾到了极点了。她觉得自己简直是世界上最最可耻的一个人了。她暗自追悔得几乎要哭起来了……

"不……"

婉没接那信封。连手里的钱也放在桌上了。却并未意识到自己说出了一个"不"字。但张老师和徐小芬和姚红，以及那位女财会人员，以及周围等着报销的忙着给报销的人，可是都的的确确听到了从她口中吐出的那个"不"字。它听来低微又清楚，犹犹豫豫又惴惴不安……

"陈婉你做什么秀哇？不什么呀？"——徐小芬替她接过了信封，替她从桌上抓起钱，替她将钱装入信封，而且，替她拿着，另一只手扯着她的袖子往外便走……

下午，徐小芬和姚红陪着婉买齐了东西。

吃过晚饭后，婉将姚红引到校园里的僻静之处，将自己的欺骗行为彻底坦白了。她觉得自己如果不向一个人坦白，自己那种欺骗行为必将变成自己永难治愈的心病，而自己终将会被折磨得精神失常的。她不敢首先向徐小芬坦白。怕徐小芬一翻脸，顿时嚷嚷得全系同学都知道了。进而形成丑闻散布全校。那自己还能抬得起头来么？她也不敢同时对小芬和姚红两个人坦白，怕她们两个人的看法不同，当着自己的面，因自己而争吵起来。

姚红听了她的交待，沉吟半晌，试探地反问："已经既成事实了，那你……"

婉明白姚红的意思是问她打算怎么办？退钱？写检查？还是继续隐瞒下去？

她试探地问姚红："你看，我有必要也向小芬坦白么？……"

"我这就去把她找来！"——不料姚红转身就跑。

望着姚红的背影，婉张了张嘴，没发出一点儿声音。

她又是一阵追悔莫及。本是天知、地知，唯自己心里知道的事，倘自己不向人坦白，鬼都不知道！可已经坦白了，追悔也来不及了！哪儿成想姚红会根本不发表任何看法就跑去找徐小芬呢？徐小芬来了结果会怎么样呢？婉不敢往下想了，不停地在原地走来走去，就像电影里一个内心七上八下的人一样……

没多一会儿徐小芬来了。

徐小芬不待婉主动开口就对婉说："你省点儿话吧，姚红都告诉我了!”——她看来也并没有多么生气似的。也许因为她口中正嚼着一块口香糖，脸腮不停地动，生着气婉也看不出来。

她让婉“省点儿话”，婉就真的一时无话可说了。紧闭着嘴，无地自容地望着她，一副打不还手骂不还口的样子。

徐小芬一把抓住她手腕，又说：“走!”

于是婉乖乖地跟她走。

于是姚红也默默跟在后面。

徐小芬将婉带到了张老师家。张老师错过了调到本校之前的一次公房分配的机会，一家三口仍住在筒子楼里。两间屋，在走廊做饭。张老师没有儿女。爱人是某印刷厂的工人。厂里效益不好，“内退”了。张老师家的第三口人是他爱人七十多岁的老母亲。婉她们进门时，张老师一家三口正吃晚饭。

张老师将她们请到另一房间，问有什么事儿。

徐小芬仍舍不得吐掉那块口香糖，继续嚼着，朝婉翘了翘下巴。

在张老师的注视下，婉又如实将自己的行为坦白了一次。为能说清楚自己当时的心理，也讲了她能来上大学是多么不容易……

张老师听罢就用一根手指揉起太阳穴来。

姚红低声说：“张老师，我认为……我认为对于新生，应该实行坦白从宽……”

张老师摇头道：“也别这么说。这么一说，好像问题的性质在我们几个人这儿就已经变了似的。”

张老师说完，将目光望向了徐小芬。婉也随之将目光从张老师脸上转移到了徐小芬脸上。婉看出在自己的问题上张老师挺重视徐小芬的态度。她心里不免紧张。仿佛徐小芬一言既出，便足以决定她的命运。

徐小芬慢条斯理地从兜儿里掏出一片餐巾纸，撕下一角，将口香糖吐在纸上，左包右包，包成一个小纸团儿，准确地弹进了张老师家纸篓里。

她以跟谁辩论似的口吻说："仅仅因为陈婉同学带了一千元钱来上学，她是全系家庭最困难的困难生的事实就不成立了么?"

张老师立刻说："对！这么看问题我完全同意。"

徐小芬又说："不过陈婉在您和我和姚红面前撒谎太不应该。她必须有一种检讨的表示。"

姚红说："刚一入学，就因为撒谎在全系做检讨，那也太损害一名新生的自尊心了吧？何况她是咱们女生。我不赞同这样处罚她!"

张老师频频点头道："是啊是啊，方式要慎重。以不至于伤害同学的自尊心为好。"

徐小芬说："检讨的表示就只能以检讨的方式来达到呀？我的意思是，让陈婉对全系同学讲讲她家乡受灾的情况，讲讲她亲眼所见的解放军战士救灾抢险的英勇事迹，讲讲围在一座小山包上的人们，怎么样为她能来上大学而捐钱……她刚才讲时，我心里特不是滋味儿。我觉得同学们听听这些是有益的……"

姚红说："我不只心里特不是滋味儿，眼里还几次充满泪水呢!"

徐小芬瞥视了她一眼说："别夸张。"

其实婉讲得很平静，也很简略，几乎可以说是不带感情色彩的。因为她的心理空间完完全全被坦白意识所占据所主导了。坦白内容以外的话语，只不过成了坦白的一部分。

张老师又频频点头道："这个建议好，好，很好。陈婉，你自己同意么?"

婉有几分懵懂地回答："同意。"

“那就这么定了吧。至于陈婉撒谎没撒谎，我看咱们就不要求陈婉讲了吧？”——张老师眼望着徐小芬和姚红，将一只手亲切地拍在陈婉肩上又说：“陈婉，你自己也别太当成回事儿。你应该获得补助金。所以，你没有必要撒谎。所以，你也根本没撒谎。再而论之，让你讲讲你接到录取通知书以后那些事儿，是一次活动。单纯地就是一次活动，与补助金的事儿无关。我的话你听明白了么？”

婉说听明白了。却只明白了一点——那就是她的问题，在张老师那儿，似乎没自己想的那么严重。也似乎获得了原谅。除了这一点，她并未明白别的什么。

张老师又问徐小芬和姚红听明白没有？

她俩也都说明白了。

离开张老师家回宿舍的路上，徐小芬对姚红说：“来，咱俩拉钩！”

姚红眨眨眼，不解地问：“拉钩干什么？”

徐小芬说：“你要是真听明白张老师的话了，就给陈婉个放心！”

姚红又眨眨眼，拖长音调“噢”了一声，郑重地向徐小芬伸出了小指。

“还信不过我呀？”

“不是信不过你，是信不过你那张没有保险装置的嘴！”

听着她俩相互这么说，看着她俩表情庄严地拉钩，婉双手一捂脸，背转过身去——十八岁的婉，此前在品行方面，还从未有过任何需要别人替自己掩盖的污点。两名多好的同学啊！多么温暖人心的一种友情啊！从踏入大学的校门到这会儿，还没超过二十四小时，获得如此友情又是多么地值得欣慰啊！可这友情又毕竟包含着护短的成分呀……

泪水从婉的指缝儿渗出来……

在向全系新生讲述自己来到大学前的难忘的经历时，婉几次泣不成声。不少同学也热泪盈眶。接着就连续出了几期墙报——向解放军学习的专栏、同学之间发扬团结友爱精神的专栏、珍惜大学学习机会的专栏……

大学一年级，对于普遍的新生，似乎意味着是经历了高考“黑七月”之后的一次长期的休假。每一个同学的状态，都是自升入中学以后最放松的。好比非洲草原上的角马们，经过千辛万苦的长途奔涉以后，来到了水草肥美的地方。在“它们”身后的迁途上，留下了一具具同类的“尸体”。所以“它们”在身心得以彻底放松的同时，又无不感到极大的幸运——如果角马们也有人类的意识的话。区别是，对于角马们，一年一度的奔涉，随群到达目的地者是绝大多数，牺牲者只不过是少数。而对于从“黑七月”中突围出来的大学一年级新生们，恰恰相反。他们和她们人人都明白，自己们是极少数，“牺牲”在“黑七月”中的同龄人才是大多数。“牺牲”者们虽然不是死了，但却几乎个个都是遍体鳞伤。高考落第虽然并不意味着是人生的毁灭，但却毕竟是人生的重大挫折。是“心口永远的痛”。这“痛”将伴随一生，最后成为无药可根治的神经性的“痛”。

大学一年级新生们既都明白着这一点，那庆幸之感就当然起码十倍于达到目的地之角马们。他们和她们，吮咂那一份庆幸，如同婴儿本能地吮咂自己的手指。从前看电影少的，几乎每个星期都去市内看电影；从前看书少的，一有时间就去逛书店。虽然学校的图书馆藏书多多，每天看十本大学期间也看不完。但那不是自己的，是学校的。他们不仅要看书，而且要开始拥有自己喜欢看的书；一入学就急迫地想要证明自己组织能力的，便经常凑在一起策划举办活动，四处打探北京形形色色的名人们的电话号码或家庭住址，一旦打听到了就“宜将剩勇追穷寇”，使某些名人饱受滋扰之苦——对大学新生犯急自己不忍；不犯急大学新生们纠缠不休……

而不爱看电影不爱看书不爱自我表现不爱参加活动的，则每个星期早出晚归游览北京——从市区游览到郊区；从故宫、北海、圆明园到北京那些又古老又很出名的胡同。李薇便是这样的新生之一。而且从不结伴儿。回校也挺晚。带回各种各样的门票，仔细地夹起来留作纪念。她从不向别人讲她去了什么地方，更不谈她的感受。仿佛游览也是她的一级隐私。

以上都是家庭生活条件优越起码较好的新生们的特点。家庭生活条件很困难的新生，比如婉和姚红，连星期日也是较少迈出大学校门的。他们和她们，清楚北京市里有种种诱惑自己的事物。他们和她们，心理上具有一种本能的、害怕被诱惑的自卑。因为他们和她们也十分清楚，那每一种诱惑都是需要钱去满足的。而自己们最缺少的东西从前是钱，成了大学生后仍是钱。与其受诱惑，莫如远避诱惑，不接近它们，不去想它们的存在。婉与姚红在此点上交流过看法。她们并没有相互问很多，答很多，仅仅几句话而已。姚红就是那么想的。婉当然也是。所以她们更愿在星期日享受宿舍里、图书馆、校园里的处处安静。她们有一个共同的爱好那就是看书。校图书馆有那么多书可供她们白看，尤其增加了她们是大学生的幸运感。她们相互坦率地承认，各自上大学前，几乎没看过什么文学方面的书。有时星期日她们也结伴儿离开校园。却并不进市区去，仅在学校附近的集市上逛逛，花上三元钱你请我，我请你，在小吃摊儿上喝碗豆腐脑儿，或吃碗馄饨什么的。也舍得钱在地摊儿上买一元钱一件的小东小西，比如梳子、指甲钳、小剪刀之类。婉最没实际意义的一次“高消费”，便是当时一咬牙一狠心，花五元钱总共买了十二个钥匙坠儿。它们是由十二生肖组成的。因为婉一次就买了十二个，因为婉掏出学生证给人家看，证明自己是没有收入的大学生，还因为姚红从旁苦苦地坚持不懈地帮着婉砍价——地摊儿小贩最后也一咬牙一狠心，赔本儿赚吆喝了。婉买它们，纯粹是出于喜欢。因为她长到十八岁以来，只不过拥有了一把属于自己的钥匙。那就是开宿舍门的钥匙。婉是属虎的，一九九八年是她本命年。婉仅将生肖牌儿上有虎的那个钥匙坠儿，套在自己唯一的一把钥匙上了。其余十一个钥匙坠儿都收藏起来了。留待日后大学毕业了，带回家去给爸爸给妈妈给弟弟各一个。其余的呢，她想，将来自己会拥有许多把钥匙的，开办公室门、开家门的、开办公桌的、开家里放存折的小柜的、甚至还会有开汽车门的……

婉也拥有了属于自己的书——一套安徒生童话集；几本三毛的散文集；一套文字很少的，供儿童看的连环画册《毛虫凯蒂》。她喜欢安徒生的童话是因为它们实在是太优美了。上小学时，语文老师操着家乡语调为她们读过《海的女儿》、格林的《石头王子》。她喜欢三毛是因为三毛其实一点也不漂亮，从照片上看就那么地不漂亮。而小报上说，三毛本人的容貌比照片更逊一筹。她买下《毛虫凯蒂》是因为它们实在卖得太便宜了，才三角钱一册。买下所有那些书她花了十三元。安徒生童话集和三毛的散文集非常旧了，纸页泛黄了，封面破损了，是十年前的版本。但却并不脏。婉一带回宿舍，立即就用光滑的挂历页的反面包上了书皮。在洁白的书皮上，婉用秀丽的字体写上了书名。这使两套书看起来像是新生了一样。那套《毛虫凯蒂》就是另一番面貌了。因为是画册，纸页厚，倒没怎么破损。但是有些内页却脏兮兮的，粘着饭粒、油渍、鼻涕嘎巴，显然是不懂得应该爱护书的孩子的“再创作”。婉就用一条毛巾浸了清水，逐页地揩干净。姚红说十年前电视里播放过同名动画片。十年前婉八岁，正是看动画片的年龄。但十年前婉家里买不起电视机。她家的电视机是前年才买的。前年婉已高中了，一心考大学，根本舍不得时间看电视，除了刻苦学习，婉每天起早贪黑地帮家里干活儿。她一心想在自己还生活在这个家里的时候，多帮父母干活儿。她对自己能考上大学从未失去过自信。也从未动摇过一定要考的念头。她明白，考上了，她也就几乎不再是家里的成员了，尽管仍是父母的女儿，小弟的姐姐。大学期间，她将不再能帮父母分担辛苦。大学毕业，有了工作，接着有了自己的家庭，显然也不能了。还能做到的恐怕也只不过是经常往家里寄点儿钱。她觉得这对父母太不公平。所以尽管帮父母分担过很多辛劳，却仍嫌自己干的太少了。都说穷人的孩子早当家，或许也就是说，穷人的孩子心里装的家愁多，想要减轻父母辛劳的思虑多吧？……

婉认为，她买那些书所花的十三元钱，是花得最值的钱。虽然认为花得最值，她还是决定那一个月不吃荤菜。而且，她做到了。一直坚持到下月的三号，才买了一盘青椒炒肉丝。

助学金是根本不够每月饭钱的。每月再少也得补七八十元。婉将从家里带来的，和学校发给她的一千元补助金都存上了。她希望能靠这两笔钱细水长流地往每月的饭钱里补。每取出七八十元，她心里就产生一种无名的慌恐。存上的钱都花光了该怎么办呢？婉常想这个问题，又不敢深想。车到山前必有路，反正绝不能向家里写信要钱——这就是她每次想后的结论。

徐小芬和婉和姚红一样，星期日也是不怎么到校外去的。不留在宿舍里，也不去图书馆。徐小芬常夹着厚厚的笔记本单独躲到某一个教室去。后来她向婉和姚红承认——她在写小说，而且是在写长篇。她的人生理想是当一位女作家。她要求婉和姚红替她严格保密。她俩当然守口如瓶。全系师生至今也没有另外的人知道。表面上似乎对“文学”二字反应淡薄的徐小芬，做作家梦久矣！……

韩芸芸和赵萌都是北京同学。韩芸芸并不经常住校。或者反过来说，经常回家去住。回家去住对她是很方便的事。只要打个电话，小汽车就开进学校，在她指定的地方等着她了。她打电话也很方便。因为她有手机。她是北京某一所深宅大院里的革命前辈的外孙女，她的妈妈爸爸据说也已经是高干了。据说她不姓韩，也不叫芸芸。韩芸芸是她的化名。正如她妈妈的爸爸当年是地下党需要化名一样。都是据说而已。她穿的挺朴素，也不像李薇似的身上有小姐的骄娇二气。她对老师礼貌。对所有的同学都一视同仁地友好。积极参加系里和学校组织的各项活动，但从不过分积极地表现在前头。她在同学中没有朋友。男生女生都对她既客气又敬而远之。她并不在乎在同学中没有朋友。也似乎从小就习惯了被敬而远之地对待。

大约是婉成为新生的第四天或第五天，韩芸芸整理自己的铺位时，不小心将枕下的手机抚到地上了。她捡起来试拨了一个号码，见没坏，又见同学们都对她刮目相视，便笑了笑说：“我忘告诉你们我有手机了。以后你们谁打电话，随便用好了。往家里打长途也行！只要别用我的手机聊长天就行！……”

婉们便也都无声地笑。一个个笑得傻兮兮的。似乎都很感谢她的好意，也似乎都没见识过手机，不知道那是什么玩意儿，因而不明白韩芸芸的话……

她们仿佛互相发誓似的，以后谁都没用过韩芸芸的手机。

赵萌的父亲是一位中年画家，母亲是小学教师。但她显然并没从父亲身上袭承了什么浪漫的艺术气质。她对文学、戏剧、影视、音乐，包括她父亲所从事的绘画艺术都不太感兴趣。她基本上属于沉默寡言的人。是女生中除了婉以外话最少的。婉的沉默寡言是由天生的性格所决定的。赵萌却不是。赵萌的沉默寡言分明是后天自我修行的成果。据说她高考的第一志向是北大哲学系。她父母曾竭力反对。她母亲甚至还为此哭过几次。父母都非常困惑——自己女儿的头脑中，为什么会产生出对哲学的爱好？在二十世纪的最末一页，在中国，在许多中国人对许多事情都懒得思考的今天，一个女孩儿几乎是义无反顾地决定了自己将来要当哲学家，多么地令父母迷惘，多么地奇怪呀！在父母的逼迫之下，赵萌按照父母的意愿提前参加了中央戏剧学院戏文系的专业考试，而且取得了第三名的好成绩。她虽然从高一开始便对哲学情有独钟，作文却从初一开始便是佼佼者了。她的作文以思想性的灵敏见长。中学老师和高中老师都一致认为，在她的同龄人中，像她那么肯深入地思考问题的女生实在是凤毛麟角。中央戏剧学院负责去年招考的老师曾约她的父母面谈了一次，说只要她不改志愿，说只要她在其后的全国文化课统考中分数过线，中戏一定录取她。说低几分也没什么，中戏依然会录取她。说她具有太好的理念分析能力了。说中戏太缺戏剧理论和戏剧批评教员了，后继乏人，打算在这方面对她进行重点培养，保证毕业留校，甚至许诺送她出国留学。说中央戏剧学院将来怎么可以没有戏剧理论权威呢？而就目前看，倘不及时发现人才，倘不重点培养，将来还也许真的就没有了……

不难想象她的父母是多么高兴。这几乎等于吃了一颗定心丸呀！这几乎和保送没什么区别呀！

可是等父母满心喜悦地回到家里，笑逐颜开地向她报告好消息时，她的反应却相当冷漠。

“戏剧理论？我看已经有太多的中国人善于作戏了，他们都会有自己的一套戏剧理论，而且他们的那一套戏剧理论比戏剧理论家们还要高明，哼……”

她一说完就走入自己的房间不理睬父母了。父亲久久地站在原地发呆，母亲则追入她的房间，厉声问她：“你爸爸是画家，你将来是戏剧理论家，对于我们这个家，究竟有什么不好？”

她反问：“我爸爸是画家，我将来是哲学家，对于我们这个家。又究竟有什么不好？”

结果母亲也像父亲一样被反问得久久呆住了。

父亲闯入她的房间接着问：“那……那你还参加中戏的考试？”

她说：“你们逼我去考，我是你们的女儿，我能连那么一点儿面子都不给你们？那不太让你们伤心了么？”

父亲说：“你现在这种态度就不叫我们伤心了么？”

她说：“我已经给你们面子了。你们为什么就不肯也多少给我一点点面子？”

赵萌高考那几天正是例假期，不知怎么了，身体反应强烈，所以考试发挥不好，结果总分低于北大录取线……

她既失去了跨入北大校门的机会，也失去了跨入中戏校门的机会。

对于失去后一机会，母亲替她懊丧得病了一场，她自己却一点也不觉得遗憾。她是身在曹营心在汉，立志文秘专业毕业后，考北大哲学系研究生。她枕旁的书几乎全是关于哲学的。从中国哲学史到西方哲学史，从孔孟老庄到尼采、叔本华到当代美国的韦伯。韦伯这个乍听起来仿佛中国农村称谓的美国人的名字，全系的新生是闻所未闻的。是在一次关于社会伦理问题的讨论会上听赵萌说了才知道的。别的同学都在发言中引用中国以前的和现在的国家领导人的话，偏偏赵萌引用的是一位当代美国哲学家兼社会学家的话。

那句话是——“事实上，我们可以从根本不同的基本观点并在完全不同的方向上使生活理性化——这一简单的论点常常被人们所遗忘，现在我们应该把它放在每一篇试图探讨理性主义的论文的开头。理性主义是一个历史的概念，它包含着由各种各样的东西构成的一个完整的世界……”

可以想见，同学们当时对赵萌是多么地刮目相看。这不仅由于大家从未听说过韦伯，从未接触过韦伯的书，而且更由于大家根本不明白韦伯那些话的意思。大家都默默地自愧弗如地望着赵萌，使原本热烈的讨论在她发言后中断了十来分钟，不能续之踊跃起来……

赵萌发言后，在长时间的沉默中，环视着同学们，脸上浮现出一种惊诧的表情。那一种表情的意思是——怎么？你们真的从未听说过韦伯？你们真的不明白我刚才引用的他的那段话的思想？……

随即她低下头去，看拿在自己手中的一本哲学书。并且，再也没将头抬起来过……

有的同学曾认为她当时脸上那一种惊诧的表情是佯装的，甚至认为具有羞辱大家的意味。

尽管如此，大家还是不能不从此对她心生油然的敬意。她在系里引起了一股悄悄形成的“韦伯热”——不少同学都以不知韦伯为耻，开始四处打听从哪儿能买到韦伯的书……

至于赵萌究竟是从哪一天开始，受什么现象或什么人的影响便痴迷于哲学了，以及她当时脸上那一种惊诧的表情究竟是不是佯装的，除了她自己，没有第二个人清楚。

总之，她给同学们的印象是见解深刻、理性，并且崇尚理性定力，崇尚理性思考，有点儿不合群但是又不愿使大家感到她拒人千里。她和韩芸芸虽同是北京同学，关系却淡淡的。往最好了说，也只不过是正常的同学关系而已。

有个星期六的晚上，韩芸芸主动问她："赵萌，你要是也回家，搭来接我的车吧。我会让司机先把你送回家。"

韩芸芸的主动分明使她很出乎意外。她略一愣，立刻微笑着感激韩芸芸，说她不回家。

可韩芸芸离开宿舍还没五分钟，她也离开宿舍回家去了……

现在，墙报出到十几期了。差不多每月一期。关于向灾区人民献爱心和向抗洪救灾的解放军学习的内容，早已被时间从婉们那一届新生的普遍记忆之中抹去了。自听了婉的亲历"报告"以后，同学们一年多里已经没为什么事感动过了。更没为什么事集体地落过泪。本期墙报的内容是关于当代大学生如何转变择业观念。是徐小芬想出来的。负责墙报的徐小芬，为能确定某一话题供同学们在墙报上讨论，真是愁死了。徐小芬常在同学中说这样的话："哎，谁能帮我预想出下一期墙报的话题，我给谁磕三个头！"同学们听了只是笑笑而已。大家都对她深表同情。也都暗自感到庆幸——幸亏当初"承包"了出墙报这件事儿的是徐小芬，而非自己。也有同学很残忍地打趣她，说如今这个时代，在中国，最难想出，因而也最有宝贵价值的莫过于一个能吸引人参与共同讨论的话题了！说重赏之下必有勇夫。说她应该明码标价——想出一个那样的话题给多少多少钱。商业时代嘛，一切都要按经济规律办嘛！至于钱，她应该理直气壮地去向校方讨要，还有同学见她愁得怪可怜的，主张她干脆辞职不再当什么墙报主编。或趁哪一期实在想不出话题，就将墙报从此干脆停了算啦。要强又自尊的徐小芬，却既没辞职，也没停办过一期。精神可嘉地悲壮地坚持着往下办……

按说当代大学生如何转变择业观念这一话题，应是大学临届毕业生们的话题才对。但临届毕业的学兄学姐们，除了个别去向确定且感到满意的，大多数如热锅上的蚂蚁，皆惶惶然不可终日。心里无着无落的，哪里还有半点儿好情绪参与任何话题的讨论呢？

按说婉们这一届学生离择业话题还远着呐，但深受学兄学姐们尴尬命运的影响，大多数也都心里惶惶的，瞻望前程，不寒而栗，学习热情消极，人生目标迷惘。于是墙报上就出现了一首集体创作打油诗式的“卖身契”，标题是《强力推销——谁预购我?》……

张老师看到了很生气。不久校党委也知道了，召集全系老师开会，在会上狠狠进行了一通批评。说刚刚升入大学，精神面貌就如此灰颓，能顺利读完大学么？读完了又怎么样？能成为国家的有用人才么？责问中文系的老师们，平日里是如何从思想上从人生观上教导学生的？

张老师按照系领导的指示，与同学们座谈，希望参与“集体创作”的同学们主动承认。说主动承认了也没什么嘛，师生共同讨论嘛，择业观端正了就行嘛……

没一名同学主动承认。

系领导受到校领导的压力，说没同学主动承认还行？没主动承认的那就展开调查鼓励揭发……

没谁配合调查。更没谁揭发检举。

后来由学校的前任老校长出面替同学们说话了。他拄着手杖闯入校党委，替同学们提出抗议——说大学生毕业工作问题本来就是一个一年比一年严峻的社会问题么？连国家都承认这一点，几名同学只不过超前表达了对自己前途的忧虑，你们当学校领导的搞什么搞?! ……

前任老校长是上海人，又是某民主党派的副主席，德高望重的社会知名人士，批评中夹带了数次“搞什么搞?!”

这就将现任的校领导们批评得诺诺连声，连自己也搞不清自己“搞什么搞了”……

于是“卖身契事件”才不了了之。

终于同学们都知道前任老校长是被张老师请出来替同学们说几句公道话的。张老师自己一向是很敢替同学们说公道话的。这一次却胆小了，不敢了。因为学校正在盖教员宿舍大楼，张老师有望分配到一套新居。他虽对校方的小题大作颇为反感，虽并不情愿充当系里安排他的角色，自己却是没勇气公然替同学们说公道话的，同学们知道了这一点，便都自觉地相互提醒，为了张老师分到房子，千万别再做使校领导不高兴的事了……

“张老师，如果你是什么私营公司什么私营企业的老板，您招聘咱们同学中哪几个当你的文秘呢?”

张老师讲完课，离下课还有十几分钟的自由提问时间里，有同学突然大声发言。

张老师低头沉吟片刻，望着那同学反问：“为什么你要特别强调是私营老板呢?”

那同学说：“这还用问啊？国营公司国营企业都那么不景气，都在裁员增效，哪位老板还敢冒工人阶级之大不韪公开招什么文秘啊?”

那同学话音方落，又一名同学紧接着大声说：“文秘又不是技术工人技术人才，一位老板一个就够了，据我所知他们该有的都有了，不该有的，想有也不敢非有不可哇!”

“再说文秘也不是小蜜，国营公司国营企业的老板不敢三天两头地勤换，更不敢一人有几个，所以我们不将国营单位当成我们的市场!”

“对，咱们的市场在私企那儿！私企老板们换不换秘书，用几名秘书，是他们自己的自由！我们的机会在他们的自由里!”

“我们的机会和市场也在合资企业那儿!”

“还在外企那儿!”

“这一点我们早就看清楚了!”

“都别乱嚷嚷了，听张老师怎么说吧!”

“对，让张老师想象他是私企老板，而且是大老板，让他从我们中选！……”

于是教室里肃静了，一双双眼睛盯在张老师脸上。

张老师竟脸红了，一直红到耳根。而且，分明有点不好意思起来了。

他窘笑着说：“我要真是私企的大老板，我一定将你们全都招聘了!”

“这等于没回答我们的问题!”

“再有实力的私企老板也不需要五十几名文秘!”

“张老师，对同学要讲真诚！实话实说!”

“对！实话实说!”

“只许你最多选五人，你究竟从我们之中选谁!”

在同学们乱嚷嚷成一片造成的逼问气氛中，张老师的脸更红了，表情更不自在了。

他更窘地笑着说："我选……"

他的目光望向同学们，从婉的脸上移过，从姚红的脸上，在徐小芬脸上停住了几秒，也无形的水似的流淌过去了……

他的目光从赵萌脸上一瞥而过。显然，赵萌根本不在他的考虑之中。

赵萌耸耸双肩，表现出一种理性的无所谓。

他的目光望向韩芸芸时，韩芸芸也正目不转睛地望着他，他的目光便立刻转向了别处。韩芸芸的脸永远是不露声色的，大智若愚的。仅就这一点而言，像猫的脸。在班里，在系里，乃至在全校，似乎没有什么事是与韩芸芸有关的。这倒不是说她不参与。许多活动她都是参与的，但在许多活动中她又似乎永远是看客。仿佛这个世界虽然经常发生各种各样的事件，却任何事件都与她毫不相干似的。既然各种各样的事件都与她毫不相干，那么她似乎就没什么前提激动，那么她似乎虽参与了，也只能以看客的角色参与。又仿佛，她一直在期待着能有一件与她相干，足以使她激动起来的事发生，而迄今为止并没有这样的事发生。张老师对韩芸芸的态度也常显出某种别扭来，似乎他承认她是自己的学生！又似乎他十分清楚，自己在这种师生关系上不必也不可太认真。她对他很礼貌。他对她很客气。而别扭就别扭在，一位身份是教授的老师，居然对一名学生客气到像他那么一种程度。客气得如同外交官对外交官。

张老师的目光望向韩芸芸时，嘴张开了一下，那样子仿佛想说——"若我是大老板，我希望的文秘当然首先是韩芸芸！"——而他的目光立刻转向了别处，又似乎暴露了这么一种内心活动——"可我即使是什么大老板，又哪儿配有韩芸芸这样的文秘呢？她反过来雇我当文秘还差不多！"

他的目光转移开去时，他的嘴还没来得及闭上。

当他的目光注视在李薇脸上，他那张开了还没来得及闭上的嘴，很自然地变成了一种微笑的样子……

终于的他说："那么第一个就选李薇吧！……"

李薇也微笑了。她正期待着这样的结果。也正期待着这样的荣幸。

而就在这一时刻，下课铃响了。

张老师如释重负地转过身去擦黑板。

当他重新面向同学们时，急骤的下课铃声已响过了，同学们却并没像往日那样纷纷起身。同学们仍坐着。教室里异乎寻常地安静。

"你们都怎么了？没听到下课铃啊？"

张老师不禁奇怪了。

第一个起身离开教室的是赵萌。她就像老师刚给她一个人上过一堂课似的走了。不，简直就像讲台上没有老师存在似的走了，既不看任何同学一眼，也不看张老师一眼，走得旁若无人。

接着起身的是韩芸芸，她左右瞧瞧，见再无同学起身，又坐了下去。在许多场合，许多时候，许多情况之下，要尽量和全体同学行动一致，行为一致，不表现个性，尤其不表现丝毫的特殊性，是她的原则。此原则起初是父母灌输于她的。从幼儿园到小学到中学到高中，经过长期的意识培养，已变成她自己的原则了。

她才一坐下，犹犹豫豫地又站起来了，望着张老师小声问："我可以走了么？"

张老师一只手在归整讲义，另一只手朝教室的门挥了挥……

于是韩芸芸放慢脚步走了出去。如同在音乐厅里听着音乐，由于什么重要的事不得不悄悄地提前退场似的。她离开座位时环视着同学们抱歉地笑了笑，那意思仿佛是在无言地说——大家提的问题真有趣儿，我真愿一直听下去……可是我又必须走了……我绝不是要成心和大家不一致……

张老师归整好讲义抬起头，见同学们仍坐着不动，一个个仍目眈眈地望他，仍有许多问题要向他提出，要听到他的解答似的。他困惑地问："怎么了？谁向你们施了定身法么？都聋啦？都没听到下课铃响呀？……"

"这是一个错误。"

说此话的是徐小芬。她脸上的表情显得那么地严肃。

张老师将目光望向了她，分明地更困惑了。

徐小芬又说："是文秘专业的错误。也是校方的错误。"

"你什么意思？从何谈起？"

张老师的表情也很是严肃起来了。

"老师您自己最应该明白！希望您能向校方建议，修改我们文秘专业下一届的招生简章！"

徐小芬一说完，霍然起身，快步走了出去。

同学们也紧接着纷纷起身，顷刻走光。教室里转眼空空荡荡，只剩张老师一人如木如石，一动不动地呆在讲台上……

徐小芬的话，等于公开捅破了一层窗纸。在张老师听来，她似乎并没说明白什么。而在同学们听来，她是将一切都说得一清二楚了。

一个不争的事实是——文秘专业，这一个在中国许多高校新兴的，开科历史才十来年的，一度在社会上曾很时髦的专业，对高中女生们曾相当具有吸引力的专业，它虽然不像文艺院校一样对考生有明确的身材和容貌的要求，但社会则是按这一先决条件来招聘文秘的。在电视和报刊的广告中，在人才市场上，此一点虽然讳莫如深，但却是心照不宣的事。想想吧，连某些大宾馆大饭店招聘服务小姐都对身材和容貌有所要求，何况一位老板对自己的文秘了！也不仅私企老板们这样，“红色资本家”们亦如此。而几乎一切中国大学里的文秘专业，却都有意无意地忽略了这一点。几年前，文秘专业毕业的大学生们，是离开了学校，分散到了社会上，企图按自己所学专业求职时，才如梦初醒，才恍然大悟，才受挫，才失落，才沮丧，才领教了社会的另一条法则的厉害。那是一条冷冰冰的法则……

而如今，新生入学不久，就开始如梦初醒了，就开始恍然大悟了。他们和她们的受挫感、失落感、沮丧感，也根本无需分散到社会上就开始弥漫在内心里了。上几届毕业生们的命运，间接地向他们和她们验证着社会法则的厉害。也不仅那些在身材和容貌方面毫无骄人之处的女生心灰意冷，大多数男生也不例外。他们都无法相信，自己们毕业了会真的学有所用。只不过他们都本能地对这点避而不谈。私下里也不谈。因为那差不多是在互相伤害自尊心啊！

而婉们这一届新生，普遍的身体条件和容貌条件，是都挺遗憾的……

怔呆在讲台上的张老师，毕竟是老师，静静地一想，对同学们的反常，也就彻底想明白了——他是等于当着全体同学的面公布了一个事实呀！而那事实是——即使自己是大老板，在专业水平不分高低的前提之下，择优招聘的，起码也是李薇那类外表挺招男人喜欢的女生。文秘专业的学生，即使互有水平上的差异，又能差异到什么程度呢？那么，择优的标准，岂非不言而喻么？

作为老师，他大意地当着全体同学的面公布了这一点；而社会，其实早就在按此原则择“优”了……

张老师一明白同学们反常的原因，两腿更像生了根似的，想要迈动也迈动不了啦。

他原本认为，一切只不过如同中央电视台的《实话实说》节目。他讲课形成了一种个人传统，每节课尽可能留出十来分钟或十几分钟的时间，让同学们得以在极其轻松的，完全不拘师生身份的气氛中，自由地，甚至思想放纵地提些问题，而自己也诚恳地，实话实说地回答些问题。他认为这是增进师生间相互了解的好方式。不成想竟犯了实话实说的错误！

他有一种中了计谋的感觉。

他狠狠拍了一下自己的头，暗骂自己愚蠢，后悔极了。

有些话，是不能实说的。

有些现实，有些事实，经由学生们提出，身为老师的人，那是必须巧妙地绕过去，必须机智地含糊过去，必须顾左右而言他的呀！

唉，唉，亏自己还是教授，怎么连这一起码的常识都忘了呢？

自己犯的是最不应该犯的错误啊！那么当然也是最不可原谅的错误了！

他怀疑同学们是预先集体地策划了，存心诱他跌进实话实说的“陷阱”的。但却一点儿也不责怪同学们的狡猾，只觉得是自己伤害了同学们。伤害了同学们的专业信念和情结……

他由后悔而深感内疚。

事情似乎并不像张老师想的那么严重。以后的几天里，普遍的同学们的思想，也并未发生那多么明显的波动。仿佛，同学们的学习态度，反而更认真了似的。这使他好生困惑。为了解开谜团，他找徐小芬谈话。

徐小芬说："老师您太多心了。没您想的那么复杂。我们这一届同学将来毕业后如果四处碰壁，也不会认为是您的罪过哇!"

听了徐小芬的回答，他反而觉得事情无疑地很复杂了。

于是他又找姚红谈话。

姚红装傻，一问三不知。

最后他找婉谈话。要求婉也实话实说。

徐小芬和姚红早已叮嘱过婉了，所以婉也说："老师您太多心了，没您想的那么复杂。"

"那……那为什么明明响过下课铃了，同学们都不起身，还都一动不动地坐着？为什么?"

"…………"

"说呀，为什么?"

"…………"

"陈婉，我可就指望由你来告诉我个明白了!"

"张老师，您别逼我了!"

"陈婉，老师这怎么是在逼你呢？我……是在请求你告诉我呀!"

张老师急得忽起忽坐，婉则快急哭了。婉不忍心看张老师急成那样，终究还是实话实说了。

婉告诉张老师——那一天同学们回到宿舍后，一个个情绪反应很强烈。有些男生嚷嚷，早知如此，何必当初？说自己当初报文秘专业是天大的误会！有些女生默默流泪了，担忧自己既在先天条件上不适合当什么文秘，又无法改学别的专业，将来到了社会上，身无长技，找不到工作可怎么办？可怎么给父母个说法？接着大家就聚在一起相互安慰，渐渐地统一了一个认识，那就是——不管将来命运如何，总之目前不能对不起张老师这样的好老师，装也要装出热爱专业，孜孜而学的样子……

婉眼中盈满了泪。

婉说：“老师，您逼我实话实说，我就实话实说了！您……您装也要装出什么都不知道的样子啊！这一层窗纸，何必非从两边捅破呢？……”

“原来如此……”

张老师说出这四个字，再就不知说什么好了。

张老师眼中也不禁盈满了泪……

不久，韩芸芸退学了。

确切地说，从张老师在课堂上实话实说那一个晚上她回家以后，再没来过学校。她的一切退学手续，是她母亲公司里的一个人来代办的。再确切地说，是她母亲的秘书来代办的。她母亲当然是女人，那么她母亲的秘书当然是男人。有几名同学说自己见过他——在系办公室，或校办公室。说他非常年轻，看去绝不会超过三十岁。说他英俊，潇洒，典型的帅哥。仿佛十年前来到中国的费翔，气质别提有多么地佳了。说人家可并非文秘专业毕业的。说人家学的是考古，而且是位博士。这一点使全体同学的心理皆受巨大的严重的摧毁。连学考古的都捷足先登抢占领地般地甘当秘书不当什么考古学家了，待自己们毕业后，还哪儿去捧文秘这饭碗啊？外表是一看便能得出结论的，人家一表人才非不承认也无济于事嘛！而他是学考古的，是博士，那几名同学又是从何知晓的，却没谁认真想了……

总之那一天夜晚，韩芸芸她妈的男秘书，自然而然地，不约而同地，成了同学们的又一卧谈话题。不分男生女生，几乎每个宿舍都在谈。

在婉们的宿舍里，赵萌的话，具有总结性的意味。

她说：“从哲学上讲，这就叫物质的外因内化现象。”

赵萌未参与卧谈。她坐在蚊帐里看哲学书来着。大家沉默了，似乎再没什么可谈的时候，她才慢条斯理地说那句话的。

如果没人接话，卧谈也就结束了，总结性发言也就真是总结性发言了。

偏偏姚红接了一句：“哎，大哲学家，跟哲学有什么关系呀？再说听你也不像是在谈哲学，倒像是在探讨化学。不懂。不懂！”

她是真不懂。

她这一接话，赵萌来了启蒙教育的情绪。一撩蚊帐，钻出颗头说：“哲学也包括化学现象。哲学无所不包。韩芸芸她妈也罢，韩芸芸她妈的帅哥秘书也罢，首先是什么呢？是人。人又是什么呢？百分之九十以上是水么，再加点儿骨质的东西。如此而已，仅此而已。是物质。韩芸芸她妈这一物质，由于有钱这一外因，就起了内部的变化了。她的秘书呢，由于帅这一外因，也起了内部的变化了。可也是的，考古这一行用不着那么帅，那么帅而考古是自身条件的浪费。俩物质的内因都因外因起了变化，所以就吸引到一块儿去了。化学上叫分子式的改变，物理学上叫物态的改变……”

“酸！我听你们的话，都酸溜溜的！都是望着葡萄吃不着的狐狸相！”

李薇替韩芸芸以及韩芸芸她妈抱打不平了。

她关了她床头的灯继续说：“人家韩芸芸她妈的公司是私营公司。人家有一亿多个人资产！有一亿多个人资产的女人，就配有那样英俊潇洒的小男秘书！这叫资格！有个人资产就有特殊资格！我要是韩芸芸她妈，我也非高薪招聘那样一位男秘书不可！看着眼睛舒服，让他跟着陪着心里边愉快，起码这样！……”

李薇一番话，对大家全部的卧谈水平进行了颠覆性的扫荡。等于是总结的总结。讥讽的矛头，连赵萌也未放过。

赵萌的头缩回蚊帐里去了。

她一向不屑于与李薇争论。常以沉默表明，李薇和她不在一个思想档次上。

但徐小芬恰与赵萌相反。越是在李薇占上风的时候，徐小芬越是要单出头，偏跟李薇针尖儿对麦芒儿不可！

徐小芬说："李薇，你听着——第一，伊索的寓言也可以换一种讲法，狐狸终于吃到了那串表面看起来非常诱人的葡萄，但一吃到嘴里就立刻连连往地上吐，还说：'果然酸！果然酸！看来表面诱人的葡萄确实不见得一定是甜的！'第二，你不是韩芸芸她妈。今后也不会是。永远也不会是。哪怕你有机会是，韩芸芸也不肯答应。第三，你别做梦你将来也会有一亿资产。你并没有韩芸芸她妈那样的老爸。女人光凭点儿小姿小色聚敛一百万还行。一千万也有可能。一个亿可能性极小。第四，即使你以后有了一个亿的个人资产，劝你也千万别找一位考古博士当秘书，小心哪天像解剖古尸一样把你给活活解剖了！……"

"你才是古尸呢！药液里泡过的古尸，哪哪儿都没点儿曲线！你……"

李薇近乎气急败坏地尖叫反击。

"李薇！"

她正欲将她的反击推向凌厉难以招架的程度，猛听到婉喊她的名字，顿时收话——因为婉的嗓门儿，比她的嗓门儿还高，夹带着伤心到了极点的愤怒。婉一向低声细气地说话，从没嗓门儿那么高地喊过。不仅李薇，徐小芬她们几个也都惊愕了。

几分钟的惊愕之后．婉又开始说话了。

婉说："咱们这样，对么？好么？韩芸芸做了什么对不起咱们的事么？没有吧？那为什么我们要在背后伤害她呢？一口一个韩芸芸她妈如何如何，用刻薄的话说咱们一个同宿舍同学的母亲，这……这算什么呢？……"

婉的话，又低声细气起来。

宿舍里又是一阵肃寂。

啪嗒——徐小芬从蚊帐里伸出一只手，将宿舍的灯拉灭了。

黑暗中，那一种肃寂是那么地压窒人心。

唯独婉，并没参与卧谈。

只有婉，以自己的高声一喝，和自己低声细气的批评，彻底将似乎无休无止而且引起了激烈冲突的卧谈结束了。

黑暗中，仿佛能听到每个人的心跳。

黑暗中，婉的眼角儿，缓缓淌下了一滴泪。

她又回忆起自己上大学前的种种经历了。

婉的眼前，又出现了滔滔洪水，出现了自己家那头老黄牛惨遭淹死的可怖情形；出现了解放军们救自己的情形；出现了那个叫王北川、为救自己而死的战士年轻得尚未褪尽稚气的脸庞；出现了许许多多认识的和不认识的家乡人，在被洪水四面围困的小山包上为自己开欢送会的情形……

婉又开始思念家乡，思念自己不存在了的家，思念爸爸妈妈和弟弟，思念同村的小姐妹们了……

她们是多么地羡慕自己啊！

她们又是多么地以自己为荣啊！

婉的眼泪一滴又一滴默默往下淌，濡湿着她的枕头……

后来张老师向询问他的同学们证实，韩芸芸是出国了。到美国的某大学学企业管理去了。她母亲对她抱以厚望。期待她获得博士学位，之后协助自己管理家族拥有一亿多资产的公司。婉们能和她同学一年，实在是缘外之缘。因为她实际上年长婉们一岁。是婉们上一届的高考生。落榜了，她母亲才安排她自费来学一段文秘。怕她在家里闲出病，不过是应急的暂时之举罢了……

总之，韩芸芸就这样气泡似的从婉们的大学生活中飘飞而去。她的真性情是怎样的？她的真爱好是什么？她对学校里和专业里发生的一些事的态度如何？她对同宿舍的哪一个同学真好？对哪一个同学的印象不太好？……

这一切，也都被她带走了。

半点儿供谈论的根据也没留下。

婉们都觉得，根本没与一个叫韩芸芸的女生同过学似的……

张老师说韩芸芸的一切东西她都弃而不要了。她的铺位可以清理出来了。因为她想带走的东西她已都带走了。同学们望着她的铺位，觉得她什么也没带走，什么也没缺少。

韩芸芸的东西都是好东西。起码可以说都是新东西，对任何一名大学生都极有用的东西。她的被褥上都有高级的品牌商标。她的几套衣服，几双鞋都是北京正流行的，一看就知道都是价格挺贵的。只不过色彩和样式似乎普通。她穿着不招摇可不等于她不讲究名牌。她的书在同宿舍的同学中最多，但十之八九她连翻都没翻过。她抽屉里还有精美的电子表，小巧的手电筒，袖珍计算器，掌上游艺机……

大家不知拿那些东西怎么办才好。

姚红主张分送给几名困难生。徐小芬各个宿舍问了一遍，没同学肯接受。有的同学还受辱般地说——我又不是乞丐！……

最后徐小芬决定，全卖了。于是某一个星期日，大家就你负责几样，我负责几样，带到校外去卖给收旧物的农民了。总共才卖了一百二十多元。姚红心痛得连说卖亏了卖亏了！婉也觉得卖的实在是太便宜了，但没像姚红那么表现出来。徐小芬将钱收齐在自己手里。说留着办一份学刊用。办一份文学性的学刊，亲任主编，一直是徐小芬的大心思。只有李薇负责卖的一块表没卖出去。也不知她是真没卖出去，还是能卖出去而不愿卖出去。

她欣赏着那块表说："虽然是电子表，但毕竟也是名牌啊！反正没卖出去，不如留给我作个纪念吧！"

徐小芬一把从她手中夺过表，转手就当着大家的面塞给了婉，还瞪着李薇说："留纪念也轮不到留给你！"

婉哪里肯接呢？在那一种情况之下，又怎么能接呢？

她一边推拒，一边红了脸着急地说："不，不，我不能……"

不料徐小芬也急了，反瞪着婉说："不什么？有什么不能的？大学生没块手表多不方便？你不要我可摔了它啦！……"

说罢，高举欲摔。

赵萌和姚红赶紧阻止，都好言劝婉接受。连李薇也及时地说："婉，那你就留作个纪念吧！谁留作纪念不一样呢？……"

婉只得接受了那块表。

从此她再也不问同学们几点了……

随着韩芸芸的东西被清理，韩芸芸退学这件事对婉们的心理影响也一天比一天削弱了。宿舍里少了一名同学，腾出了一张可放置东西的床位，空间显得大了许多。每个同宿舍的同学，都暗自感到，其实自己是韩芸芸退学这件事的直接受益者。别的宿舍的同学们，都羡慕她们宿舍的宽敞。卫生评比时，婉们的宿舍成了合格的样板。但有的宿舍的同学颇不服气，说："要是我们宿舍也只有五名同学的话……"

婉们的日子很程式化地一天天度过——上课、吃饭、自习、睡觉，睡前卧谈……只不过大家都达到了一种默契似的，相互避开将来的择业问题不谈。偶尔有谁说了，也没人接话。在没人接话的沉默中，谁就会意识到自己的话是不合时宜的，明智又识趣地不再说第二句……

婉有一个秘密。

婉像蚌用自己的壳包含住一颗珠子似的，对那秘密严加保守，没向一名同学透露过。这倒不是由于她开始变得有城府了，而是因为她觉得，构成她那秘密的那一件事，目前还是一件连自己都说不清楚，更难以向别人解释清楚的事……

去年十一月里，北京下第一场雪那一天中午，一名别的宿舍的女生将正要睡午觉的婉从宿舍里叫了出去。那同学说她刚从外边回来，说学校后门儿那儿，有一个乡下人求她给婉带个口信儿，让婉到学校后门儿去一趟……

婉问那乡下人是男的女的？

同学说是男的。

"那一定是我父亲了！"——婉的话脱口而出。除了是父亲，难道还会有另外的什么乡下人，来到北京，来到校门外找自己么？

重建一个家是多么地不容易啊！

这份重担当然的，主要得由父亲来挑起了！父亲那瘦小的身体，还能挑得动么？

婉实在是太惦家了！

也实在是太体恤父亲的难处了！

她激动得要命，穿反了鞋自己还不知道，拔腿就欲跑。

同学告诉她鞋穿反了。

同学说陈婉你先别太激动啊！说你先把自己左右脚的鞋换过来呀！说我敢肯定那个乡下人绝不会是你父亲，因为他看去比你的年龄大不了几岁……

婉满腹狐疑来到学校后门儿，见那乡下后生并不是自己认识的人。

婉问他找自己有什么事？

他却先让婉掏出学生证，证明自己确实是陈婉。

他一开口说话，婉便相信他是自己的家乡人了。

久违了的乡音，使婉感到了一阵心里热乎乎的亲切。

婉的学生证一向是带在兜儿里的。

老乡看过她学生证以后，交给她一个封了口的信封，让婉等他走了再看，说她一看就明白了。

老乡说完转身便走了。婉连声叫他站住一下他也不站住。恰巧开来一辆小公共汽车，他在婉的注视下头也不回地上了车……

婉对那封拿在手里的信起初有点儿不安，甚至可以说有几分害怕。那信封太轻太扁了，仿佛里边只有半页信纸。仿佛那半页纸上，肯定写着某种对婉最不吉祥的咒语似的……

婉一边往回走，一边小心翼翼地扯开了封口。内中连半页信纸还不到，只不过四指宽的一条纸。另外，还有一张百元钞。很新的一张百元钞。

纸条上写着这样几行字：

陈婉，每月的这一天，这一个时候，请你一定要到你学校的后门来。那么就会有人同样交给你一个信封。

别问为什么，只要记住我们都是你在北京打工的老乡就行。我们什么也不图，所以你千万不要有顾虑。如果你到了日子不来，你的某个老乡就会一直傻兮兮地等下去。我们不从邮局寄给你，是怕你同学知道了你上大学还有这点儿资助，会减少你的助学金……

歪歪扭扭的字，将纸条的正反两面都写满了。

婉没回宿舍。

她坐在小河旁的一块石头上，反反复复地默读纸条上歪歪扭扭的字，反反复复地看那很新的百元钞不忍对折……

她内心里感动极了。

又感动又混乱，不知自己究竟应该怎样对待这一件事。

婉是个对别人的善意帮助特别敏感的人。又是个不肯轻意接受别人的帮助的姑娘。按说，在阴险世相层出不穷的今天，此事足以令人产生警惕。

但婉却一点儿也没起疑心。

她相信纸条上那几行歪歪扭扭的字所表达的家乡打工仔们的善意。正如她相信那很新的百元钞绝非假钞。

如果下一月的这一天这一个时候当面退还，那不是太伤别人的心了么？

如果以后的这一天这一个时候干脆不到校门口去呢？纸条上不是写的明明白白，来的某个老乡会一直傻兮兮地等下去么？

他们不从邮局寄给她，而决定以后每月的这一天这一个时候亲自送来——他们考虑得多细啊！

如果纸条上写的不是“一些”来京打工的家乡人，写的是“一个”，那么婉也没什么可沉思可考虑的了。谁知此人的善意的后边，是否包藏着难料的歹念呢？但“一些”家乡人就不同了啊，他们合谋了算计她这样一名其貌不扬的穷女大学生能有什么目的又能达到什么目的呢？婉从他们的角度推想来推想去，却推想不出个所以然……

至今，五个月过去了，婉已接受了“一些”家乡人送给她的五百元钱。接受？那也是接受么？实际上她每次都是拒绝的。而且每次都企图连同已经“接受”了的钱一并还给他们。但每一次的结果都事与愿违。他们见了她面，将信封塞给她，对她说几句珍重之类的话，转身便走。五次来过四人，其中一人来了两次。都那样。有人甚至连话也不说。仿佛双方是在“接头”。他们的年龄，比婉大不了几岁。还有一个据婉看来，似乎还比她小。总之，婉又多了一个整整五百元的存折，不是接受，也等于是接受了。没法儿不接受。学校后门儿也并非清静之地，几乎每时每刻都有一拨拨的人进进出出。婉实在不愿被人看到自己和他们拉拉扯扯，给给拒拒。那多让别人犯猜疑呢？

婉将他们的钱另立存折存起来，是决定了不在万不得已的情况之下一分也不花他们的钱。等到适当的时机一定还给他们。倘在万不得已的情况之下花了，毕业后找到了工作，也是要加倍还的。同时也是要虔诚深谢的。婉知道，他们挣一百元钱不容易啊！那是要受许多累许多屈辱的啊！那是要付出许多汗水的呀！

在四月下旬的一天，婉的这一个秘密，终于向一个人公开了。

对方是姚红。

姚红四月初住院了。

住院前姚红常觉左脚腕儿疼。她左脚在高一的一节体育课上崴过。当时没在意，谁没崴过脚呢？贴了一贴膏药，好了，再不去想。后来又崴了两次，仍是左脚。仍没去医院检查过。仍靠贴膏药贴好的。她爸妈说，哪只脚崴了以后又崴了，是常事儿。好比桌腿儿椅腿儿脱楔的地方以后又脱楔了是常事儿。姚红认为爸妈的话不无道理。何况，工人家的女儿能太娇气么？崴了脚也值得小题大作地上医院么？何况学业那么吃紧，她自己也舍不得耽误了课时去医院检查呀！……

六月初的日子里，她左脚踝部疼痛得渐渐难忍。后来去上课都需婉或徐小芬搀着了。再后来从宿舍到厕所那么一小段室内的距离自己都走不了了，没人搀着只得扶墙一小步一小步前移……

一天夜里姚红脚腕子疼痛得无法成眠，嘤嘤哭泣。

婉和徐小芬都觉得情况严重，不可小视。半夜三更敲开了张老师家的门，向张老师如实汇报了。

张老师听了很生气，责问她俩，既然姚红的脚腕已疼了好几天了，为什么才告诉他知道？

她俩吭吭哧哧地说，姚红不许她俩告诉他，想忍过考试以后……

“糊涂！她猪脑子呀？你俩也猪脑子呀？究竟考试重要，还是看病重要?! ……”

张老师一边训她俩一边跨出了家门。

而徐小芬一边和婉紧随张老师身后，一边悄悄对婉说：“咱俩反倒挨训，真没地方讲理去!”

虽然，婉和徐小芬都替姚红颇感不安但却谁都没往太坏处想——也许是长了骨刺吧？她们都这么认为。

当夜张老师从学校要了车，和婉、徐小芬一道，将姚红送往医院。

照过片子后，医院将姚红留下住院了。

那一夜里，婉和徐小芬都觉得，张老师像一位父亲，姚红像是他女儿。一会儿楼上一会儿楼下的，姚红全由他背着抱着。

见张老师和婉和徐小芬要走了，姚红又哭了，眼泪汪汪地说："你们可千万常来看我呀！可别不管我了啊！……"

张老师保证地说："那当然，那当然！……"

婉和徐小芬也不禁眼泪汪汪起来……

几天后，一个惊人的消息从系办公室传出，姚红患了成骨肉瘤——也就是骨癌。如果还没扩散，那么将被齐膝以上锯掉左腿；如果扩散了，生命也就不长了……

这消息使同学们，尤其使姚红同宿舍的婉们，一个个都变得沉默寡言了。连似乎一向不知愁滋味的李薇，都不止一次地在宿舍里小声问大家："怎么办？咱们能为姚红做什么？咱们总得替她做点什么呀！……"

当厄运突降在朝夕相处的别人头上，除了是敌人和仇人，普遍的人性，都会显出善良的一面。因为生命的脆弱和不堪一击，使每个人都由对别人的怜悯而想象自己战胜厄运的可能……

婉和徐小芬是不肯相信那消息的。

中午，她俩又去了张老师家。

张老师的爱人说张老师不在家，仍在系里。问婉和徐小芬，找张老师是不是想打听关于姚红的事？

她俩说是的。

张老师的爱人劝她俩先别去，说张老师肯定仍在系里谈工作。

她俩问张老师的爱人清楚不清楚？

她说她不清楚，什么都不知道。又说她也很喜欢姚红。认为姚红这个工人家庭的女儿朴实可爱。

但婉和徐小芬看出，她明明什么都知道。

离开张老师家，她俩商议了一下，决定还是得去系里找张老师问清楚。

张老师已不在系里了。锁了的门上用图钉按了一页纸。张老师潦草的笔迹写满了那页纸——“我在小餐厅！”

也不知是留给谁的。

婉和徐小芬又专执一念地赶到了学校开办的小餐厅——谁在那儿宴请客人，对谁必是一件郑重的事。

已经一点多了。

已经没人在散座用餐了。

只一个单间还敞开着门，一些人还在围着满桌菜肴热烈地谈论什么。徐小芬眼尖，发现张老师在单间里，急扯了婉一下，双双闪至门旁等候。

原来客人们是些记者。电台的，电视台的，报社的都有。还有显然极重要的一位，便是那位曾赞助系里开联谊会的摩登女郎。她穿的仍很摩登。化了妆的脸上，表情仍那么矜持又自信。

婉和徐小芬耐心听了一会儿，有点儿听明白了——在谈如何发动社会向姚红献爱心的事。

那女郎的话最多，喋喋不休，不住口地尽说尽说——说既然要当成一次活动，那么就要几方合作，周密策划。首先要拿出一份令几方都满意的策划书是不？说她的公司绝不在乎捐几万元钱。但起码要捐得隆重，捐得值。策划的第一条，首先得给她个机会宣传宣传自己公司的实力吧？得动员一位市领导参加吧？得有大学生代表读一封感谢信吧？她还问记者们此事是不是准能登在第一版？多大字号？公司的全称如何突出在标题中？能在电视的第几频道哪一个时间段播出？……

记者们显然都没有她想的这么细。都被她问得一愣一愣的，你看我，我看你。

她说时，张老师一直在吸烟。一大口接一大口地吸。

见记者们被问得发怔发愣，张老师使劲儿狠狠按灭烟，忍不住开口了。

张老师说："我听来听去，你不就一个意思，也要成功地为你们公司做一次广告么？我不反对你做广告。我是那么不通情达理的人么？但……但现在的问题是，我他妈的没时间等你那儿拿出一份高明的策划书！如果要保住我学生的命，医院说得用外国进口的药，住一个月院就得三万多！得住多久院没医生能说得准！我们是大学！为了救我们学生的命，我们希望得到社会各界的捐助，但请别强我们所难，把这样的事做成了热闹，做得太俗气了！……"

婉和徐小芬听张老师说话的声音不但那么大，而且口吻也分明地等于是在训人了。她俩不由得朝单间里偷窥，见张老师的情绪特别冲动，双手扳着桌边儿，仿佛随时打算将桌子掀翻似的。也见坐在张老师斜对面的一位年轻女记者在用手背抹脸——看来，是张老师的唾沫星儿溅在她脸上了……

"张老师，您说太俗气了是什么意思呢？我不懂。能解释解释么？……"

女郎的脸板起来了。用一根筷子拨拉着一只盘子里的虾，将它们都排列得整整齐齐。口中的话，也问得冷冷的。

“我……当然，您也别误会。我用词不当，用词不当……我的意思是——哪怕往最好处想，我学生失去一条腿也是无疑的了……那她将来可怎么办呢？我们不也是在为她的将来……”

张老师的话软了下来，表情也变得非常不自然。

“但敝公司不是保险公司，不是慈善机构，我们做什么事，一考虑经济效益，二考虑广告效益。如果两个目的都达不到，那么那样的事我们何必做？就这么简单，失陪了！”

女郎说罢，倏然起身，走出了单间。她高昂着头走到服务台那儿，打开挎包，取出钱夹，刷刷刷抽出几百元，甩扑克牌似的往桌上一甩，对服务员说：“这顿饭我买单了！不必找钱了……”

说罢，扬长而去。

婉和徐小芬收回目光，再往单间里看时，见张老师呆在那儿，见记者们都茫然地望着他。

那名年轻的女记者低声问：“张老师，这……您说还该怎么办呢？”

半晌儿，张老师嘴里才吐出一句话是——“你们看着办吧！”

于是记者们面面相觑一阵，也纷纷离去。

婉和徐小芬互看了一眼，都从对方眼里明白了这样的意思——咱们什么也别问张老师了。

她俩本打算也悄悄离去，刚走到外边，不约而同地都站住了。她们又都明白了对方的意思，手牵着手，返身径直走进了那单间。

张老师低着头，仍一动不动地呆在那儿。

她俩都想劝慰张老师几句，却又不知究竟该说什么好。

婉轻轻叫了一声："张老师……"

张老师这才抬起头来，这才发现她俩。

他眼神儿有些懵懂地望着自己的两名学生。

徐小芬说："张老师……我们……我们能替姚红做点儿什么？……"

张老师张大嘴，长长地有声地出了一口气，接着吸烟。吸了两口，头也不抬地说："姚红她父母来了，住学校招待所。你俩，代表全体同学去看看吧……"

她俩等着张老师能再说几句话。

张老师却什么话也不说了。

她俩默默退出单间，才又听到张老师的声音："把门关上。"

徐小芬就轻轻将门关上了。将张老师一个人关在那单间里了……

离开小餐厅没多远，婉觉得自己内心里一阵恐惧般的发毛，双腿一软，走不动了。

她蹲下了。

"陈婉，你怎么了？……"

徐小芬诧异地站住了。

"没怎么，蹲会儿就好……"

婉深埋着头。

"没怎么就起来！咱俩去看姚红她爸妈……"

徐小芬将婉扯了起来。

二人走到一棵树前，婉又站住不走了。

她双手捂脸，头抵树干，呜呜地哭开了……

徐小芬被她哭得心慌，搂着她肩问："陈婉，你哭什么呀！哭什么呀！别哭，别哭嘛！……"

婉一边哭一边说："我怕，我心里怕极了！我想家……我想我爸妈……想我小弟……"

徐小芬明白婉说她怕是怕什么，鼻子一酸，心里一阵难受，搂抱着婉，也陪着哭起来了……

幸而那会儿校园里静悄悄的四周无人，容她俩互相搂抱着痛痛快快地哭了一场。

后来她们互相瞧着，决定不代表同学们去看姚红的父母了。因为她们的眼睛都哭得又红又肿的……

她俩回到宿舍，李薇和赵萌恰从午觉中醒来。李薇和赵萌看出她俩哭过，却谁也不问她俩什么。仿佛一切都不问自明。

徐小芬说："赵萌，姚红的父母来了，住学校招待所。张老师让我俩去看看他们。我觉得，你比较理性，懂得应该怎么劝。所以，我的意思……最好你去吧。李薇你陪赵萌去……"

赵萌和李薇交换了一下目光，仍什么话也不说，默默地赶紧地就穿鞋。她们都穿好鞋以后，赵萌说："我们去了。"

于是和李薇就离开了宿舍……

婉和徐小芬没想到赵萌和李薇很快就回来了。去归大约也就半个小时。而且，她俩的眼睛也是又红又肿的。

徐小芬问她们为什么回来得这么快？

赵萌说，理性又怎么样？不理性又怎么样？谁去了还不是只能陪着哭？与其陪着哭，莫如表达了份心情就赶紧走……

李薇说，早知姚红会这么不幸，我一定对她特别友好！——说完扑到床上，抱着被子，将脸埋入被中……

婉们觉得她说的纯粹是小孩儿话，都不睬她，任由她自己个儿那样子后悔，难受……

过了几天，学校里展开了向姚红献爱心的活动。

又过了几天，姚红的不幸见报了，电视新闻也报导了。

但那个时候，中国驻南斯拉夫大使馆刚刚被以美国为首的北约轰炸过，北京人都在关注着南斯拉夫的战况，姚红的事几乎没能引起社会的一瞥。除了在校教职员工和学生们捐了一万多元钱，再无社会方面的捐助。姚红的不幸，还在于厄运降临在她头上的时候太不是时候。进一步说，不是媒介缺少话题足可以利用了炒作的时候。许多人都这么认为……

婉带来上学的一千余元，和入学时学校补助她的一千元，已用去了十之七八。如果不是她格外节省地用，其实根本不够维持到现在。婉每次写家信，都再三声明自己不需要家里寄钱来，自己已经找到了一份长期家教，每月的酬金足够伙食费。她当然是在说谎。北京人雇家教很是挑剔，认为大学一年级生没有资格。婉曾和徐小芬、姚红去到过某些劳务市场自我推荐，也曾站立在早市街口，胸前挂着一个写有“应聘家教”四字的纸板期待过，结果当然是自信而去，沮丧而归……

婉最大宗的一笔钱，便是那自己发誓不到万不得已的情况之下绝不取出的五百元的存折了。

为姚红，她三次去往储蓄所，三次在储蓄所门前久久徘徊之后返回了学校。依她想来，确实到了万不得已的时候。在全校师生为姚红而发起的捐款中，怎么可以没有自己的一份儿呢？怎么可以呢？但……但那五百元，对自己也是多么地重要啊！倘自己到了万不得已的时候呢？

就在她第三次从储蓄所回到学校那一天晚上，几名男生不知从哪儿搞了一台十四英寸的黑白电视，摆在他们这个女生宿舍，等着看一场足球赛。理由乃婉们这个宿舍是模范宿舍，张老师一向反对同学们在宿舍里看足球赛，但却肯定不会在晚上巡查到婉们这个宿舍。经几名男生再三恳求，婉们答应了。据说，那一天的新闻节目中，有记者在医院里对姚红进行了采访。婉们是那么地想念姚红。都希望能从电视里看看姚红怎么样了。而这才是她们答应了那几个男生的最主要的原因。

第二条新闻使婉的心理受到了从未遭受过的猛烈的袭击，情形不亚于以美国为首的北约对南斯拉夫的狂轰滥炸。实际上那只不过是一条北京人早已司空见惯，连茶余饭后谈论谈论的兴头都没有了的小新闻——几名外省的打工仔与一建筑承包队的头头发生了劳务纠纷，原因是他们的工资被克扣了。纠纷导致斗殴。斗殴中一名承包队的头头被愤怒的打工仔们当场打死……

新闻节目主持人以警世的口吻说——虽然此案仍在审理中，但有一点是肯定的——几名丧失理性的打工仔，将在监狱中度过他们漫长的一段人生……

打工仔们的脸——从十四寸的黑白的电视屏幕上闪过，婉认出了他们正是那“一些”每月按时送给自己一百元钱的家乡人。

这是绝不会错的。

婉太熟悉他们的脸了！尽管她和他们中的三人仅仅见过一面。

但那是最能给她留下深刻印象的一面啊！

真的，他们的样子，经常浮现在婉的脑海里。

谁会对自己心存大感激的人印象模糊呢？

事实就是事实。

正是他们！

那一时刻，婉如受当头一棒，只觉眼前阵阵发黑。她怕自己连人带椅栽倒于地，也怕自己心理失控，做出什么令同学们惊惶失措的反常之事，便强自镇定地，缓慢又缓慢地站了起来。

她头脑中只剩下了一个意识——别让同学们觉得自己不对劲儿，千万别让同学们觉得自己不对劲儿……

她在这种意识的支配下转身向门外走去。

她听到徐小芬的声音在她背后问她："陈婉，你干什么去？可能下一条新闻就该是对姚红的采访了……"

她头也不回地说："屋里太憋闷了，我出去透透气儿……"

她听到李薇和赵萌也各说了句什么，大概也是让她先别离开的话。

她连看都没看她俩一眼，根本没听到她俩的话似的走了出去……

三三两两在校园里散步的人很多。这儿那儿，传来着歌声，传来着笑语。校舞蹈队的女生们，占据了篮球场在排练舞蹈。她们的录音机，播放着热烈的西班牙舞曲。淡蓝色的月辉下，她们的舞影轻快妙曼……

婉不禁想起了自己从一本外国诗集中读到的诗句：

正因为厄运没落在我身上，
所以我仍要尽享快乐……

婉习惯地走向小河边，那儿人少些。在自己曾多次坐过的大石头上，婉像一片落叶似的，悄无声息地坐了下去。她觉得自己的意识和身体已经分离开了似的，觉得更其有分量的倒是自己的意识似的，否则身体怎么会变得落叶般轻了呢？

她呆望着河面。河底有什么东西在闪亮着，仿佛某种童话里的神秘之物，仿佛在等待着她涉水走过去捞起，仿佛它能带给她某种神秘的法力……

哦，是了，那是她抛在河中的小镜子呀！

那块大石头，因为只能坐下一个人，所以在这样美好的夜晚，在婉来到之前，便只有大受冷淡地存在着。

校园里流行着恋爱风。

大学生们，尤其男大学生们的理由是——女人在当大学生的时期，起码不会像电视里某些做广告的女人一样，面对名车、别墅、珠宝和钻戒娇呼——哇，这才是我的至爱！

在情欲横流和物欲横流之间，他们若不趁着她们的心思没流向后者之前亲爱她们，更待何时？等她们到了社会上，等她们的前一种心思变得理性了，等她们的后一种心思变得炽烈了，还有他们亲爱她们的机会么？他们又能以什么贵重的东西做亲爱她们的资格和资本呢？

而女生们的想法则是——离开了大学校园，社会上哪儿还有地方向自己提供如许多的亚当供自己选择实习爱情呢？大学校园里的亚当们的优点是浪漫——他明知你并不真爱他，明知你只不过在通过他实习，但却宁愿想象你是真爱他，宁愿配合你实习之——他们要一个吻一次拥抱做回扣的现实态度，远比要什么真爱更迫切。

在小河的那边，在稀疏的树影的掩护下，亚当和夏娃们早已盘踞了一切可供两个人坐的东西。从石凳到装点河岸的石头。

一对对的恋爱实习生中，十之七八也只不过是在排练爱情。他们和她们排练得都那么地投入，如同一些体现爱的主题的连体雕塑。如果不是目不转睛地盯望十分钟以上，是很难发现那些身影改变了的……

婉忧郁地望着那些身影，内心深处所产生的一种强烈的情愫，却根本与爱情无关，而仅仅是无比缠绵的，剪不断，理还乱的亲情。

婉更想家了。

更想爸爸妈妈更想小弟了……

还想姚红……

据李薇和赵萌讲，姚红的父母，是将自己后半辈子的全部憧憬、希冀和安慰，百分之一千地寄托在姚红身上了。

这一点，姚红的父母和自己的父母是一样的啊！

自己和姚红也是一样的啊！

婉曾从报上读到过一大篇文章，题目是——《家境既穷既困，何必还考大学?》。

依写文章的人想当然地看来，分明是由于人的自私心理作祟。报考大学的穷家儿女是自私的。他们和她们的父母也是极端自私的。都认为——反正只要我考上了，社会总不能眼睁睁看着我读不起，总会有某些富有同情心的人乐于相助。这一种依赖他人依赖社会的心理，不是自私又是什么呢?

依写文章的人的观点，那就是人必须认命。谁家穷困，这是命。穷你还一心考大学？你读到初中就应该清楚你没资格成为大学生！你学习好你也没资格！你考上了成为了大学生而读不起，纯粹是你自找的！婉从字里行间读出了两个没明写着的字是——活该！

写文章的人还认为，世人根本不应从社会问题的角度来分析百万穷困大学生的现象。而应从道德与不道德的角度进行评说——明明读不起，却偏要报考，考上了又偏要读。是很不道德的。不认命进而麻烦社会进而形成对社会的滋扰，难道是道德的么？如果百万穷困大学生及他们和她们的父母们都能这么理智又明智地想一想，哪里还会有什么穷困大学生现象？媒体不是也会空出些栏目开展轻松愉快的话题么？……

当时只婉一个人在宿舍里，婉读着读着，脸红起来，发烧起来。仿佛，从报上浮现出了一张面孔。像男人的面孔。也像女人的面孔。那是一张似男似女非男非女的面孔。一张因而代表某些不具体的中国男人和中国女人的面孔。婉知道他们和她们是确乎成批地存在着的。甚至，在校园里，在同学们中，也确乎地存在着。那篇文章公开了他们和她们对婉和姚红这一类穷困大学生的真实的看法……

突然宿舍门开了，姚红回来了。婉怕姚红也看到那篇文章，赶紧将它折起。那篇文章的标题好大，比火柴盒小不了多少。

姚红恰恰是回来找婉手里那一张报看的。她听人议论那一天的那一份报上有那么一篇文章，在别处没找到，想起了宿舍里好像有一张……

趁姚红这找那找，婉起身带那张报离开了宿舍。她躲到女厕所去，将那张报撕得粉粉碎，冲下了便池……

那一天夜里，婉难以入眠。她在心中暗问自己：陈婉，陈婉，你是自私的么？你的爸爸妈妈是自私的么？……

不，不……

婉在内心里替自己辩护。

婉上大学，主要不是为了改变自己的命运，而是为了改变家庭的穷困状况，进而改变父母的命运和小弟的命运。

爸爸是自私的么？

妈妈是自私的么？

爸妈也不是自私的呀！他们勤劳，他们节俭，他们含辛茹苦。

他们原本相信靠了他们的勤劳和坚忍，是供得起自己女儿读完大学的。他们从未有过依赖别人更未有过依赖社会的心理啊！

谁能想到一场水灾将他们一家四口冲成了无家可归一无所有的人呢？

接到录取通知书那一天，父亲不是对她说了很刚强的一番话么？

她当时也是认命了的呀！

婉又联想到了姚红。联想到了许许多多和自己和姚红一样的穷大学生们——穷大学生们谁不是企图通过自己一个人的奋斗，而为中国减少一个穷困人家呢？只要他们和她们坚持到了毕业，只要他们和她们找到了工作，只要他们和她们以后每月能往家里寄三百元钱，那么他们和她们的家庭就与从前大不一样了！父亲和母亲们的脸上从此便会多了笑容，生了病也舍得花钱买药了，弟弟妹妹也从此在年节有新衣服新鞋子穿了！

脱贫在中国特色的理论上有百种千般的办法。但是对于穷困的农民，那些办法又往往是那么远离实际。

什么办法能使自己的家庭每个月多三五百元收入？而且长久，而且无比可靠，而且无风险？

这样的办法就是支持自己的儿女上大学。

百万穷困大学生毕业以后，如果就业顺利的话，就几乎等于中国有百万个穷困人家从而脱贫呀！

这即使说是自私，也是可以理解的自私吧？

婉呆坐在河边的石头上，思绪如潮，感到孤独，迷惘而又委屈。同时感到，内心里一阵阵发冷。

几名家乡打工仔的脸，一一浮现在她眼前。像过电影慢镜头似的。

他们的人生，也许从此都完了，再也没有转机了……

这想法使婉的心抽搐不止……

据徐小芬讲，有一本外国的小说叫《生命不能承受之轻》。

婉没看过。也不想看。

她断定那肯定不是为自己这类在现实得没法儿更现实的人生中疲惫着的人写的书。

她常想自己才刚刚十九岁呀！

却像十九年来一直在拉着一辆沉重的车那么累。

十九岁的婉的感觉是深深切切的生命不能承受之重。

婉多渴望能以一种享受生命的人生状态体会《生命不能承受之轻》的幸福啊！

那除了是幸福，是幸运，竟会也是什么了不得的值得写成一本书来向世人倾诉的痛苦么？……

婉的脸上，又在不知不觉中淌着两行泪了……

婉回到宿舍时快夜里了，宿舍里已熄灯了。徐小芬们已躺在床上了。

黑暗中，婉听到徐小芬在蚊帐里低声说："陈婉，你过来一下。"

婉轻轻走了过去。

徐小芬撩开一角蚊帐，望着她又说："你说出去透透气儿，怎么才回来？"

婉无言以对。

"姚红变了，瘦极了。她在电视里向我们问好，说非常非常想我们……"

"外边下雨了……"

婉终于也说了一句话。话一出口，立刻谴责起自己来。怎么能说出这么一句风马牛不相及的话呢？

“陈婉，你真的没事儿么？”

月辉从窗外洒入宿舍。洒在徐小芬脸上。徐小芬脸上有种研究着婉似的表情。

婉觉得月光也同样洒在自己脸上，却想象不出在徐小芬看来，自己脸上有种什么样的表情。

婉摇摇头，低声说：“真的没事儿……我又会有什么事儿呢？……”

徐小芬手臂一垂，蚊帐落下了。

“没事儿就好。有了什么事儿可千万别瞒着同宿舍的同学……”

自从姚红住院以后，徐小芬在宿舍里是更像一位种种家庭责任和义务系于一身的长姐了。仿佛总在担忧会有另一种什么不幸降临在另一个妹妹头上似的。

赵萌在蚊帐里叹了口长气……

李薇在蚊帐里小声说：“我半导体收音机里又播《泰坦尼克号》的插曲了，一块儿听听吧？”

谁也没接她的话。

“那我可就算获得同意了！”

自从姚红住院以后，李薇也明显地变了。变得通情达理了。甚至也可以说变得善解人意了。变得可爱了……

婉上床后，宿舍里响起了《泰坦尼克号》那荡气回肠的爱情主题歌。在那一个夜晚，在那一个时候，以美国为首的北约的导弹刚刚又轰炸过南斯拉夫，而风靡全球的美国大片中的那一首主题歌，却仍能不可思议地感动和安慰到婉们几个不知爱滋味的中国女大学生内心里去……

“他妈的美国！……”

赵萌含意丰富而又不明地骂了一句……

第二天霏霏细雨仍下个不停。

婉第四次去了邮局，毫不犹豫地将那五百元连本带息全取了出来。取出来后雨下大了，婉没带伞。她不管不顾地奔下邮局的台阶，冒着大雨跑回学校。

系办公室门旁设了一个捐款箱。姚红学生证上的照片被放大了，贴在捐款箱上。照片上的姚红，神情有点儿愕异似的，大瞪双眼看着婉。

婉将五百多元钱分几次塞入了捐款箱。

她转身时，见张老师正望着她从走廊那一端走来。她低了头，紧走几步，想在和张老师走到对面时，抢先到达楼梯口那儿，奔下楼去逃之夭夭——连她自己也不明白，她怎么似乎怕起张老师来了……

却恰被张老师在楼梯口那儿拦住了去路。

张老师问：“陈婉，你也捐钱了？”

“没……没有呀……”

完全不必撒谎的事，她竟撒谎了。唯恐张老师问得太多，而自己陷于不知如何回答才好的境地。

“我明明看见你往捐款箱里塞东西了，不是钱，还会是别的吗？”

张老师果然问她怕问的话。

“我……只捐了几十元……我不能……”

婉一时真的语无伦次了。

“理解，理解……你怎么把自己淋成这样？”

"…………"

"陈婉，你转告同学们，就说我说的，让大家都抽空儿去看看姚红。钱固然对姚红挺主要，但现在也不是最主要的了……"

"同学们本打算分批去看姚红的，考虑到医院的探视纪律，也怕反而对姚红不好……"

"医院方面，我已经打过招呼了……现在，你们也别有那么多顾虑了……姚红她想念同学们，非常想念你们，明白么？……"

"明白……"

"给，小心着凉感冒了……"

张老师将他手中的雨伞递向婉，婉接伞在手，立刻脱身……

婉果然感冒了。高烧来势汹汹。连续三天烧到三十九度不退。校医务室的医生担心她烧成肺炎，更担心她烧成肺炎后传染同宿舍的同学，决定她必须住院。不是住到学校的合同医院去，而是住到校医务室的病房去。校医务室的病房也有十几张病床，学生们将生病住到那儿去叫"临时收容"。婉在烧得糊里糊涂呓语喃喃的情况下被"临时收容"了……

待婉退了高烧回归到宿舍里，已经是七八天以后的事了。

她迈入宿舍，一眼就看到姚红的床位腾空了。床上什么都没有了。但是光溜溜的床板上，却并没放别的同学的任何东西。仿佛，那张床在期待着哪一个睡上铺的同学搬下来睡，或从别的宿舍搬来的同学占有它。在婉看来，它的沉默如棺材的沉默。

婉的心顿时像灌满了铅，沉甸甸地直往下坠，会从胸腔坠到腹腔似的。

徐小芬、赵萌、李薇那会儿都在宿舍里。婉觉得她们迎接她那一种亲热假假的。分明，是要以那一种有点儿夸张的亲热掩饰什么。

婉于是知道——姚红走了。不是随父母回家乡去了，而是到另外一个世界去了。

姚红走的也太快了！

命运真冷酷。

真有什么天堂么？

婉什么也不问。问什么呢？还有必要问么？

她内心里盘桓着关于命运和天堂的悲观的思想，一边缓缓地坐在姚红的床上了。她将一只手搭在床栏上，轻轻地来回地抚摸着，同时也假假地向徐小芬们一笑。笑罢，赶紧起身爬上自己的床，仰躺下去了……

以后，婉也没向徐小芬们问过姚红什么，徐小芬们也从未提起。仿佛姚红并不曾与她们朝夕相处过；仿佛她们从未有过一个叫姚红的同学；仿佛讳而不谈是她们之间一种原则性的默契……

但一直没谁往姚红的床位上摆放过东西。

每个人负责打扫宿舍卫生时，都会仔细地擦擦姚红的床……

七月末，考试结束了。

在这个宿舍里，几名女大学生的成绩名次如下：赵萌、婉、徐小芬、李薇。

赵萌似乎天生是那种为了考试名次而来到这个世界上的姑娘。不，这么说也不对。实际上赵萌并不多么用功。她每次考试成绩优秀全凭聪明。她的记忆力之好是令人嫉妒的。婉却是非常用功的学生。徐小芬也是。徐小芬的成绩名次上半学期在婉前边。这一学期因为她写小说分散了不少精力和时间，所以名次落在婉后边了。但她颇不在乎。实际上她在乎。尤其在乎名次落在婉的后边。正因为在乎，才偏显出不在乎的样子。真不在乎的是李薇。李薇的既定方针是——只要各科都及格了就行。李薇英语好，电脑应用能力测试成绩也好。平均分在专业里一向保持着令她自己满意的中下水平。成绩刚一公布，李薇就给父母写信，报告父母自己取得了“第四名”的好成绩。她很爱她父母，常对同学说她妈怎样怎样，或她爸怎样怎样。有次上课时，一溜嘴，还管张老师叫起“老爸”来，引得同学们一阵哄堂大笑。她自认为浮夸成绩也表明她对自己父母的深爱。她的理由是——如果好成绩会使爸妈高兴，干吗不浮夸？不浮夸白不浮夸。浮夸成绩对她自己最直接的好处则是——不久便又会收到父母汇来的一笔钱。这使她热爱考试。对于校园里减少考试的呼声，她是大不以为然的。这一学期考试也确实减少了。为了保证自己收到的汇款单不减少，她就编造出几次考试结果煞有介事地通报父母。有时盼汇款单心切，则干脆到邮局去打长途电话通报“考试”结果……

考试一过，赵萌消失了数日。白天不见她身影，晚上也不归校。这在赵萌是很反常的。宿舍走廊有电话。某天晚上十点多钟，赵萌给徐小芬打来一次电话。她在电话里对徐小芬说，后天，她就回校。让徐小芬替她在张老师和同学们面前“掩护”一下。徐小芬关心地问她是不是家里发生了什么事，比如父母病了拖住了她？她说不是。她说在电话里一时说不清，容她回到学校再交待。徐小芬告诉婉和李薇，赵萌肯定是在马路边上用手机打的电话，因为能听到汽车喇叭和嘈杂的市声……

后天晚上六点多钟，赵萌果然回来了。她变了个人似的，一套西服衣裙挺时尚，脸上还化了淡妆。半高跟的皮鞋，使她的个子明显地高了，也仿佛苗条了，有几分亭亭玉立了。俨然一位正值芳龄的白领丽人似的。

她使婉们不禁刮目相视而又疑窦重重。

她带进宿舍一股香水味儿。

“都别这样瞪着我。都别开口问什么。谁也不许开口问什么。现在，都跟我走，咱们找个清静的地方吃饭去。我请客。吃饭时咱们来个实话实说，我原原本本地都告诉你们，并且保证坦诚回答你们的一切问话……”

赵萌连推开的宿舍门都不关上，站立在门口，用鞋尖儿抵住门，随时准备一转身率领大家就走。

婉们你看我，我看你，都不仅刮目相视，疑窦重重，而且不明白她在说什么似的了。

“可我们……都吃过晚饭了呀……”

婉没了主意地望徐小芬。

徐小芬注视着赵萌若有所思。

赵萌向耳后拢了一下头发，耐心有限地期待着。

徐小芬终于果决地说：“走，那咱们三个就都跟她去!”

李薇紧接着说：“这就对了！我拥护。有人请客，不去白不去！……”

赵萌微笑了：“我带你们去一个地方，样样都点你们平时吃不着的！反正你们都是馋鬼，撑一顿也不算害你们……”

四人走出学校，赵萌招手拦了一辆出租车。到北京快一年了，那天晚上婉第一次坐出租车。也是她长那么大第一次坐出租车。尽管那是辆“夏利”。但婉觉得自己不再是一名享受中国最高助学金的穷大学生，而是每月起码挣一千元钱的人了。

徐小芬有言在先地说：“赵萌，你偏要求我们出来的，你付车费啊!”

李薇说：“我也带着钱包呢，车费我付。”

赵萌从前座扭回头说："给我份愉快，省你十几元钱买零嘴儿吃吧!"

赵萌不时指点着司机这儿拐那儿拐，天黑，婉们辨不清街道，也不知究竟被拉到了哪儿。

在一处偏僻的街角她们下了车。那儿有一幢两层的饭庄。门前高挑着两只大红灯笼。门左右的两棵树上，盘绕着一匝匝小灯泡，五彩缤纷，煞是好看。半条街两旁停满了车。显然车主们都正在饭庄里大快朵颐。

李薇望着那两棵树嘴尖舌快地说："我怎么觉着这儿妖气拂拂的呢？把树搞成蛇精似的，多瘆人!"

徐小芬低喝："不是在宿舍里，说话考虑点儿。"

婉心里忽地又想家想父母想弟弟了。还想到了姚红。并由姚红自然而然地想到了那两句诗：

正因为厄运没降在我身上，
所以我仍要享受快乐……

的确，一旦离开了学校，确切地说一旦离开了宿舍，眼面前一旦不见了姚红曾睡过的那张床，不唯李薇不唯赵萌不唯徐小芬，也包括自己在内，便似乎从心头驱散了阴郁的云雾似的。

人啊!

人为什么是这样的呢？

人因与自己友好的人死了而引起的悲伤，怎么不像自己所以为所愿意的那么有质量呢？

是世上的一切人其实都如此，还是只自己和自己这几个同学如此呢？

婉也想到了张老师这位特别爱学生的好老师。

那么在这一个夜晚，在这一个时候，张老师又在干什么呢？

是仍沉浸在姚红的死给他带来的悲伤中，还是正在吸着烟看警匪片影碟？张老师一向只在家里吸烟。许多人并不知道他也吸烟。他身上从不揣着烟。而且张老师一向最爱看的是美国警匪片。认为好看的美国电影不占领全球市场反倒是咄咄怪事了！以美国为首的北约轰炸了中国使馆，他是否仍像以前一样爱看美国警匪片呢？如果已经不，那么他将靠什么另外的方式取代他那几乎唯一的消遣方式呢？……

赵萌率领婉们刚一进入饭庄，有一位招待小姐立刻眼尖地发现了她。饭庄的生意好不红火！餐桌摆的那么近人们似乎也不嫌互相影响心情。那小姐绕着一张张餐桌走到赵萌跟前，笑容可掬尊为上宾地说："赵秘书单间给您留好了！"

婉们随着那小姐进入单间，躬身而退。大家刚坐下，立刻有早已守候在那儿的另一位小姐，以炫耀的技法，用壶嘴二尺多长的细嘴壶为大家沏上了什锦茶。

徐小芬说："小姐，请你先出去一会儿。"

她盯着对方退出，正了脸，继而盯着赵萌说："刚才她们称你什么？"

于是赵萌从挎包里掏出一个精致的名片夹，取出香喷喷的名片一一发给大家。

婉见赵萌的名字上边，有一行头衔是"总经理助理兼秘书"。

李薇立刻"友邦惊诧"起来："呀，赵萌，你真行，还没毕业就有第二职业了？"

赵萌无比严肃地说："我可是个做什么事都很专一的人。要么是大学生，要么是经理助理兼秘书……"

话到关键之处，她反而不说下去了。

婉小声问："那你究竟……"

她不知该如何问得明白而又不被赵萌认为唐突，话说一半儿，也不说了。

她觉得赵萌已经清楚她问什么了。

"从现在起，我专一的当然是后者……"

赵萌认为，她这么回答，已经回答得清清楚楚。她的表情向婉们表明了这一点。

正所谓心照不宣，何必废话？

徐小芬不动声色地问："如果我没理解错，你不打算再读下去了？"

赵萌点头。

"哇——赛！……"

李薇又一次"友邦惊诧"。惊诧中带有"服了"的意味。

"可……可饭馆儿老板要的什么秘书呢？"

婉在许多时候对许多事总也改不了太认真的毛病。尤其事关赵萌，她的认真就更发自内心了。同时也就更显得是难以克服的毛病了。

"第一，这儿不是饭馆儿，是饭庄。北京市相当出名的一家饭庄。第二，这家饭庄的老板，另外还在北京市拥有三家连锁店。第三，他的几家饭店加起来，等于固定资产八千多万。不是他配不配有秘书的问题，而是什么人配做他秘书的问题。我很荣幸，因为他觉得我很配。"

被婉认为对哲学研究得挺深刻挺深刻的赵萌，把话说得那么理性，那么有逻辑，又仿佛那么不容置疑。婉觉得，赵萌真是把话说到了多一字嫌多，少一字嫌少的份儿上。

她因自己那一句蠢话而脸红了。

她被赵萌说得频频点起头来。

徐小芬瞪她一眼，板着一向严厉长姐似的面孔冷冷地问："陈婉，你乱点的什么头呢?"

婉看了徐小芬一眼，一时不知所措端起杯，低下头呷了一口茶。

李薇却旗帜鲜明地对赵萌表示支持："你的决定对头，对头。我要是你，也先当大款的秘书再说啰!"

她故意把她的话说出四川籍革命老人们的口吻。

而这时开始上菜了。几乎全是海鲜。从龙虾到三文鱼到婉没听说过的贝类。赵萌见婉们拘束，便替大家往小盘里夹。

徐小芬吃一口生龙虾肉时，由于芥末沾多了，辣出了眼泪。她用餐巾纸擦过眼泪，接着擤鼻涕。包好了鼻涕，却不知该往哪儿处理。赵萌朝招待小姐使了个眼色，招待小姐用托盘将她包鼻涕的纸收走了……

李薇偷偷一笑。

婉觉得没什么好笑的，暗暗捅了李薇一下。

徐小芬放下筷子，正襟危坐，盯着赵萌的脸又问："你是怎么认识这儿的老板的?"

像审讯。

于是赵萌开始"交待"。她说，她和他早年是同一个院儿的邻居。早年他就挺喜欢她的，只不过从没表示过。他返城后一无所有，先摆地摊儿，后来做"板爷"，再后来由"板爷"上升为"倒爷"。

再再后来，渐渐地，就由“倒爷”混成一位老板了……

“我不久前偶然碰见他，才知他是老板了……”

“等等，”徐小芬制止地竖起了一只手掌：“你不是说你们是邻居么？”

口吻更像审讯了。

“但我上中学时，我们那儿就动迁了。动迁后老邻居们就没来往了。”

“他是返城知青？”

“对。”

“那么，他和你父亲是同代人啰？”

“他是一九七四年才下乡的，小知青。”

“小，也比你父亲小不了几岁，是吧？”

赵萌点头。

“你说早年他就挺喜欢你的，什么意思？”

“还能什么意思？你们都没被叔叔辈儿的人喜欢过？”

“可你还说他从未表示过。”

“不错。我说了。我又不傻，一个叔叔辈儿的男人心里是不是喜欢我，我会看不出来？”

“哇赛！这话题要是提供给崔永元，那才来劲儿那！”

李薇为赵萌的话显出无比激动的样子。

“你激动个屁！”

她被徐小芬骂得张口结舌，幸而当时招待小姐不在场，否则，她们都会因徐小芬那句粗话而陷入尴尬。

徐小芬弦外有音地又问：“你这小女孩儿变成了小姐，他那当年的穷叔叔变成了老板，久别重逢，他是不是比当年更喜欢你了？”

赵萌迎视着徐小芬的目光，半点儿也不觉得难为情地回答：“正是这样。”

她的坦率令她的三个同学一时你看我，我看你，自己们反倒觉得不好意思了。

徐小芬索性单刀直入：“他早有老婆了吧？”

赵萌回答得无遮无掩：“对。”

“也有儿女了吧？”

“有。儿子。才上中学。”

“那么……你，意欲何为呢？……”

“跟着感觉走。”

婉们又是一阵沉默。沉默中，各自慢夹合自己口味的菜，比赛斯文似的吃着。

李薇突然问：“赵萌，你是不是想傍他？”

婉替赵萌抗议道：“你怎么说话呢？多难听！”

赵萌却并不觉得蒙受了奇耻大辱，仍说：“跟着感觉走。”——仿佛那句话成了她的外交辞令。

李薇干脆打破沙锅问到底：“一旦机会成熟，还企图第三者插足吧？”

“跟着感觉走。”

“机会不成熟，创造机会也要硬插？”

赵萌笑了，用一根筷子轻敲酒杯沿儿，哼唱了一句流行歌是：“你问我爱你有多深……月亮代表我的心……”

那一时刻，婉不禁觉得，赵萌是开始那么地玩世不恭了。她的微笑，也仿佛不再是使自己感到亲近的了，仿佛有几分算计别人没商量的意味了。

婉不禁开始出言谨慎了。

似乎正在专心致志地对付一节龙虾钳的徐小芬，冷不丁嘴里冒出一句话：“赵萌，你可是个有哲学头脑的人……”

于是婉们都将目光望向了她，静悄悄地洗耳恭听她说下去。

徐小芬却什么也不说了，连头也不抬一下，成功地从虾钳中剥出一块肉，但并不急着塞入口中吃，而是用筷子夹着，在佐料汁里左蘸右蘸，漂涤一片毡子似的。

“哲学如果不能指导具体的人生，哲学有什么用？我的哲学头脑告诉我，哲学的母体不是别的，正是钱。亚里士多德和柏拉图那种不为钱而为人类贡献思想成果的人，据我看来在地球上早已绝种了。克隆都克隆不出来了！因为根本没有那样的基因了！……”

赵萌的语势一反方才的温文尔雅，带有了打算与谁唇枪舌剑辩论一场的激烈色彩。

婉和李薇的目光便从徐小芬身上转移到了赵萌身上。

徐小芬终于用筷子将那块龙虾肉塞入口中，垂着目光津津有味儿地嚼。

赵萌隔桌面指着李薇又说：“你不是说我傍大款么？不错，我正是这么决定了的！在咱们当代中国大学女生中统计统计，如果都有勇气诚实地回答，内心里真不愿傍大款的有几个？别人认为我整天捧本儿哲学书看是神经有毛病，而这里的老板说他喜欢的恰恰是哲学女孩儿的深度！他许诺每月给我开一万元的薪金，一年半以后我就可以拥有自己的一辆小汽车了！如果我还是虚荣地需要一份文凭，他许诺送我出国直接攻读硕士，博士！我如果没了那一种野心，他答应再专为我开一家分店，让我去当经理，而且分给我股份！你不是还说我第三者插足么？那又怎么样？我插成功了是我前世的造化！

那么，冲我们的关系，你们还愁毕业之后找不到工作么？陈婉，你就给我当秘书！李薇，你给我当公关部主任！工商税务一干人等，全交付你去摆平！至于小芬，你给我当副经理不算大材小用吧？我是老板娘了，哪怕八千多万有我一半儿支配权，你们几个就一辈子都没有了失业的后顾之忧！……”

连徐小芬也抬起头目不转睛地望着赵萌了，她停止了咀嚼，分明地，已显出一副神往的样子……

“如果我早就是我希望的那样了，姚红会走得那么快么？不就是因为没钱维持她长期服外国进口的药，她……她……我要是早有大宗金钱的支配权，我不负责送她到国外去动手术我是狗！……”

赵萌眼眶湿了。

徐小芬擎起了酒杯：“为了你最后的几句话，干！”

于是杯杯相撞，各自一饮而尽。

那一个夜晚，婉们喝光了一瓶红葡萄酒。接着纷纷点了流行歌曲，各展歌喉，唱了一支又一支，唱到十点多钟才散。

散时，赵萌的 BP 机响，她匆匆招了一辆出租车，应呼而去。婉看得明白，呼她的准是她那位老板叔叔无疑。四个人中最高兴的还是数赵萌。她希望有人支持她的人生决定。她选择了婉、李薇和徐小芬。有人支持，她才能自信她的人生决定是正确的，合理的，值得一往无前去实践的。她心理上才没障碍。而她的三个同学最终都领悟了这一点。她们领悟到时，已被赵萌推到了没有另外选择的境地。如她们反对她的人生决定，她则势必和她们辩论不休。而真辩论起来，她们三个“同仇敌忾”也非她的对手。何况，她的人生决定，毕竟是她自己的事儿，她们又干吗偏要和她辩得面红耳赤呢？所以，她们虽没说出支持她的话，但都装出充分理解的样子。理解万岁啊！理解和支持，本是分界不清的。赵萌也就一厢情愿地将理解当支持，达到了寻求理念同盟之目的。而这显然对她很重要……

赵萌请求徐小芬将一封厚厚的信转交张老师。

徐小芬答应了。

信封了口。回到宿舍后，李薇拿在手里掂着说："咱们撕开看看如何？要不总会觉得是个谜。"

徐小芬夺过信，斥道："你心里就装着个谜不行么？"

第二天傍晚三个同学一起去张老师家送信。考试之后，每天几乎没课，张老师还不知道赵萌的事。所以对赵萌给他写了那么厚一封信，又差遣同宿舍的三个同学一起送来，大为奇怪。

徐小芬只得简明扼要地将赵萌退学的原因和永远不悔的人生决定替赵萌陈述了一遍。

"连退学手续也不办了？"

"她说她不在乎什么档案不档案的……"

"背叛！这是背叛！公然的、可耻的背叛！我不看！我不看她这样的学生写给我的信！……"

张老师不听犹可，一听之下，勃然大怒！将信撕得粉碎，恨恨地又团又攥，扔入了纸篓。

婉们从没见张老师气成那样，慌乱地离开了张老师家。她们走在路上，才发现各自脚上穿的都是张老师家的拖鞋。不得已，又回张老师家去换鞋。忐忑不安地二次推开张老师家的门，却见张老师正坐在桌前一大口一大口地吸烟，而拼对在一起的信纸，一页页铺满了桌面……

张老师严肃地要求她们，不许向任何同学透露赵萌退学的真正原因……

在本学期的最后一节课的最后几分钟，张老师自己向同学们宣告：“对了，有件事儿我还没讲过，那就是——咱们的赵萌同学，纯粹因为家庭经济情况发生了变化，请求学校允许她休学一个学期。学校经过研究，破例批准了。她毕竟是咱们学校学习成绩一向优良、品行端正的同学啊，学校应该对这样的同学怀有特殊的感情，是吧同学们？……”

婉们明白张老师这样说的意图。

同学们异口同声地回答：“是！……”

那一种一致，在婉和李薇、徐小芬听来，除了表明都迫不及待地准备冲出教室，不再表明别的什么。

婉们不知该为赵萌欣慰，还是该为赵萌难过——在世纪的最末一页，似乎每个人除了自身的命运，以及与自身利益相关的事，再也分不出心思，再也不愿分出点儿心思关注他人的命运他人之事了……

婉觉得，中国人之人心，空间是开始明显地变小了。正如患脑血管心血管阻塞的人越来越多。

但张老师的脸上，却分明地呈现出欣慰的表情——同学们并没因赵萌的“休学”而私议纷纷，猜测种种，这就好……

放假了。

一九九九年北京的夏季一如既往地酷热。

绝大部分外地同学都回家乡探家去了。

徐小芬本不打算探家的。但放假的第五天，她忽然对婉和李薇说，她实在是太想家了，想得连续几天夜里睡不着觉，所以她又改变主意了，决定探家了。

婉相信她说的是真话。但婉同时非常清楚她想家的原因——她在整整一个学期里偷偷写完并改了两稿的三十余万字的长篇小说，在几乎全国所有的大型文学月刊和出版社“旅行”了一圈之后，又回归到她的箱子里了。她为它手指磨出了茧子，搭上了近三百元的邮资。她家的经济条件虽然还过得去，但三百元对她也是举足轻重的啊！

有次退稿是婉替她捎回来的。婉本不愿那样做。她了解徐小芬的自尊心有多么强。但眼见包那一捆手稿的纸已破烂不堪，怕她的心血遭受损失，几经犹豫，还是替徐小芬捎回来了。是在宿舍里没第三个人的情况之下交给她的。

“这很正常。我经得住这点儿小考验。全世界许多大作家起初也被退过稿……”

徐小芬当时无所谓地这么说。

她一说完，就一手将自己的手稿抱在胸前坐到床上去了，并放下了蚊帐……

在蚊帐垂落那一刻，婉看见她脸色煞白，紧咬下唇，两眼饱噙泪水……

徐小芬动员婉也回家探望父母和弟弟。说从她家乡到北京的某一次列车的一名列车员是她表姐，婉可以免费乘坐，而且保证有卧铺。那样，婉再从她的家乡转车回自己家乡，近多了，可省一半儿路费……

婉比徐小芬还想家。

但一半儿的路费婉也舍不得花啊！

婉打算在暑假挣点儿钱。哪怕是去小餐馆洗盘子。如果在暑假里挣不到点儿钱，开学后，一升入大三婉就陷入一筹莫展的经济危机了……

徐小芬走那天晚上，李薇亲昵地请婉坐到了她的床上。她的床一般情况下是不许别人坐的。而且，李薇将自己的枕头递给婉，让婉垫着腰，坐得舒服。

李薇问：“你就一点儿也不觉得奇怪么？”

婉不解地反问：“我奇怪什么呀？”

“我又不在乎路费，我怎么也不探家呢？”

婉还真没这么想过，于是又问：“为什么？”

“为你。”

“为我?！……”

“对。”

“怕宿舍里只剩下我一个人寂寞，所以留在学校陪我？……”

婉不但一时感动，而且有点儿受宠若惊起来。

不料李薇这么说：“不是要陪你。是希望你陪我……”

婉不明白了。

“希望你陪我到南中国去。具体说，到珠海去。珠海知道吧？海滨城市，没有冬天的城市，风景优美，人口不多，经济却挺发达……”

“陪你旅游？……”

“必须有这样的决心——此一去，不混出个人样儿，这辈子就永远也不到北京来了！”

“那……你……不是也等于退学了么？……”

“如果你有决心和我一起走，退学就不只是我一个人的事儿了……”

这话题太意外，也太突然，婉瞪着李薇，一时不知该做何表示。她想起了张老师说赵萌的话，感到李薇对自己的劝诱，严峻得近乎密谋着叛国。

李薇笑道："我没把你吓着吧？"

"可……可你……"

婉竟怀疑李薇是在开玩笑。

"陈婉，我不是在和你开玩笑。这是认真的事儿。实话对你说吧，我爸妈犯事了……"

"?！……"

"因为贪污受贿，他们都被判刑了。我爸判了七年，我妈判了五年。我早知道会有这么一天的。想给他们送礼，想贿赂他们的人太多太多了。他们能……现在才犯事儿，也怪不容易的……我觉得他们够了不起的了……"

李薇的语调很平静，表情也没什么特别的变化，仿佛在评述报刊上的事儿，而不是在谈自己的父母。

"你……你什么时候知道的？……"

"赵萌请咱们吃饭的第三天，我姨专程来北京告诉我的……"

婉没见到李薇的姨来找过她，料想徐小芬也肯定没见到过。婉心中暗一掐算，已经是两星期前的事儿了。婉不禁地对李薇顿生佩服，家中遭了如此之大的变故，她竟能若无其事似的承受到今天，整日照样笑盈盈无忧无虑的！即使装的，那也是第一流的装的本事吧？

好一个了不起的李薇！

李薇蜷腿而坐。婉抱膝而坐，下颏抵在膝上，以沉思默想的目光望李薇。仿佛李薇是画家，而自己正按她的要求，给她当模特。

"你要是想哭，就哭吧。我发誓，你爸妈的事儿我绝不告诉任何人。"

婉低声说，语调又同情，又值得信任。婉一向憎恶贪官污吏，但现在贪官污吏是自己同学的父母，她憎恶不起来了。

李薇笑道："哭？我当时都没哭，过后也一直没哭过，现在哭什么劲儿？我不愁。听我姨讲，赃款大部分都退了，估计还会减刑。那他们服刑的年头儿，不就比我们上大学的年头儿还短了么？就当他们接受一种特殊的封闭式教育了吧！……"

"你……不是很爱你爸妈的么？"

"那当然呀，这还值得怀疑么？所以我不因他们感到耻辱。"

李薇说，她的家在当地属于一个大家族。用香港话说，是一个人气很旺的家族。亲戚套亲戚，光成年人就三四十口。而那些成年人中，是官员的着实不少。从省里到市里，从党政到商企到司法，都有亲戚在职。所以，据她想来，一定是纸里包不住火了，也一定是怕牵连出一串儿，她父母才干脆自我牺牲一下，交待出自己，保护住大家。说既然如此，影响一平息，是官员的众亲戚，能不想方设法把她爸妈保出来么？说不过就是以后再也做不成官儿了。做不成官儿就下海经商呗。说她姨父，曾是外贸局的副局长，也因为犯了事儿，服了两年刑，一出来就开了一家酒店，生意好的没比，反而发了。当副局长时坐的是"桑塔纳"，当酒店老板后坐"凌志"了。说她爸妈早就当官儿当腻烦了，早就打算辞职下海了。纯粹是为了家族的总体利益，才当官儿当到今年的。如果早下海了，哪至于会有现在的下场呢？……

婉终于从李薇口中听出了一点儿忧怨。甚至也算不上是忧怨，只不过是对家族的抱怨，替父母感到遗憾罢了。这一种话语成分，在李薇的讲述中，淡淡地存在着，若有若无。也许，是婉觉得有，才似乎有。其实本没有的。

"陈婉，跟我到珠海去吧！"

李薇几乎是在请求了。

“为什么非得是我呢？”

婉变相地回绝着。

“因为，我现在最最需要的……是一位朋友。一位可以与我同甘共苦的朋友。一位可以完全信赖的朋友。我觉得，我没看错人，你正是我所需要的朋友。我不愿受任何人操纵，你永远不会企图操纵我；我不愿被任何人整天教诲，应该这样，或者不应该那样，你没这毛病。即使你反对别人的时候，你口中说出的话也是委婉的，不至于使别人受到伤害；我从小个性很强，而你那么善于容忍；我怕被朋友出卖和抛弃，而你是那种宁愿人负你，不愿你负人的人……”

婉第一次听到李薇以如此诚恳的表情说出如此诚恳的话语，她被深深地感动了。既感动于李薇对她的诚恳，也感动于李薇对她的信任。不是特别的信任，李薇又怎么会将自己父母的事告诉她呢？当然，她还感动于李薇对她的评价。那评价带有赞美的性质。但她相信李薇说的是心里话。

“可……可我们怎么对赵萌解释呢？”

“对赵萌解释什么？这事与她有什么关系？”

“她不是让咱们毕业了都去她那儿么？”

“嗨，陈婉呀陈婉，你怎么这么实心眼儿？也许不等咱们毕业，某一天就从法制报刊上发现了她的名字，而她的名字和一桩什么女子沉沦案连在一起！头脑正常的人，能把自己的人生寄托在她那种傍大款的人生上么？……”

“…………”

“我存折上还有一万来元钱。到了珠海，够咱俩花一个时期的了！再说我小舅在珠海，是一家外企的全权中方代理。我已经和他通过长途电话了，他欢迎我去投奔他。你是我朋友，冲我他也不敢委屈了你呀！……”

“你小舅……和你……也是赵萌和她那位叔叔的关系么？……”

“你想哪儿去了！你就为这一点不放心我呀？好，那就给你个放心！……”

李薇说罢，下了床，从床底拖出自己的皮箱，打开取出了影集。然后坐在婉旁边，翻着指着，告诉她哪位是她爸，哪位是她妈，哪位是她小舅……

李薇一家和她小舅合了不少影。她小舅看上去也不小了，四十多岁了。几乎过早地秃顶了。

“别看我小舅长得不怎么样，能力特强，外商特赏识他！”

显然，李薇对她小舅相当崇拜。

婉却仍犹豫不决。

“陈婉，你再想一想，就算你省吃俭用地熬到了毕业，在北京哪儿找份好工作去？别怪我嘴直，就你这先天条件，会有老板聘你当秘书么？那，文凭还不是废纸一张呀？……”

李薇的话像一把盐，撒在了婉心头最敏感的地方。

婉自卑地垂下了头。

“听说没有？今年北京某大学中文系的几名学生，哪哪儿都找不到工作，后来不得不到饭店刷盘子了！……”

婉一下子又抬起了头，目光迷惘了……

李薇最后说：“这样吧陈婉，现在就让你做出决定也太难为你了！给你三天的时间考虑。三天后，你还不主动表态，我就只好和你拜拜了。三天内，我也不再动员你了……”

婉默默点了一下头。

三天内，她们同时起床，同时洗漱，同时去食堂吃饭，结伴儿逛街，结伴儿看了一场电影——李薇买的票。但就是谁也不提去珠海的事儿……

第四天早晨，李薇醒后，听到婉在上铺说："李薇，买票吧！"

李薇沉默了许久才反问："买几张？"

"两张。"

婉的声音很细小，很细小。

"乌拉！乌拉！……"

李薇一跃而起，赤着双脚在地上欢呼雀跃。接着爬上婉的床，搂抱住婉，在她脸上咂咂有声地连亲了几下，高兴地说："这是历史性的决定！陈婉，你以后一定会对我感激不尽的！"

因为婉没乘过飞机，李薇坚定不移地买了两张机票。虽然花的是李薇的钱，但婉还是心疼得要命，认为是完全不必要的浪费。嘴上却又不便说什么，因为李薇纯粹是为了填补她"人生的空白点"啊！

登机检票前，李薇去了次邮局，回来交给婉一张汇单条，嘱咐婉保存好。说以婉的名义，往婉家里寄了一千元钱。

"你！……你怎么可以这样？你怎么可以不经我允许……"

婉冲她嚷起来。

"有些事儿，我认为不必非得到你的批准。我有我的自主权，神圣不可侵犯。"

李薇得意洋洋地笑。

"可……可我爸妈会怎么想呢？一千元……这也太多了！他们会怀疑钱的来路！……"

"我在留言边条上写了，是你家教挣的钱。"

“你使我的感受像乞丐!”

“别嚷了，让周围人看着什么样子！失态！也别那么娇气。拒绝善意也是一种娇气!”

婉哑口无言了……

飞机在云层以上平稳地飞行着。

婉坐在靠舷窗的座位上，望着无边无际的云海，心绪茫茫。

她还没告知父母自己人生的重大决定。数次提笔，却没勇气写完一封家信。

张老师夫妇回老家为他的父亲奔丧去了。

她和李薇倒是联名给张老师留下了一封信。也给徐小芬留下了一封信。两封信都留在宿舍的桌子上。都是婉执笔写的。写前，婉似有千言万语要表达。而真写起来，却又觉得每一行字表达的意思都是那么地不准确。所以两封信其实都写得很短。中心内容无外乎就是——对不起学校，对不起老师，对不起与自己朝夕相处了一年多，而且关心爱护自己像长姐的好同学……

婉仿佛又看到了张老师因赵萌的退学而生气的样子；仿佛又听到了张老师怒不可遏的声音：“背叛！这是公然的、可耻的背叛！……”

张老师，敬爱的张老师啊，您是否会因您的学生接二连三地退学，并且都连手续也不办了，连档案也不要了，而觉得这个时代背叛之风盛行呢？

婉也想象得到，徐小芬兴冲冲地回到学校，进了宿舍，见除自己的床以外，所有的床都空了，会多么地惊讶！想象得到徐小芬看了她留在桌上的信以后，又会多么地伤感。虽然婉的决定是在她离开学校以后做出的，虽然婉在信中再三替自己解释了这一点，但徐小芬又怎么能相信呢？

婉仿佛看见徐小芬在空荡的宿舍里这张床坐坐，那张床坐坐，忽然双手捂脸哭了。一边哭一边喃喃地说："陈婉，陈婉，你不应该对我隐瞒得那么严密呀！难道我对你还不够好么？……"

眼泪从婉的眼角缓缓流下。

她抹去眼泪，扭头瞧李薇，见李薇在打盹儿。

她又想到了李薇对自己带有赞美性的评价——"我不愿受任何人操纵……"

婉觉得，自己仿佛却已经开始受到李薇的操纵了……

前边的命运会是怎样的呢？会对自己的人生有多么重大的改变和多么重大的影响呢？是福？还是祸？是柳暗花明？还是山穷水尽？……

婉瞧着李薇，在心里说——李薇，李薇，我陈婉一半儿的人生已经被你牵着了，我应该信任你到什么程度呢？你可千万别坑害了我呀！……

李薇仿佛猜到了婉心里正想什么，闭着眼睛说："陈婉，放心睡两个小时吧！飞机不会失事，我也不会把你拐卖了！……"

婉刚闭上眼睛，飞机一阵剧烈颠簸。她紧张得全身一缩，仿佛自己的整个人生，也在经历着万米高空之上的剧烈颠簸……